ノベルアンソロジー◆虐げられ編

虐げられ令嬢のエンディングには愛の花束を

アンソロジー

Contents

運命の相手と出会った婚約者が入れ替わりを提案してきました

通木《とおるき》遼平《りょうへい》

ill. なま

「君には悪いが僕は運命の相手と出会ったんだ」

若い貴族のカップルに人気のバラ園――その一角にある貴族たちが季節ごとに趣《おもむき》を変えるバラたちを楽しむために四人掛けのティーテーブルが用意された東屋《あずまや》で、美しい光景を楽しんでいたシルフィアは突然、婚約者であるフェルスホール侯爵令息アーレントにそう言われ、はしたなくもぽかんと口を開けてしまった。

「な、何をおっしゃっているのですか……？」

「もちろん、君の事情はちゃんとわかっているよ、シルフィア」

アーレントの視線が意味ありげに向かいに座るシルフィアの装いに向けられた。彼女はこの国ではよく見られる、刺繍《ししゅう》が入ったシンプルな形のドレスを着ていた。襟元や袖はレース生地が重ねられ、落ち着きすぎない雰囲気になってはいるものの、使われている意匠《いしょう》は彼女たちの世代からすると少しばかり地味で流行遅れに見えた。実際、シルフィアの母が着ていたものを手直しして着ているのだ。

「伯爵家の事情もね」


シルフィア・カルスはこのイシルマリ王国の伯爵家の一人娘だ。伯爵家と言ってもシルフィアが八歳の時に両親が事故で亡くなり、伯爵は不在のまま、一応は叔父《おじ》が代理ということになっている。叔父と言っても祖父の後妻の連れ子で、戸籍上の繋がりはあっても血縁ではないのだが。叔父とその妻は両親が亡くなった時、シルフィアが幼いことと自分たちが一番近い親戚であることを理由に強引に伯爵家の正統な後継者である彼女の後見人になった。

しかしその叔父夫婦によって家はすっかり傾いている。何しろ彼らはシルフィアや古くから伯爵家に仕えてくれている使用人たちの忠告に一切耳を貸さず、贅沢三昧《ぜいたくざんまい》の日々を送っていたからだ。

叔父が後見人になってすぐ、子どもながらに聡明《そうめい》だったシルフィアは両親の遺産を含めた自分の財産などを叔父たちが勝手をできないように手を回した。領地経営は父が信頼していた管理人の力を借り、シルフィアの私財も投じて今までなんとか間に合ってはいた——が、それなりに裕福な領地だとはいえきっと近い将来経営破綻《はたん》するだろう。

それもこの国の成人年齢である十八になるまでの辛抱だと今までずっと我慢してきた。十八になればもう後見人は必要ない。シルフィアは両親の決めた婚約者であるアーレントと結婚し、彼に伯爵位を継いでもらうことで当主の命令として叔父たちを伯爵家から遠ざけることができるからだ。

正直なところ、シルフィアは婚約者に特別な感情を抱《いだ》いていなかったが、そのために結婚する日を指折り数えて待っていた。


それなのに……。

「カルス伯爵家は由緒正しき伯爵家。血縁ではない奴らが好き勝手していいものではない」

叔父たちが血縁であるかどうかより、このままでは領民の生活に被害が及ぶのがまずいのだが……シルフィアは内心ため息をついた。アーレントのこういうところが、好感を抱くまで行けない理由だった。好感を持っていたら、母の遺《のこ》した衣装の中でももっと華やかなものを選んだだろう。

「だけど僕は運命の相手と出会ってしまったんだ。彼女以外と結婚なんてとても無理だ」

「そんなことを言われても……この婚約は侯爵様と亡き父が決めたものです。侯爵様はご存知なのですか？」

「父から了承は得ている」

アーレントは「当然だろう」という顔をして告げた。

「今後のことも決めてある。僕とシルフィア・カルスの婚約はこのまま継続する」

「えっ？」

「実は僕と彼女の運命は今、かつてない危機に陥《おちい》っているんだ」

アーレントが何を考えているのかさっぱりわからない。シルフィアが眉間《みけん》にしわが寄らないように堪《こら》えている間、アーレントは語りはじめた。

アーレントの運命の人は彼と同じ侯爵家の令嬢で、ペトロネラ・ファン＝ビューレンという。病弱で、ほとんどずっと屋敷に引きこもっているとシルフィアも聞いたことがあった。妖精のように美しいとも。

家同士の付き合いもあって幼い頃に数度顔を合わせたことはあったが、先日はじめて成長したペトロネラと会い、アーレントはひと目で恋に落ちたという。それはペトロネラも同じで、二人はすぐに愛しあうようになった――と、彼がまるで舞台役者のように語るので、シルフィアはもうこの時点でだいぶうんざりしていた。

しかしアーレントにはシルフィアという婚約者がいるし、ペトロネラももうすぐ婚約が決まりそうだった。そしてその相手に問題があったのだ。

ペトロネラと婚約予定の令息――それは王弟を父に持つ、ラファエル・レオ・ヘルムセン公爵令息だった。

ラファエルは眉目秀麗《びもくしゅうれい》、文武に優れ、伯父《おじ》である国王にも気に入られ、王太子とも仲がいいといわれている。が、同時に大の女嫌いと有名だった。少しでも気に入らないことがあると、すぐに暴言を吐くらしい。

叔父夫婦の一人息子――つまり戸籍上の従弟《いとこ》に会うたび暴力を振るわれそうになっているシルフィアからしてみれば十分に同情できる。が、いくらアーレントとペトロネラがお互いに惹《ひ》かれ合っていてもそれぞれの婚約は別問題だ。

「ペトロネラはすっかり怯《おび》えてしまっているんだ……かわいそうに……僕は彼女を救ってやりたい」

「はあ……」

「それで思いついたんだ。父や母も賛成してくれた。シルフィア、君にも悪い話じゃない」

「何を思いついたのですか？」

嫌な予感しかしないが。

「ペトロネラと君は髪も目の色も同じだし、背格好も似ている。もちろん、ペトロネラの方が美しいが……君だってまあまあ美しい」

後半は余計だ。

シルフィアは胡桃《くるみ》色の髪にやさしい緑色の瞳をしていて、使用人たちや叔父以外の親戚からはきちんと自分の意見を持ち、聡明さがひと目でわかるような落ち着いた雰囲気を持つ少女だと評されていたが、フェルスホール侯爵家に対しては常に自己主張の少ない大人《おとな》しい性格に見られるようふるまっていた。

ペトロネラには会ったこともないが、噂《うわさ》で聞いた容姿はたしかに同じ色だったように思う。もっとも、会ってみないことには実際のところわからないが。

「だから君とペトロネラが入れ替わるんだ」

「……は？」と、思わず口をついた。何を言われたのか、一瞬本気で理解できなかった。

「ちょ、ちょっと待ってください。そんなこと、すぐにバレて問題になるだけです」

「バレなければいいのさ。ペトロネラはほとんど顔を知られていないし、ヘルムセンには当然会ったことがないらしい」

「わたしの叔父にバレたら……」

「君の叔父上にはもう口止めしてある」

あっさりとそう言ったアーレントにシルフィアは苦い顔をした。つまり、金を渡したのだろう。どのくらいの額を渡したのかはわからないが、叔父たちは嬉々《きき》としてアーレントの申し出を受け入れたに違いない。

「父上も一緒に説得してくれたから何も問題はない」

侯爵はこの無茶な計画に随分と乗り気だなとシルフィアは思った。どう考えても問題だらけでうまくいくとは思えないのに……。

「……ファン＝ビューレン侯爵夫妻は？」

やっとアーレントが気まずそうな顔をした。どうやら話が行っていないらしい。

「大切な娘がしあわせになるのを邪魔する親がいると思うかい？」

そういうことを言っているのではないのだが。

「君はとにかくペトロネラになりすましてヘルムセンと婚約し、すぐにでも結婚すればいい。結婚すればあとはどうにでもなる」

シルフィアがペトロネラの名前で証明書にサインをしたところできっと無効になるだろうに、どうするつもりなのだろう？　それに――

「もうすぐヘルムセンがここに来るからうまくやってくれよ」

シルフィアの思考はアーレントの次の言葉で打ち切られた。シルフィアは信じられないと婚約者を見上げた。彼はなんてことない顔をしている。しかし今、これからラファエル・レオ・ヘルムセンがここに来ると言わなかったか？

「ここでヘルムセンとペトロネラの顔合わせをすることになっている。僕はペトロネラの両親が忙しいから、という理由で人見知りの彼女の付き添いを頼まれたんだ」

「そんな……!!」

シルフィアは立ち上がって抗議しようとしたが、運のないことにバラ園の従業員が二人に待ち人の到着を告げに来てしまったのだった。

ラファエル・レオ・ヘルムセンは噂にたがわぬ美しさだった。

整った顔だち、均整の取れた体、貴族の女性より美しいようにも見える銀色の髪は真《ま》っ直《す》ぐで、背中で一つに結ばれている。イシルマリの貴族の男性がよく着用する詰襟の上着は、アーレントが着ている上着に比べてその襟元や袖口に少し装飾があるだけで一見地味にも見えたが、かえって彼の美しさを際立たせていた。青と紫が混ざった色の切れ長の瞳が不機嫌そうにシルフィアとアーレントに向けられている。

彼は視線と顎《あご》で連れてきた従者をシルフィアやアーレントの従者たちがいる場所に行くように示した。少し離れた場所には、貴族たちの連れてきた従者が控《ひか》えるため、ここよりも素朴な造りではあったが同じようにテーブルセットのある東屋があった。

そこから侍女が心配そうにこちらを見ている——それを横目で見ながら、シルフィアは黙って二人に歩みよったラファエルに視線を戻《もど》した。歩き方ひとつにも品がある。こういう状況ではなかったら、きっと見惚《みと》れていただろう。

アーレントが何食わぬ顔で立ち上がったのでシルフィアも仕方なくそれにつづいた。

「散々こちらの用意した顔合わせの場には姿を現さなかったのに今更こんなところに呼び出すとはあきれてものが言えないな」

最初に飛び出してきたのは氷のような声だった。ラファエルは不機嫌どころか睨《にら》みつけるようにシルフィアとアーレントを見据えている。あまりの内容にシルフィアは思わずアーレントに視線を向けた。

「彼女は病弱で中々屋敷から出られない生活を送っていたので、あなたのような高貴な方と会うのはひどく緊張してしまっていて――私が説得し、このような場をご用意させていただいたのです。ご容《よう》赦《しゃ》ください」

そんなラファエルに物《もの》怖《お》じせずにそう言い切ったアーレントは肝が据わっているのか、それとも何も考えていないのか……ラファエルの形のいい眉が跳ね上がるのを見て、シルフィアは意識を失ってしまいたくなった。

「申し遅れましたが、私はフェルスホール侯爵家のアーレントと申します。彼女とはいわゆる幼《おさな》馴《な》染《じみ》でして、今回お二人のためにこの場を――」

「もういい」

ラファエルは言った。

「従者がいるとはいえ婚約を考えている相手の元に男連れで現れるとはいいご身分だ。帰らせてもらおう」

「お、お待ちください！　私はもう席を外しますので‼」

別にペトロネラとラファエルの婚約の話はなくなるのだからいいじゃないかと思わなくもないが、それだとアーレントはシルフィアとの婚約を解消できないから……シルフィアは目の前の状況を無視して考えた。

フェルスホール侯爵家から婚約の打診があったのはシルフィアが六歳の時だった。シルフィアの母はシルフィアを生んだ後、体が弱くなりもう次の子は望めなくなった。そこで早めに婿《むこ》を探そうとなったのだが、その話を聞きつけた次男の婿入り先を探していたフェルスホール侯爵家がすぐに声をかけてきた。

伯爵領は穏やかな気候に恵まれ農業や畜産業が盛んだったが、それに加えて小さい金鉱山を持っており、裕福だったのもあって目をつけたのだろう。格上の侯爵家からの申し出を特に理由もなく断ることができず、子どもたちの相性もあるからあくまでとりあえず……という形で婚約を結ぶことになったのだ。

その二年後に両親が亡くなり、侯爵夫妻は実質伯爵領を手に入れたものだと考え婚約関係をつづけることにした。シルフィアの叔父夫妻は血の繋《つな》がりはないのだからと伯爵家を継ぐのを阻止し、ただの後見人に押しとどめた。そしてシルフィアには親切にしながら侯爵家に従順になるように声をかけつづけたのだった。

とはいえ、シルフィアは伯爵家の使用人たちや領民など善良な大人たちに守られ、本人の聡明さもあって侯爵家に従順にはならなかった。フリはしていたが。

シルフィアにとって侯爵家とアーレントは叔父夫婦から伯爵家と領民の平穏を守るために必要な存在だった。侯爵家に従順なフリをしていたのも、叔父たちに好き勝手されるくらいなら侯爵家にそれなりの見返りを用意した方がマシだろうと思ったからだ。もちろん、領民たちにとってもだ。

フェルスホール侯爵はカルルス伯爵領を手に入れたい。伯爵領はシルフィアが成人すればシルフィアと、いずれ彼女の婿になる男のものになる。だから息子のアーレントを婿入りさせれば若いシルフィアとアーレントを操って実質侯爵のものにすることが可能だ。

シルフィアとペトロネラを入れ替えてもそれは同じ――と、侯爵は考えているに違いない。逆にペトロネラとラファエルの婚約の話がなくなったとしてアーレントとペトロネラの婚約を認めれば伯爵領とは全く無関係になってしまう。その上、ファン＝ビューレン侯爵は宰相を務めるほど王家からの信頼も厚く、領地も豊かではあったが、ペトロネラの上には優秀な兄姉がいて、彼女自身が生家から得られるものは多くない。シルフィアと結婚させた方が得られるものが多いとフェルスホール侯爵は考えたはずだ。

おそらく、シルフィアとペトロネラの入れ替わり作戦が成功した場合のみ、アーレントにペトロネラとの婚約を許可したのだろう。ペトロネラの両親をどうするつもりなのかはわからないが……。

しかし入れ替わり作戦のことがバレたなら侯爵は伯爵領を乗っ取ろうとしていると罪に問われるのは間違いない。フェルスホール侯爵家の人間は、シルフィアがそのことに気づかないと思っているのか、気づいても黙っていると思っているのか……ずっと従順なフリをしていたから、まさか裏切るなんて思わなかったのか……。

「ではペトロネラ、あとはしっかりやるんだよ」

物思いにふけるシルフィアに気づくこともなく、アーレントはそう言ってにっこり笑った。婚約者でもないのに呼び捨てにするのはどうかと思う……ラファエルがますます冷めた目をしているのに気づかず、アーレントは従者を連れてバラ園から立ち去ってしまったのだった。

　残されたのはシルフィアとラファエル、それから二人の従者と護衛だけだ。従者たちは少し離れた場に控えている。ラファエルは帰りたそうにしていたが、シルフィアは少し考えて、「おかけになってください」とラファエルに促《うなが》した。

「なぜ？　私は帰って両親にこの婚約の話をなかったことにする旨を伝えなければならない」

　その方がいいだろうなとはシルフィアも思う。が、シルフィアにはもう少し今後のことを考える猶《ゆう》予《よ》が欲しかった。このバカバカしい作戦に乗るつもりはちっともないが、シルフィア側の都合もある。

　成人し、アーレントと結婚してフェルスホール侯爵家を後ろ盾に伯爵家を継いだら、叔父夫婦を後見人から外して遠ざけ、伯爵領の状況を改善し、領民の平穏を守りたい。できればシルフィア自身の手で――それが第一希望なのは変わらない。領地のこともそこに住む人たちのこともシルフィアにとっては大切だった。それに、領地には亡くなった両親との思い出もある……。

　しかし侯爵家やアーレントの好きにさせるのは考え直したくなってきた。叔父夫妻と侯爵夫妻を天《てん》秤《びん》にかければ、当然侯爵夫妻の方が領地経営自体は問題なく行えるから今まで従順なフリをして過ごしてきたのだが。

　ただ、もし今、従順なフリをやめてアーレントとの婚約を解消すると、叔父夫妻が強引に従弟との婚約をまとめようとするかもしれない。今までもそういう動きがなかったわけではない。フェルスホール侯爵やシルフィアの親戚がそれを阻止してきただけで。

　従弟はわがままの癇癪《かんしゃく》もちで、両親に似て贅沢好きの怠《なま》け者。しかも気に入らないことがあるとすぐに周囲に暴力を振るおうとする。結婚相手なんてもちろん論外だ。アーレントと我慢して結婚した方がマシなのは明らかである。

「このバラ園は紅茶とバラのジャムの組み合わせがとてもおいしいので、それを楽しんでからご帰宅されても損はないと思いますわ」

ラファエルを引き留めるためのシルフィアのその回答に、ラファエルは虚を突かれたような顔をした。それから探るようにシルフィアを見て、渋々と用意された席に腰を落ち着ける。テーブルに置いてあるベルを鳴らせば見えないところにいたバラ園のメイドがお茶のしたくをはじめた。従者たちのいる席にも同じようにお茶の用意をと声をかければ、また少し視線を感じる。

用意された紅茶にジャムを少し落とし、その香りを楽しみながら口にするラファエルの様子を見ながら、シルフィアは自分と伯爵領にとって一番いい答えを探していた。こうなったからには叔父たちからもフェルスホール侯爵家からも縁を切ってしまった方がいいかもしれない……第一希望は、諦《あきら》めなければならなくなるけれど。

「たしかに素晴らしいな」

ラファエルが目を細めて言った。

「しかし病弱で屋敷からほとんど出ていないという話だったのに、ここのことに随分と詳《くわ》しいようだ」

「侍女から聞いたのです」

さらりとシルフィアは言った。これは本当だ。シルフィアが、シルフィアの侍女から聞いた。ラファエルが来る前に飲んでみて、話通りのおいしさに感動もした。

「どうだろうな？　あの男と来たのではないか？　フェルスホール侯爵家のアーレントだったか……婚約者がいたはずだが」

「そろいもそろって非常識だ」とでも言いたいのだろうか？　ラファエルに自分がその婚約者だと告げるべきか、シルフィアは迷った。彼のことをシルフィアは評判や噂以上には知らない。領地について今後の対策を取ってからこの婚約問題をどうにかした方がいい気はした。先に婚約破棄などになってしまえば叔父夫婦が余計なことをしてくるだろうし、そうでなくてもフェルスホール侯爵が、シルフィアが成人するなりアーレントと婚姻を結ばせるかもしれない。残念なことに誕生日が近いので、それまでに何もかもいいようにしなければいけなかった。時間がない。

「でも彼がここに来ることはご存知だったのでしょう？　不満に思うのなら来なければよかったのです。ヘルムセン公爵子息様には他にも婚約者候補のご令嬢方がいらっしゃると思いますが……」

「母上がとりあえず行くだけ行くようにと強引にことを進めたんだ」

不満そうに答えながら、ラファエルはまた探るようにシルフィアを見た。もしかしたらペトロネラの性格を多少は知っていて、話と違うと思っているのかも……シルフィアは内心焦《あせ》りを覚えたが、努めて表には出さず、ラファエルの青紫の瞳を見返した。

「婚約者をいい加減決めなければいけないのは事実だからな——君を選ぶことはないだろうが」

「そうですか」

シルフィアがあっさりとうなずくと、ラファエルは怪訝《けげん》そうな顔をした。

＊＊＊　＊＊＊

「いったい何を考えているのでしょう!?」

屋敷に帰ってバラ園のことを侍女のベルに話すと、彼女は信じられないと声を上げた。伯爵家の小さなタウンハウスは現在、シルフィアと使用人たちだけで暮らしている。もっと前は叔父一家もいたが、シルフィアがある程度の年齢になった時に理由をつけて追い出した。

お茶を飲み終えると、ラファエルとの顔合わせはお開きになった。用意周到なことにバラ園の外にはファン＝ビューレン家の馬車が止まっていた。他に帰る手段もなく付き添っていた侍女と共に馬車に乗って帰路についたのだが、若い御者はカルス家のタウンハウスまでシルフィアたちを送り届けることなく馬車から下ろし、「美しいペトロネラ様のお役に立てることを光栄に思え」などと伯爵令嬢であるシルフィアにのたまって侯爵家へと帰っていった。

仕方なく歩いて屋敷に戻り、執事に頼んでファン＝ビューレン家のペトロネラについて調べてもらうことにして、シルフィアは私室でほっとひと息ついた。そして帰りを待っていたベルにことの次第を語って聞かせたのだった。

「あの名ばかりの後見人たちのせいでお嬢様がどんなに苦労していても知らんふりをしていたのに

「……！　侯爵家の方たちはどうしてこう都合のいいことばかり言うのでしょう!!」

叔父たちは金遣いが荒く、幼いながらにこれはダメだと思ったシルフィアは最初こそ注意をしたのだが、口ごたえをするなどぶたれたり彼女を庇《かば》った使用人が罰せられたりするのを見てそれもできなくなっていった。フェルスホール侯爵家に助けを求めたが婚約関係は継続しているにも関わらず、領地に何か問題が起きない限り彼らがその助けにこたえることはなかった。

「お嬢様が暴力を振るわれた時も、亡くなった旦那様や奥様のお形見が勝手に売られてしまった時も、あの方たちは何もしてくださらなかったのに！　許せません!!」

あげく、お金がなくて新しいドレスを買えないので茶会などに参加できずにいたシルフィアにもっと交友関係を広げるべきだと言ってくる始末。彼らが手助けしてくれたのは年頃になって叔父夫婦の息子がシルフィアを襲おうとしたのをきっかけに、彼らをこのタウンハウスから追い出すことにした時くらいだ。

侯爵家の身勝手さに憤るベルをなだめながら、シルフィアはかえって落ち着いた気持ちになった。

「アーレント様はペトロネラ嬢のことしか考えてないだろうし、フェルスホール侯爵はうちの領地を自分のものにすることしか考えていないのよ、きっと」

「お嬢様……ヘルムセン公爵令息様に話さなかったのですか？」

「とりあえず黙っていたの……そういえば、自己紹介もしなかったわ」

嘘《うそ》を重ねなくてよかったと思うべきか。

「公爵令息様はきちんとした方みたいだったけれど、うちのこととは無関係だし……」

ノックの音が聞こえて返事をすれば執事のダニエルがティーセットと共に入ってきた。父の頃から伯爵家に仕えているダニエルは、本当の意味でシルフィアの父がわりだった。

「ファン＝ビューレン侯爵家のことは伝手《つて》を使って調べさせております。フェルスホール侯爵家も同じようにいたしました」

「ありがとう。あと、ちょっと相談があるのだけれど……」

「何でございましょう？」

ダニエルにもバラ園のことを詳しく聞かせ、シルフィアはラファエルの顔をながめながら考えていたことを告げた。

「領地を王家に返そうと思うの」

「お嬢様!?　何を突然――」

「ベル、落ち着きなさい」

「も、申し訳ありません……」

「それで、お嬢様はどうしてそうお考えに？」

「今日のことで、このままフェルスホール侯爵家のいいようにされるのは嫌だなと思って……個人的な感情になってしまうけれど。もちろん、侯爵家の後ろ盾があった方が領地の人たちにもいいのはわかっているわ……でも、入れ替わり作戦がうまくいってしまったらうちがフェルスホール侯爵家に乗っ取られてしまうことになるでしょう？　いっそ婚約解消を狙うという手もあるけれど、アーレント様との婚約がなくなれば叔父たちが口を出してくるのは明白だし……叔父たちに領地を任せたら最悪な結果になるのはわかっているし。だったらいっそ王家に領地を返して、わたしは平民でもいいから領地でのんびり暮らせるようにしてもらおうかなって」

　シルフィアは淹《い》れてもらった紅茶の香りを楽しんだ。

「貴族として考えれば、領地の返還なんて恥ずべきことかもしれない……でも、乗っ取られたらそれこそ恥だし、下手《へた》なプライドを優先させて領民に苦労をかけたくないの。お父様やお母様が大切になさった領地がめちゃくちゃにされるのも嫌……。もちろん、ダニエルやベル、みんなの雇用先のこともちゃんと考えるわ——それで、成人前だとそういう手続きも難しいかしら？　と思って……」

「私たちのことはお気になさらずに、お嬢様がよいと思うようになさってください。お嬢様はいつも我々や領民のことを考えてくださっていますから」

　ダニエルはやさしく微笑《ほほえ》んだ。

「手続きのことは詳しい方に聞いた方がいいかもしれませんが……今すぐに、ですと後見人のサインは必要になる可能性が高いかと」

「そうよね」

「ヘルムセン公爵令息様に聞いてみたらいかがですか？」

　いいことを思いついたとばかりにベルは言った。

「ダメよ、わたしはファン＝ビューレン侯爵令嬢としてあの方にお会いしたのに……シルフィア・カルスとしては面識がないのよ」

　しかし数日後、意外なチャンスが訪れた。

愛らしい花柄の美しい封筒がシルフィア宛てに届いた。送り主はなんとペトロネラ・ファン＝ビューレンだ。中には便箋が二種類入っている。読んでみるとペトロネラが書いたものと、信じられないことにアーレントが書いたものが一緒に入っていたのだ。

二人は自分たちの結婚のために入れ替わり作戦をどうしても成功させたいらしい。バラ園の後、ラファエルから婚約の話をなかったことにという手紙が届き、両親の目に触れる前にペトロネラはそれを回収した。

ラファエルとの婚約がなくなればペトロネラは他の相手を探さなければならないが、それは絶対にアーレントではないし、アーレントもこのままシルフィアと結婚しなければならなくなる。そこでシルフィアに、ラファエルの気を引くようにと手紙を書いてよこしたのだ。

何度も直接会うとボロが出るかもしれないので、シルフィアがラファエルに手紙を書いて、それをペトロネラに届けてペトロネラがファン＝ビューレン家からラファエルへ送る――という方法を取りたいらしい。

シルフィアは少し考えて、それを受けることにした。そしてバラ園での無作法をわびる手紙を当たり障《さわ》りなく書き、言われた通りペトロネラに送った。数日後にはペトロネラからまた封筒が届き、その中にはラファエルからのやはり当たり障りのない返事が入っていた。贈り物もあったかもしれないが、まあそれはいいだろう。

シルフィアはペトロネラの名前で引きつづきラファエルに手紙を書いた。ラファエルは毎回当たり障りのない内容だったがきちんと返事を書いてくれる。女嫌いと噂だったのに、真面目《まじめ》なのだろう。そのことにシルフィアは好感を持った。

最初はペトロネラが使っていたのと似た可愛《かわい》らしい便箋と封筒を使っていたが、シルフィアはさりげなく雰囲気を自分の好みのものへと変えていった。金のインクで描かれた植物の柄が繊細で美しいデザインだった。

＊＊＊　＊＊＊

「またファン＝ビューレン侯爵令嬢からお手紙が届いていますね」

まだ少し高さの残る声に、公爵邸にある書斎で机に向かっていたラファエル・レオ・ヘルムセンは顔を上げた。

「他人の手紙の送り主をじろじろ見るのは感心しないぞ」

「すみません……」と首をすくめた彼――コリンはまだ至らぬところも目立つ従者見習いだ。いつもならラファエルと同い年の彼の兄、クライヴがラファエルの従者として控えている。が、現在、彼の腹心には別の仕事を頼んでいる。

バラ園の印象最悪な出会いから一か月ほどたつ。ラファエルはペトロネラ・ファン＝ビューレンがよくわからなかった。婚約の話は流すつもりだったが、バラ園での無作法をわびる手紙が届いてそれに返事をして以来、どういうわけか手紙のやり取りがつづいてしまっていた。

「でもラファエル様が女性と文通なさるなんて意外で……いつもだったら読まずに燃やすって兄も言っていました」

「あいつ……またそんな適当なことを……そんなことはしない」

幼い頃から共にいるせいか気安いところもある男の顔を思い出し、ラファエルは内心舌打ちをした。交流のない令嬢から手紙が届くこともあったが、さすがにラファエル自身かクライヴが中身を確認してから処分している。

「コリン、お前も兄の言うことをいちいち真に受けるな」

「申し訳ありません」

軽く頭を下げ、コリンは持っていた手紙をラファエルに差し出した。確かに送り主はペトロネラになっている。このひと月ですっかり見慣れた名前だ。内容はいつも当たり障りのないものだったが、その雰囲気や便箋のデザインは少しずつ変わってきていた。その変化に合わせて、どうしてかバラ園で出会った彼女のことを思い出すことが多くなっていることを、ラファエルは自覚していた。胸に感じる違和感が気になってクライヴに命じ、ペトロネラについていろいろと調べてはいたが――。

今日の手紙を受け取り、ラファエルは少し筆圧の弱そうな字で書かれた宛名と送り主の名前を確かめると、無意識な丁寧《ていねい》さで封筒を開いた。ひかえめなバラの香りがする。便箋は金色のインクでツタ植物をモチーフにした縁取りがされている繊細で美しいデザインのものだった。

が、内容はどちらかというとそんな便箋にそぐわない内容だった。ラファエルは眉をひそめ、二回ほど読み返してから口元に手を当てた。

「ラファエル様？　何かあったのですか？」

「いや……」

手紙はいつもの当たり障りのないやりとりの後に、いつもと違って相談したいことがあるとつづけられていた。それはちょっとした領地をペトロネラは成人後に譲り受けることになっているが、個人的な事情ですぐにでも王家に領地を返したい。しかし保護者に内緒でそんなことができるか知恵を貸してほしい――というものだった。

侯爵家ならば領地をいくつか持っていてもおかしくはないだろう。しかし、ファン＝ビューレン家はどうだっただろうか？　あそこの侯爵夫妻は堅実に領地を治めている。宰相を務めているだけあって信頼はあるから、侯爵領以外にも領地を任されている可能性もある――そう考えられなくはないが。

ラファエルは大きく息を一つ吐いた。書斎机の引き出しの一つを開け、封筒に戻した手紙をそっとしまう。そこには今まで届いた彼女からの手紙が保管されていた。その全てに今までは返事を書いてきたが――今回は、直接会って話を聞こう。

＊＊＊　＊＊＊

最初に会ったバラ園の、最初の時よりももっと奥まったところにある東屋に、シルフィアとラファエルは向かい合って座っていた。バラたちは変わりなく美しく、目の前にはバラ園おすすめの紅茶とジャムが今日も用意されている。ラファエルは今日も美しかった。はじめて会った時と違い、少しくだけた印象のある今日の服装が冷たい印象をやわらげている。

シルフィアが再びラファエルに、しかも今度は彼からの誘いで会うことになったと報告した時、アーレントとペトロネラは喜んでいた。入れ替わり作戦がうまくいきそうだと。

こちらもうまくいってほしい。

このひと月の間に成人に向けて書類などを集め、叔父夫婦はシルフィアが成人さえすればもう関係ないとカルス伯爵家から完全に締め出すことができるようになった。遠縁も含め、親戚に相談して尽力してもらったのだ。親戚は喜んで協力してくれた。そもそも戸籍はともかく血の繋がりがないのだ。その上、伯爵家を食い物にしつづけていたから……。

そうなると問題は叔父夫婦よりもフェルスホール侯爵家の方だった。さすがに親戚には頼れない——親戚は皆、伯爵家よりもさらに下の爵位か裕福な平民だった。しかし領地を王家に返してしまえば間違いなく侯爵家は余計なことはできないし、今の国王陛下も王太子殿下も真面目なのでいいようにしてくれるだろう。

「それで、領地を王家に返したいという話だったか？」

あいさつもそこそこに、やや不機嫌そうな口調でラファエルが本題を切り出した。

「はい、できれば内密に……」

「理由は？」

「それは……申し訳ありませんが、言えません」

何か適当な理由がないかといろいろ考えたが、結局思いつかなかったのでそのあたりはこれで押し切るつもりだ。それを感じたのか、ラファエルはため息をついた。

「成人前で保護者の許可なくそういったことをするのはまず無理だ」

「そうですか……」

「だが根回ししておくことはできる」

「根回し？　ですか？」

「話を通して書類を用意しておく。成人になったらすぐに受理されるようにしておけば誕生日を迎えた瞬間に領地を返還することもできる。もちろん正規のやり方じゃない。成人の誕生日が近い時だけ多少のフライングには目をつむっている、ということだ。受理は成人を迎えてからになるから問題もない」

「それは……でも知り合いや親戚が王宮で働いていない場合は無理ですよね……？」

「そうだな」

「そうですか」とシルフィアは眉を下げた。さて、どうしよう……親戚の顔を思い浮かべるが、王宮で領地に関係する部署に勤めている人はいなかったと思う。

「そんなに領地を返したいのか？」

「はい……できれば、すぐにでも」

「……どうしてもと言うなら、私が話をつけてやってもいい」

「えっ？」

　思わずラファエルを見上げると、彼は不機嫌にも気まずそうにも見える表情で紅茶が入ったカップに視線を落としていた。

「働いている部署は違うが、多少は顔が利《き》く」

「い、いいのですか？」

　意外すぎる申し出にシルフィアは目を瞬かせた。少しやわらいだ気がする青紫の瞳にそんな自分の顔が映っている。二人を囲むバラたちが月の光に照らされたように淡く輝いて見えて、それが彼女の胸の奥を不意に落ち着かなくさせた。

「だが書類はどうする？　内密にしたいなら家に送るわけにもいかないだろう？」

「それならまたここでお会いできませんか？　お忙しいのに申し訳ありませんが……お礼にできることはなんでもいたしますから」

「婚約を諦めろと言ったら諦めるか？」

　シルフィアはきょとんとした。

「はい、もちろん。かまいません」

「……もしかして手紙をつづけていたのはこのことを聞くためか？」

　素直にうなずけば、不機嫌そうな瞳があきれた色を帯びた。

「それに、婚約のことは……わたくしも元々あまり乗り気ではなかったのです」

「フェルスホール侯爵令息がいるからか？」

「えっ？　あ、いえ——彼のことは別に」

「前回はわざわざ連れて来たのにか？」

「あれは彼が勝手にしたことです」

　言葉を選びながらシルフィアは答えた。余計なことを言うと、入れ替わりがバレるかもしれない。

もうバレてもいいような気がするが。

「どうして婚約に乗り気ではないのですか？」

　ふと疑問に思ったことをシルフィアはたずねた。幸い、ラファエルは不快に思わなかった様子で少し考えるように視線を伏せた。

　ラファエルの年齢と身分ならせめて婚約者くらいいてもおかしくはない。しかし彼にそういう話が中々ないのはシルフィアですら知っていることだった。

「こう言ってはなんだが、私に近づく令嬢たちは大抵《たいてい》私の見てくれや身分しか目に入っていなかった。まともな令嬢がいても、今度はその父親や兄弟が公爵家という蜜に群がってくる……そういう相手がわずらわしくて、避けていただけだ」

　公爵夫妻もそのあたりはよく気をつけて相手を探していたらしい。が、もういい年齢だし同年代の女性は婚約者が次々決まっていてこのままでは相手がいなくなってしまう。それで人柄のいいファン＝ビューレン侯爵夫妻の娘に声をかけた、というわけだ。

「君の前にも婚約者候補には会ったが、断るとみな追いすがってきた。うんざりしていたが――君は違うんだな」

「女性だからとみな同じではありませんよ」

たしなめるようにシルフィアが言うと「そうだな」とラファエルは今度こそはっきりと表情を緩めた。やわらかな、月の光に似た笑みだった。

ラファエルの助けもあり領地を返還する書類などを用意して話し合いを進め――どこの領地なのかラファエルに知られないようにするのには気を遣ったが――シルフィアが成人を迎えたその日に領地を王家へと返還できることになった。伯爵家はなくなるが、国か新しい領主のもとできちんと管理されれば領民への影響は少なく済むはずだ。そのあたりはくれぐれもよろしくお願いしますと、シルフィアは何度も頭を下げた。

貴族なら領地や爵位を返すことを不名誉だと思うかもしれないが、シルフィアは手続きを終えてからはこれが最善だと感じた。使用人たちの仕事はもちろん、シルフィアもできる仕事を探してもらえることになって十分すぎる結果になったと思う。

「ラファエル様のおかげです」

王宮の庭園を楽しめる回廊を並んで歩きながら、すっかり親しくなった――と、シルフィアは思っていた――ラファエルにシルフィアは改めてお礼を言った。バラ園とは違う、清《せい》楚《そ》な雰囲気の花で満たされた庭園からはやさしい香りが漂ってくる。二人の間に満たされたそれが、場の空気をより居心地のいいものへと変えてくれている。

最後の話し合いを終えたばかりだった。お礼を言いたかったのもあってこの後会う約束をしていたのだが、ラファエルはわざわざ王宮へ出向いてくれたようだった。

「私は何もしていない。君はよく決断したと思う」

「そうでしょうか……？」

「ああ」

シルフィアは困ったように笑った。自分にもう少し力があれば叔父夫婦もだがフェルスホール侯爵家にだって余計なことを言わせなかったし、領地を返さなくてもよかっただろう。結局、他の人に任せるという決断しかできなかった。

「お礼をさせてください、ラファエル様。いつものバラ園でよければ……」

「いや、今日は別に行きたいところがある。お礼をしたいというならそこで」

「行きたいところですか？　かまいませんが……その、お恥ずかしいですがあまり高級なところは……」

「その心配はいらないから安心していい」

ラファエルが笑うと、すれ違う人がぎょっとして振り返った。この頃、彼はこうしてよくシルフィアの前で表情をやわらげてくれるようになっていた。が、他の人には驚くべき光景だろう。

「それに君に会わせたい人がいる」

「誰ですか？」と聞こうとした声はしかし別の声によって閉じ込められた。「ペトロネラ！」と聞き覚えのある声に振り返ると、久しぶりに姿を見る婚約者が笑顔で近づいてくるところだった。「ご無沙汰しております」とラファエルにあいさつをしたアーレントは、嬉《うれ》しそうにシルフィアを見た。

「君が王宮にいるなんて珍しい」

ラファエルとこうやって親しそうに並んで歩いているのを見て入れ替わり作戦がうまく行っていると上機嫌なのだろう。

「ええ……少し用事がありまして」

「もしかして、婚約のことですか？」

アーレントはやや早口でラファエルにたずねた。さっきまでシルフィアに微笑んですれ違う人を驚かせていたラファエルだったが、今は表情をごっそりと落としてしまっている。

「そうだ」

シルフィアは「えっ」とこぼれそうになった声をごくりと飲み込んで口をぎゅっと結んだ。

「近いうちに婚約披露の夜会を開こうと思う。招待状を送るからぜひ出席してくれ。婚約者のご令嬢も一緒に」

「ええ、もちろんです！」

嬉しそうに言うアーレントにシルフィアはなんとも言えない顔をした。きっと彼は入れ替わりがうまく行ったと確信しただろう。

「では、失礼する——行こうか」

差し出されたラファエルの腕にシルフィアは緊張気味に手を添えた。そういえば、こんな風に彼にエスコートされるのははじめてだった。バラ園でも一定の距離を保っている。

彼は誰との婚約を発表するつもりなのだろう？　見上げた横顔はまだ表情が戻っていなかったが、

まあどちらにしろ成人と同時に平民になる自分には関係ないかとシルフィアは気にしないことにした。

なんとなく、胸がちくりと痛んだ気がしたけれど。

＊＊＊　＊＊＊

ヘルムセン公爵家のタウンハウスではその日、美しい夜会が開かれていた。

中々婚約者を決めなかった嫡男《ちゃくなん》のラファエルがやっと相手を見つけたため、お披露目の場を開いたのだ。その相手はファン＝ビューレン侯爵家の令嬢で、招待客はその姿を見たことがない者ばかりだったので、一体どんな令嬢が女嫌いと有名なヘルムセン公爵令息の婚約者の座を射止めたのだろうと噂し合っていた。

フェルスホール侯爵家の面々は上機嫌でその噂話に耳を傾けていた。アーレントの腕には胡桃色の髪と緑色の瞳をした美しい令嬢の腕が絡《から》められている。その距離は婚約者だとしても少しばかり近すぎて、傍《そば》にいる人々が冷めた視線を向けていたが、彼らは少しも気づかなかった。もちろん、怪訝そうに彼らを見る人たちの目も気づかない。

「大勢の方がいらっしゃっているのね」

おっとりと甘さを含んだ声がアーレントに語りかけた。

「わたくしたちの結婚式も、このくらいお客様を呼びたいわ」

「もちろんだよ、シルフィア」

にっこりとアーレントは笑った。そして美しい婚約者の耳元に唇を近づける。

「公爵家が入場してここにいる人たちがあいさつに向かったら、そっと庭園に出ようね」

「どうしてですの？　一曲くらい、踊りたいわ」

「ファン＝ビューレン侯爵夫妻に鉢合わせたらまずいだろう？　ダンスなら庭園でも踊れるよ。音楽が聞こえるだろうし、二人きりの方がロマンチックだろう？」

「まあ、そうですわね」

ファン＝ビューレン侯爵夫妻は上座の方にいて、距離がある。一瞬そちらに視線を向けてからそっと顔を伏せ、クスクスと婚約者は笑った。仲睦《むつ》まじい息子とその婚約者の様子に、アーレントの両親も満足そうな笑みを浮かべている。

音楽が鳴り、公爵家の入場を告げる声が響いた。公爵夫妻とその子どもたちが上座の一段高くなっている席へとそろう。その嫡男の腕には、胡桃色の髪とやさしい緑色の瞳をした令嬢が、ほっそりとした手をひかえめに添えていた。

「今宵《こよい》は我が公爵家の夜会に足を運んでくれたこと、感謝する」

深く響く公爵の声に客たちは頭を下げた。

「今宵の夜会は私たちの息子、ラファエルのための夜会だ。はじめる前に息子から発表がある。ぜひ聞いてほしい」

ラファエルは父と視線をかわすと小さくうなずき、傍《かたわ》らの令嬢と共に前に進み出た。会場の誰もが、その令嬢こそ婚約者に選ばれたファン＝ビューレン家の令嬢だと信じて疑わなかった。

「皆様、今宵は私どものためにお集まりいただき、ありがとうございます」

正装姿のラファエルに、会場にいる令嬢たちからため息がこぼれた。女嫌いと噂されていても、彼の魅力はほとんど損なわれないらしい。

二人の衣装は並んで立ってもおかしくない程には雰囲気がそろえられていたものの、若い恋人同士がよくするように目立っておそろいの部分を作ってはいなかった。しかし、白く、丈の短い上着の前身ごろには、公爵家の紋章を取り入れた銀糸の刺繍がほどこされていて、そこにはバラの図案もあしらわれていたが、よく見るとそれはとなりに立つ婚約者の、濃い紫色のすっきりとしたシルエットのドレスに重ねられたレースと同じ意匠だった。

「私、ラファエル・レオ・ヘルムセンはここにいるファン＝ビューレン家のご息女と婚約することとなりました」

ラファエルの紹介を受けて令嬢が美しい礼をすると、会場から温かい祝福の拍手が湧《わ》きおこった。見つめ合い、しあわせそうに表情をやわらげる若い二人の姿に、誰もが心からの祝福を送っていた。ラファエルの美しさにため息をついていた令嬢たちも、可憐《かれん》な婚約者と並ぶラファエルはますます美しく見えて、文句のつけようがなかった。

特に喜んでいたのは、フェルスホール侯爵家の面々だろう。彼ら自身、ある意味で自分たちこそその場で一番の幸せ者だろうと考えていた。

「さあ、シルフィア。ごあいさつを」

ラファエルが、そう告げるまでは。

会場の一部がにわかにざわめく。誰もがそのざわめきの方を振り返った。中心にいるのは、先ほどまで上機嫌だったフェルスホール侯爵夫妻とその次男、それから彼の婚約者の令嬢だ。

「カルス伯爵令嬢と同じ名前だ……」と誰かがささやいた。アーレントの美しい婚約者が、困惑した瞳をアーレントに向けた。

「カルス伯爵令嬢はあんな顔だったか？」

「別人のように見えますが……」

「しかしさっきシルフィアと呼ばれていたぞ……？」

ヘルムセン公爵が咳払《せきばら》いをし、会場の視線を息子たちへと戻した。婚約者に対してやわらかい表情を見せていたラファエルは、今は会場の客たちがよく見慣れた無表情になっている。冷たい視線に、ざわめきは一時やんだ。

「ラファエル様」とたしなめるようにシルフィアはそっと彼の袖を引いてから、気を取り直して再び会場に礼をした。

「ご紹介にあずかりました、シルフィア・ファン＝ビューレンと申します。元はカルス伯爵家の者でしたが――」

「どういうことだ⁉」

耐えきれないとばかりに声が上がった。ラファエルとシルフィアが視線を向けると、混乱を顔に浮かべたアーレントが口を開けていた。

「き、君はペトロネラだ!!　そうだろう!?」

「お前の腕にぶら下がっているのがペトロネラ・ファン＝ビューレンだろう」

答えたのはラファエルだった。感情をごっそりと削《そ》ぎ落とした冷たい瞳がアーレントを射貫《いぬ》いていた。

「なっ……！　ち、違う！　彼女はシルフィア・カルスで、僕の婚約者だ!!」

「ご子息はそう言っていますが？」

アーレントの顔は真《ま》っ青《さお》だったが、その両親はまだ冷静さを欠いていなかった。しかし瞳には動揺がちらちらと見え隠れしている。

「次男のアーレントは幼い頃よりカルス伯爵家へと婿入りするためシルフィア嬢と婚約しておりました。その息子がシルフィア嬢以外の誰をエスコートしてくるというのでしょう？」

　よどみなく、侯爵は言った。

「ラファエル殿は彼女がペトロネラ嬢だと言うが、ファン＝ビューレン侯爵家で決まった相手のいないご令嬢はペトロネラ嬢だけ……しかもシルフィアという令嬢はいないはずだ。あなたのとなりにいるご令嬢こそ一体誰なのです？」

「発言してもよろしいでしょうか？」とヘルムセン公爵にうかがいを立てたのは黙ってその場を見守っていたファン＝ビューレン侯爵だった。ヘルムセン公爵がうなずくと、彼は一歩進み出て、フェルスホール侯爵へと向かい合った。

「彼女は間違いなく我が家の娘ですよ、フェルスホール侯爵。先日、養子に迎えたシルフィアです。あなた方には元カルス伯爵令嬢のシルフィアと言った方がわかりやすいでしょうか？」

「は――？」

「そして残念なことに、あなたのご子息のとなりにいるのも我が娘……ペトロネラです」

アーレントとペトロネラは真っ青な顔で言葉をなくしていた。

「そ、そこにいるのがカルス伯爵令嬢のシルフィアだと言うのなら、ラファエル殿の婚約者だというのはおかしな話だ！　シルフィアは我が息子、アーレントと正式に婚約している!!」

「貴殿の息子とシルフィア嬢との婚約は陛下の命で白紙に戻された」

淡々と公爵は告げた。

「は、白紙……!?」

「わたくしが一時的に平民となったのもありまして、陛下に事情をお話しし、白紙に戻していただいたのです」

「平民だと!?　どういうことだ!?」

「領地と爵位を王家に返還いたしましたので」

「領地を返還だと!?　何を勝手に!!」

真っ赤な顔をして声を荒らげるフェルスホール侯爵を、シルフィアは冷静に見返していた。

「今までの恩を忘れたのか!?」

「たしかに侯爵家の方々にはお世話になりました。領民の生活と――亡き父母との思い出の地を守れるのであれば、アーレント様と結婚した後、侯爵家の方々が伯爵領のことに口を出したとしても目をつぶろうとさえ考えておりました。ですが、今回のことは……」

会場はいつの間にか静まり返っている。フェルスホール侯爵家の三人とペトロネラは顔を青くしたり赤くしたりしながらシルフィアを見ていた。

「王家から伯爵領を預かる家の者として見過ごせませんでした。生まれ故郷を愛する者としても。わかっているのですか？　あなた方のしようとしていたことは、伯爵領の乗っ取りです」

「フェルスホール侯爵家の者とペトロネラ嬢は共謀してシルフィアとペトロネラを入れ替え、私を騙《だま》し、シルフィアを騙《かた》ったペトロネラとその婿になったアーレントにカルス伯爵家を継がせようと考えていた。豊かな伯爵領を手中に収めるために」

ラファエルの言葉に静まり返っていた会場はまたざわめきを取り戻した。

「王家に隠れて伯爵領を手中に収め、勢力を拡大しようとするとは――」

ヘルムセン公爵の言葉には静かな迫力があった。怒りで赤くしていた顔を一転青くし、「そのようなつもりは……!!」とフェルスホール侯爵が慌《あわ》ててももう遅かった。公爵の命で控えていた衛兵がフェルスホール侯爵家の面々とペトロネラを拘束する。

「言い訳は牢《ろう》で聞こう――連れていけ」

連行される四人は醜くわめいて抵抗したが、誰もがそれを不快そうに見るだけだ。やがてその声も遠ざかり、会場には先ほどよりも幾分静まったざわめきだけが残されていた。

「見苦しいものを見せたな」

そう言って公爵が客に謝罪をすると、控えていた給仕が乾杯用のグラスを配る。琥珀《こはく》色のそれは王家の祝い事のみでふるまわれるスパークリングワインで、客たちは驚きと喜びのため息をもらした。

「見苦しいものは忘れ――改めて、今宵は楽しんで行ってくれ」

ラファエルはシルフィアに視線を向けた。少し疲れた顔をした彼女は、それでもグラスを掲げてそっと口元を緩ませた。

＊＊＊　＊＊＊

時はさかのぼり――

王宮で領地返還のあれこれを終えてラファエルと合流し、アーレントに出くわした後、シルフィアはラファエルに連れられてヘルムセン公爵家のタウンハウスを訪れた。伯爵家の屋敷とは全く違う美しい公爵邸にシルフィアはうっかり口を開けてぽかんとしてしまった。今日はラファエルと会う約束をしていたので、貴族令嬢としてはあまり多く持っていない衣装の中でも特に気に入っていて、落ち着いた中にも愛らしさのあるデザインのものを選んできたのだが、この美しい公爵邸には場違いのように感じてしまう……ラファエルがおかしそうに笑う声にハッと我に返って恥ずかしさに頬を赤く染めた。

「気に入ってもらえたか？」

折角《せっかく》だからと前庭を案内しながら、ラファエルはやさしくたずねた。

「ええ、素敵なお屋敷だと思います」

「ここで一緒に暮らさないか？」

「えっ？」

ラファエルは婚約者が決まったと言っていなかったか？　それなのに一緒に暮らそうなんて……まさか、愛人として？　困惑するシルフィアの前に、ラファエルはさっと膝《ひざ》をつき、そのほっそりとした手を取った。

「私と結婚してほしい」

青紫の美しい瞳が、やさしくシルフィアを見上げている。

「シルフィア・カルス嬢――」

甘く告げられた名前に、シルフィアは驚きに目を丸くした。「自己紹介をしてもらえなかったからな」とラファエルは笑った。

「勝手に調べさせてもらった」

どうして？　困惑と混乱でいっぱいになりながら、シルフィアは自分の手を握るラファエルの手と、自分を見つめるラファエルの瞳を交互に見た。

「わ、わたしも、自己紹介をされていません」

「そうだったか？」

「たぶんそうです……でも勝手にお名前をお呼びしていたことになりますね」

「気にしなくていい。君に名前を呼ばれて嫌ではなかったから。それで、返事は？」

「えっ？」

「プロポーズをしているんだが？」

シルフィアはぱちりと瞬きをし、それから状況を思い出してバラ園のジャムのように顔を赤く染めた。

「調べたならご存知だと思いますが、わたしは領地を返還するので平民になります……」

「身分が関係なければうなずいてくれるのか？」

その問いに、シルフィアは小さくうなずいた。


嬉しそうに笑ったラファエルに屋敷の中に案内され、応接室の一つに通されると意外な人と顔を合わせることになった。ラファエルがシルフィアに会わせたかった人は、ファン＝ビューレン侯爵夫妻だった。

二人はラファエルからフェルスホール侯爵家のアーレントが、シルフィアをペトロネラとしてラファエルに引き合わせたことを聞いていた。事情がわからず困惑する二人に、ラファエルに促されてシルフィアの口から事情を――アーレントとペトロネラが愛しあっていて、入れ替わり作戦を思いついたこと、フェルスホール侯爵家は何もかも承知の上であることなどを説明すると、ファン＝ビューレン侯爵夫妻はあまりのことに顔を真っ青にした。

「何もご存知なかったのですか？」

ラファエルがたずねた。

「ペトロネラがフェルスホール侯爵家のアーレントと親しくしているのは知っていました。幼い頃に何度か会わせたことがあったので、なつかしんでいるのだろうと……しかし節度は守るようにとくり返し注意はしておりました」

ファン＝ビューレン侯爵は顔を青くしたまま静かに答えた。

「ペトロネラは幼い頃から体が弱く、屋敷にこもりがちで人との接点がなかった……アーレントと親密になって欲しかったわけではなく、彼をきっかけに、それこそ婚約者であるシルフィア嬢をはじめとして他家の令嬢たちと接点ができればと思っていたのです」

「あの子を決して甘やかしたつもりはありません。家庭教師も他の子と同じようにつけていました。ただ、あの子は自分自身で体が弱いことを言い訳にして嫌なことから逃げ出すこともあったので、わたくしたちも注意してはいたのです……それがまさか、このようなことになるなんて」

侯爵夫人の震える声にシルフィアはラファエルを見上げた。彼は侯爵夫妻を責めるつもりはないようだった。シルフィアから見ても、二人はいい人だと思う。

「シルフィア嬢、本当に申し訳なかった。どうわびたらいいのか……」

「顔を上げてください、侯爵様」

頭を下げる侯爵に、シルフィアは慌てて声をかけた。

「今回のことで、フェルスホール侯爵家と縁を切ることを決意できたのはわたくしにとってもいいことでした。それに全てフェルスホール侯爵家の方々やペトロネラ様が勝手に考えたことです」

「しかし……」

ファン＝ビューレン侯爵はラファエルに視線を向けた。シルフィアは本当に気にしていなかったし、侯爵夫妻からのおわびは必要ないと思っていた。が、侯爵夫妻はそれでは気持ちが治まらなかった。

「当のシルフィアが気にしていないのなら、お二人が気にすることはないでしょう」

ラファエルはつづけた。

「ですが、個人的には彼女のために一つ協力していただきたいことがあるのです」

シルフィアはラファエルを見上げた。何のことだろう？

「今回の件がきっかけで、シルフィアは成人と同時に伯爵領を王家へ返還することになりました」

「まあ！　そんな……ご両親との思い出もあるでしょう？」

「領地で暮らす人たちもいますから……フェルスホール侯爵家と縁を切れば、今わたくしの後見人となっている叔父たちが伯爵家を乗っ取ろうとします。叔父たちは――身内の恥をさらすのは心苦しいですが、領主としては正直ふさわしくありません。領民たちのことを思えば、亡き両親も納得してくれるはずです……」

気づかわしげにシルフィアを見る侯爵夫妻に、シルフィアは微笑みを浮かべた。そっと伸ばされたラファエルの手が、膝のうえに置かれていたシルフィアの手を握った。

「シルフィアは成人すると同時に平民となります――が、私はシルフィアを妻にしたいと思っているのです」

侯爵夫妻は目を丸くしたが、すぐに何もかも理解したようにうなずいた。

「シルフィアをファン＝ビューレン侯爵家の養子としていただけないでしょうか？」

今度はシルフィアが目を丸くする番だった。

はじめて出会った日から、季節の移ろいと共にバラ園はその彩りを変えていた。今は少し小ぶりのバラが見ごろらしく、愛らしいその姿は自然とシルフィアの頬を緩ませた。

＊＊＊　＊＊＊

ラファエルがファン＝ビューレン侯爵夫妻にシルフィアを養子にして欲しいと頼んだ日、シルフィアが驚いている間に侯爵夫妻はラファエルの頼みを快諾し、いつの間にか養子縁組の書類が用意され、事情を知ったシルフィアの親戚たちは純粋にシルフィアがいい縁を結べたことに喜び、金に目がない叔父夫妻はその後どうなるのかよく考えもせずヘルムセン公爵家とファン＝ビューレン侯爵家が用意した金を満足げに受け取ってシルフィアを養子に出すことを了承した。

晴れてファン＝ビューレン侯爵家の養子となったシルフィアは、養父母とラファエルのすすめで国王陛下に謁見《えっけん》し、領地のことやフェルスホール侯爵家のことを告げてアーレントとの婚約を白紙に戻してもらい、改めてラファエルとの婚約を結んだのだった。

国王陛下は公爵家の跡取りであるにも関わらず中々伴侶を決めなかった甥《おい》をずっと心配していたらしく、シルフィアをラファエルの伯父としても歓迎してくれた。

夜会の後、カルス伯爵家の乗っ取りを企《くわだ》てた罪によってフェルスホール侯爵家は今回の件に関わっていなかった長男が当主となったが爵位は子爵家に落とされ、領地のほとんどを取り上げられてしまった。

侯爵とアーレントは罪人として別々に僻地《へきち》へと送られ、罪を償うまでそこで働かされる。重罪人の送られる開拓地で、やせた土地はろくな植物が育たず、水も手に入りにくい。そこで働く罪人たちはみなやせ衰えていて死人が後をたたない。

侯爵夫人は女性用の収容所に送られ、労働を課せられている。そのほとんどが内職だが、見た目も雰囲気も暗いその場所は精神を病む者も多いという。

フェルスホール侯爵家の人間ではないが共犯として罪に問われたペトロネラはファン＝ビューレン侯爵家から絶縁され、平民として戒律の厳しい修道院に送られた。おそらく一生出ることはできないだろう。

ラファエルは、ペトロネラはともかくフェルスホール侯爵家の人間が罰として労働を課せられたことはシルフィアに話したが、どういう場所でどういう労働を課せられたかまでは話さなかった。シルフィアもそれは聞かない方がいいのだろうと感じ、ラファエルや養父母にたずねることはなかった。

「今日はバラ園がすいているみたいですね」

すっかりお決まりになったバラ園の東屋でラファエルと向かい合って座りながらシルフィアは言った。やわらかなバラの香りの中で、ゆったりとしたシャツと細身のボトムス姿のラファエルはどこかくつろいで見える。シルフィアもまた、彼に合わせるようにゆったりとしたデザインのワンピースドレスだ。ファン＝ビューレン侯爵夫妻に贈られたそれは彼女が今まで着たことのなかった明るい黄色で、裾は小さな青紫色の花の刺繍で彩られている。

いつもならバラ園の入口に何台か馬車があるのだが、今日は見かけなかった。ここは相変わらず貴族の若いカップルには人気の場所なのに、珍しいこともあるものだ。

「ああ、貸し切ったからな」

と、思ったのにラファエルがあっさりそう言ったのでシルフィアは驚いて目を丸くした。

「二人きりで静かに過ごしたかったんだ。ファン＝ビューレン侯とご夫人は多少気を遣ってくれるが、我が家だと父上も母上も君にかまいたがるし……結婚式のことだって、二人で決めたいこともあるだろう？」

ラファエルは意外とロマンチストなところがあるとシルフィアはもう知っていた。「そうですね」と笑うと、目元を少しバラ色に染めてラファエルは目を細めた。

「笑いたければ笑えばいい。君なら許す」

「フフ、ありがとうございます」

「それから、二人きりの時に結婚の贈り物をしたかったんだ」

シルフィアは笑いを引っ込めてラファエルを見上げた。従者が持っていた包みをラファエルは受け取り、それをシルフィアに差し出した。細長い筒だった。結婚の贈り物としては、珍しい形だ。「開けて見てくれ」と言われ、シルフィアはポンっと小気味いい音をさせて筒の蓋《ふた》を開き、中に巻かれた状態で入っていた紙を取り出してゆっくりとそれを広げてみた。

丸まった癖のついた紙は、その大きさもあって少し広げにくい。

「これ……！」

「陛下——伯父上が、結婚祝いに領地をくださった。父上も公爵位を継ぐ前にまずは賜《たまわ》った領地から治めてみるようにと」

シルフィアは受け取った紙と、ラファエルの青紫の美しい瞳を交互に見た。

「シルフィア、君と一緒にその地を治めていけたらと思っているんだが……どうだろう？」

たずねながら、ラファエルはやさしくシルフィアに微笑んだ。

その紙は地図だった。ラファエルが新たに賜った領地の地図だと、シルフィアにはわかった。しかしそれ以上に、シルフィアはその地図をとてもよく知っていた。きっとこの国の、どこの地図よりも知っているだろう。

涙で滲《にじ》む瞳でラファエルを真っ直ぐに見てしあわせな笑顔を浮かべたシルフィアは、地図を抱きしめた。ラファエルは返事を急《せ》かさなかったが、彼女の答えを、もう知っている。

約束の魔法がとけたら

もり

ill. 椎名《しいな》咲月《さつき》

『――約束だよ、ダイアナ。ぼくのお嫁さんになってね』

『うん！　わかった！　やくそくね！』


幼い頃、父親に連れられて行った王都での楽しかった思い出。

大人たちが難しい話をするばかりの中で退屈していたダイアナは、同じ年頃の男の子と一緒に遊んでいた。

そして王都滞在の最終日、別れを惜しんでの約束は、素敵な思い出となっている。

（でも、あの後すぐにお父様に知られて、叱《しか》られてしまったのよね……）

そのときのことを思い出して、ダイアナはふふっと笑った。

当時は何も考えずに約束してしまったのだが、魔力ある者の約束はすなわち契約となって縛られてしまう。だから気安く約束を交わしてはダメなのだと、父にしっかりお説教されてしまった。

（エルはどうしているかしら……？）

同じように父からお説教されたらしい相手の男の子――エルと名乗った少年のことを懐《なつ》かしく思う。

身なりもよかったので、どこかの貴族の子息なのだろうが、今頃はきっと立派な青年になっているだろう。ひょっとしてもう子どもだったときのあの約束は忘れてしまっているかもしれない。

そう考えてダイアナは胸がちくりと痛んだ。そのとき――。

「――ディーナ！　ディーナ！」

「は、はい！　今行きます、奥様！」

二階から聞こえるこの家の女主人――継母《ままはは》の苛立《いらだ》った呼び声に、はっと我に返ったダイアナは慌《あわ》てて返事をした。

鶏《にわとり》小屋で引っ掛けて破れてしまったスカートを繕《つくろ》いながら、ぼうとしてしまっていたのだ。呼ばれて駆けつけるのが遅くなれば、また折檻《せっかん》されてしまうかもしれないと、ダイアナは裁縫道具を置いて急いだ。

ダイアナが十歳のときに父から新しい家族だと紹介された継母には、当初から嫌われていた。その娘であり、ダイアナの二歳年下である義妹《いもうと》のモーラも同様である。

それでも、父がまだ生きている頃には二人とも言葉はきつくとも、表立っては態度に出さなかった。

ただ、強い魔力を持つ父は、伯爵でありながら魔法騎士として、各地に出没する魔物退治のために屋敷を留守にすることが多く、その間のダイアナは息を潜《ひそ》めて暮らすしかなかった。

そして二年前。

父が病で亡くなってからは、ダイアナはすぐに部屋に監禁され、すべての使用人が解雇された後に、父と同じ病で死んだことにされてしまったのだ。

本当の名前も奪われて〝ディーナ〟と呼ばれるようになった今では、継母と無理やり交わされた約束――屋敷の敷地から外に出ないという約束のせいで、ダイアナを知る人はもういない。

「ディーナ！　呼んだらすぐに来なさいと何度言ったらわかるの!?」

「すみません……」

「違うわ、お母様。むしろ呼ぶ前に先立って行動するべきじゃない？　次からは私たちを待たせたら鞭《むち》打ちにすればいいのよ」

　精いっぱい急いだというのに、継母に叱りつけられたどころか、義妹のモーラに無茶な要求をされる。青ざめたダイアナを見て、モーラは満足げに口角を上げた。

「そうね。魔法も使えない役立たずなんだから、せめて私たちに迷惑をかけないよう努力するべきだものね」

　この世界ではほとんどの者が魔法を使えない。だが、貴族や上流階級の者は多少なりとも使えるため、伯爵の娘であるダイアナも本来なら使えるはずだった。

「あの人は騙《だま》されていたのよ。お前はきっと性悪な母親が卑《いや》しい下民と浮気してできた子どもなんだわ」

「お母様のことを悪く言わないでください！」

「口答えするんじゃないわよ！」

　ダイアナにとって生まれてすぐに亡くなった母の記憶はない。

　それでも、悪く言われることが耐えられずに抗議すれば、鞭を振るわれてしまった。

　痛みに怯《ひる》むダイアナを見て、モーラが意地悪く笑う。

「お義父《とう》様が亡くなったのも、きっとお前のせいよ。お義父様も本当はお前が娘じゃないって気付いて、心労のために病気になってしまったんだわ」

「やめて、モーラ。あの人が亡くなったことはとても悲しいことよ。私たちはあの人との忌々《いまいま》しい約束のせいで領地から出られず、こんな寂しい暮らしをしないといけないんだから」

「お母様、悲しまないで……」

わざとらしく嘆く継母をモーラが抱きしめ慰《なぐさ》めた。

すると、継母の嘆きは恨み言に変わる。

「ありがとう、モーラ。でもまさか、本当に出られなくなるなんて思わないでしょう？　何度も試みたのに、まるで壁があるかのように領地の境で行く手を阻《はば》まれるなんて……。死んでからも私たちを縛るなんて、あんな人と結婚しなければよかったんだわ」

そんな二人をダイアナは胸が締め付けられるような痛みを抱えて見ていた。

きっと父は継母に愛着を持ってこの土地を守ってほしかったのだ。魔力のある継母なら、父ほどではなくても何か対策ができたかもしれない。それも、ダイアナの魔力が弱いばかりの役立たずなせいなのだ。

本当はダイアナにも、力は弱いが珍しいとされる治癒魔法が使える。

そのため、父親が病に侵され床《とこ》に臥《ふ》せるようになったとき、ダイアナは力の限り治癒魔法を施した。

すると眠っていた父親は目を覚まし、頬がこけた顔で悲しそうに笑った。『ありがとう、ダイアナ。かなり楽になったよ。だが、もう絶対に治癒魔法は使ってはいけないよ』と。

ダイアナは『嫌だ』と言いたかった。しかし、父の怖いほど真剣な顔を見て、頷《うなず》くことしかできなかった。

魔力の弱いダイアナが治癒魔法を施し続ければ命さえ危うくなると、父は理解していたのだろう。

――もっと、もっと私に力があれば……。

その想いは未《いま》だにダイアナを責め苛《さいな》んでいた。

強い魔力を有していた父が亡くなってからは、伯爵領地でも魔物が出没するのではないかと、領民たちは怯《おび》えて暮らしている。

そんな領民の不安にはかまわず、継母やモーラは毎日のようにお茶会だの夜会だのと近隣の地主階級の者たちの屋敷へ楽しそうに出かけていた。

まるで父への嫌がらせのようだが、ダイアナへの仕打ちをみれば、実際にそうなのだろう。

父との約束でダイアナが十八歳になるまで、継母もモーラも領地からは出られないのだ。

その苛立ちからダイアナを屋敷に閉じ込め、使用人として扱うことで溜飲《りゅういん》を下げているらしい。

——もっと私に力があれば、みんなを安心させてあげられるのに……。

自分への不甲斐《ふがい》なさが悔しく、ダイアナは自分の髪を見てため息を吐いた。

強い魔力を有する者ほど髪や瞳の色素は薄くなる。貴族に薄い茶色や金髪が多いのは、それだけ魔力が強いからだった。

父も元気な頃は輝く金色の髪にアメジストのような薄紫色の瞳だったが、ダイアナは髪も瞳もくすんだ灰色で、よく継母たちに馬鹿にされていた。

そんな継母とモーラは金色に近い小麦色の美しい髪に瞳は青色である。

「ちょっと！　いつまでぼうっと突っ立っているの？　早くお風呂の用意をしてちょうだい！」

「は、はい！」

「せめて私たちのように水魔法が使えれば、水汲みなんてくだらない作業もしなくてすんだのにね」

「そうですね……」

継母もモーラも水魔法が使えるのだから、手伝ってくれればダイアナの仕事はぐっと楽になる。

もう何度もお願いしていたが、ダイアナはもう一度、とおそるおそる口を開いた。

「あの……せめて湯槽《ゆぶね》にお水を半分張ってくれたら……」

あとは調理場で湯を沸かして足せばいいだけだ。

それはダイアナがやるつもりだったが、二人とも気に入らなかったらしい。

継母は不機嫌そうに眉間《みけん》にしわを寄せ、モーラは目を吊《つ》り上げた。

「はあ？　どうして私たちがお前が楽をするために力を使わないといけないわけ？　信じられない！」

「モーラ、やめなさい。そんなにきつく言わなくても、水くらい出してあげればいいじゃない」

怒りを滲《にじ》ませるモーラを、継母が窘《たしな》める。その言葉にダイアナがほっとした瞬間、頭上から大量の水が降ってきた。

びしょ濡《ぬ》れになって呆然《ぼうぜん》とするダイアナを見て、モーラがきゃっきゃと声を出して笑う。

継母はゆっくりティーカップを置くと、ふっと馬鹿にしたように微笑《ほほえ》んだ。

「ディーナ、濡れた床をきちんと拭《ふ》いておくのよ」

「返事はぁ？　役立たずのディーナ？」

「……はい」

楽しげな継母とモーラに、ダイアナは震える声で返事をした。

すると、またモーラが楽しそうな笑い声を上げたが、床を拭き始めたダイアナを見て眉をひそめる。

「ねえ、お母様。ディーナにあの指輪は似合わないと思うわ」

「確かに、そうねえ」

モーラと継母の言葉に、ダイアナはびくりと肩を揺らして動きを止めた。

指輪は月の雫《しずく》のような乳白色の優しい輝きを放つ石と白金《プラチナ》の土台でできている。

ぞうきんを持つその手に不釣り合いであることは自覚していたが、病床にあった父から肌身離さず持っているようにと言われた大切なものだった。

「モーラ様、これはお父様の形見の指輪なんです」

「それがどうしたっていうの？　私にはお義父様は何も遺《のこ》してくれなかったわ！　あなたは他にもあるんでしょう？　一つくらいくれてもいいじゃない。今度のパーティーに着るドレスにぴったりだと思うわ」

「ですが――」

「お黙りなさい！　あなたと違って、モーラはあの人との思い出もほとんどないのよ！　可哀そうだと思わないの!?」

モーラは継母と一緒にこの屋敷の多くのものを受け継いでいる。

自室も持ち物もすべて継母に取り上げられたダイアナにとっては、この指輪だけなのだ。

「この指輪だけはお譲りすることはできません。他のものなら何でも――」

「うるさいわね！　いいから寄こしなさいよ！」

「やめてください！」

床に膝《ひざ》をついたまま懇願するダイアナを遮《さえぎ》り、モーラは指輪を奪い取ろうとした。

どうにか抵抗するダイアナの腕にピシッと鞭が打たれる。

「あっ！」

「モーラの言うことを聞きなさい、ディーナ。これ以上歯向かうなら、地下室に閉じ込めますからね！」

鞭を持った継母が蔑《さげす》みの表情でダイアナを見下ろす。

自身の手のひらを鞭でパシパシ軽く叩《たた》いているのは、苛立っている証《あかし》だった。

このままだと本当に真っ暗で湿った地下室に閉じ込められかねず、ダイアナが泣く泣く指輪を抜き取ると、モーラが奪い取る。

「ほら、私にピッタリ！」

「そんなに指輪が欲しかったなら、新しいものを買ってあげたのに」

「これがよかったのよ。でも別のものも買ってね！」

「まあ、欲ばりさんね」

右手薬指に指輪をはめたモーラは満足げだった。

そんなモーラに、継母が今さらなことを言う。

そして二人は悲痛な涙を流すダイアナを置き去りに、部屋から去っていったのだった。

＊　＊　＊

「――おい、聞いたか？　ついに子爵様の領地で魔物が出たってよ」

「ああ。でも幸いにして、近くにいらした魔法騎士様たちが駆けつけて退治してくださったらしいな」

「でもさ、次はここに魔物が出るかもしれないぜ？　伯爵様がご存命のときは、こんなに心配しなくてもすんだんだがな」

「確かになあ。だが、今は王太子殿下が魔法騎士団を率いてくださっているじゃないか」

「ああ。なんでも歴代の王家の方々の中でもかなり魔力が強いんだってな。それで王宮でのんびりなさらず、魔物退治に自ら出向いてくださってるんだとか。ありがたいことだよ」

「そうか？　だからって王太子様がわざわざこんな田舎《いなか》まで来てはくださらないだろ？」

「王太子様じゃなくたって、魔法騎士が来てくれればいいんだよ」

「そりゃ、そうだ」

ハーブ園にある乾燥小屋にいたダイアナは、休憩《きゅうけい》中らしい男性使用人の会話を聞いて驚き恐怖した。

この伯爵領と隣接する子爵領で魔物が出没したなど知らなかったのだ。

このままではこの地にも魔物が出没し、領民に危険が及ぶかもしれない。

今からでも継母にお願いして何か対策を講じてもらおうと考え、ダイアナは手にした乾燥ハーブを見つめた。

このハーブは継母たちの旅行鞄《かばん》に入れるために取りに来たのだ。

いつものように近隣の友人宅に滞在するつもりなのだろうと思っていたが、それにしては荷物が多いことに今さら気づいた。

ダイアナはもうすぐ十八歳になる。

それは、父と継母の約束——契約終了の日なのだ。

ひょっとして今度はただの旅行ではなく、継母たちはこの伯爵領を見捨てるつもりなのかもしれない。

不安に襲われたダイアナはとにかく確認しなければと、急ぎ片付け始めた。そのとき、小屋の隅で何かの影が動いた。

おそらく野生動物が入り込んでしまったのだろう。

ダイアナはどきどきしながら、影の正体を確かめようとした。しかし、何もいない。

気のせいだったかと引き返しかけたとき、作業台の奥、たらいの陰で小さな黒い塊《かたまり》が震えているのが見えた。

ダイアナは作業台の上にカゴを置いて屈《かが》むと、黒い塊へゆっくり手を伸ばした。

ダイアナの両手に乗るほどの小さな黒い塊——黒い子猫はぶるぶる震えている。

「大丈夫よ。あなたはどこから入ってきたの？」

怖がらせないように微笑みながら優しく声をかけると、子猫はダイアナの手をぺろぺろ舐《な》めた。

「ありがとう。優しい子ね」

負担をかけないようにそっと親指で撫でていたダイアナは、はっと息をのんだ。黒いせいで気づかなかったが、子猫の毛にはべったりと血がついている。

「どうしたの？　それはあなたの血？　怪我《けが》をしているなら見せてくれる？」

子猫を驚かさないように優しく問いかけながら膝に乗せ、血で固まった毛の束を優しくかき分ける。

「まあ……」

小さな体には二本の裂傷が見えた。一本はかなり深そうで、生きているのが不思議なくらいだ。

先ほどダイアナを舐めたのが最後の力だったかのように、子猫はぐったりする。

「野犬にやられたの？　まさか、魔物ではないわよね？」

返事は期待していなかったが、ダイアナは問いかけながら首に巻いていたスカーフを外して子猫を包んだ。もし魔物に襲われたのだとすれば、大問題である。

しかし、今はとにかく子猫を助けなければと、ダイアナはすうっと息を吸ってから傷口に右手をかざした。

体から力が吸い取られるような感覚に襲われる。

父が治癒魔法を使ってはいけないと言ったのは、ダイアナのためなのはわかっていた。それでも傷ついた動物たちを見捨てることはできず、こうして時々隠れて使っていた。

やがて子猫のしっぽがぴくりと動き、呼吸は荒いがしっかりとお腹《なか》が上下する。

「よかった。それじゃあ、もう少し頑張ってね」

ダイアナはスカーフで包んだ子猫を抱え、もう片手にカゴを持って屋敷に向かった。急ぎたいが、あまり振動を与えては子猫の傷に響く。

　どうか継母たちに気づかれませんようにと祈りながら、裏口から屋敷へと入っていった。

＊　＊　＊

「――今までどこで遊んでいたの⁉」

「モーラ様……」

　屋敷に入った途端、モーラに怒鳴りつけられてダイアナはびくりとした。

　モーラがこの裏口付近に来ることなど一度もなかったのだ。そのためすっかり油断して、子猫を隠すこともしていなかった。

「嫌だ、何その汚い獣は？」

「こ、この子は猫です。怪我をしているけれど、元気になれば鼠《ねずみ》を捕ってくれるから……」

「まさか飼うつもりなの⁉　信じられない！　お母様！　お母様！」

「モーラ様！　この子は怪我をしているんです！」

「それがどうしたっていうのよ？」

　継母を呼ぶモーラを止めようと、ダイアナは焦《あせ》った。継母が拒絶してしまえば決定事項になってしまう。だがモーラは容赦《ようしゃ》なく、意地の悪い笑みを浮かべていた。

「何なの、モーラ？　こんなところにあなたがいる必要はないのよ」

「そうだけど、お母様。ディーナが酷《ひど》いの！」

「また何をしたの、ディーナ？」

「い、いえ……」

「見て、お母様！　ディーナがあんな汚い獣を連れ込んだのよ！」

「まあ！　なんて不吉な！」

「違います！　この子はただの子猫です！　しかも怪我をしていて――」

「まさか魔物じゃないでしょうね⁉　お茶会で話題になっていたわ。子爵領で魔物が出たって！　そのときの生き残りかもしれないわ！」

　ダイアナは必死に子猫をかばおうとしたが、継母は耳を貸さないどころか、とんでもない話を持ち出してきた。

　近隣の地主階級の夫人たちが集まるお茶会で魔物退治のことが話題になったのだろう。

「さっさとその獣を遠くに捨ててきてちょうだい！」

「奥様……モーラ様も落ち着いてください……」

「汚い姿で近寄らないで！」

　ダイアナは興奮している二人をどうにか宥《なだ》めようとしたが、モーラに勢いよく押されてよろめき床に倒れてしまった。

　そのとき子猫をかばおうとして、歪《いびつ》な形で片手をつき、カゴの中身が床に散乱する。頬も手も痛んだが、とにかく子猫を守れたことにダイアナはほっとした。それも一瞬。

「今すぐその獣は捨ててきなさい！　それから鞭打ちですからね！」

継母の無情な言葉に、ダイアナは下を向いたまま唇を噛《か》んだ。

泣いてはダメだ。とにかく子猫をどうにかして守らなければという思いを支えに耐えた。

そんなダイアナを嘲笑《あざわら》うかのように、モーラは転がったハーブの束を蹴飛《けと》ばす。

「ほら、見ているからさっさとその獣を捨ててきなさいよ」

「モーラ、無駄な時間を過ごさないの。もうすぐパーティーで着る新しいドレスが届くのよ」

「そうだったわ！」

継母とモーラが楽しそうに去っていくと、調理場から一人の中年女性が顔を覗《のぞ》かせた。家政婦のベルだ。

「ディーナ、ここは私が片付けておくから、その子猫を早く外へ出しておいで」

「……ありがとう」

ベルが「捨てるように」と言わなかったのは、外で匿《かくま》えばいいと言ってくれているのだろう。最近雇われたばかりのベルはいつもこっそり助けてくれる。

ダイアナは今になってずきずき痛む手首を庇いながら、子猫を抱いて外に出た。

「……ここなら大丈夫だから、おとなしくしていてね。鳴いてはダメよ。お継母《かあ》様たちに知られてしまうかもしれないし、何より体力を使ってしまうから」

鶏小屋の傍《そば》にある物置小屋に入り、使っていないカゴに藁《わら》を敷き、スカーフごと子猫を下ろした。すると、子猫はダイアナの傷ついた手首をぺろぺろと舐める。

そのざらついた感覚に、ダイアナはようやく笑った。

「ありがとう、子猫さん。でも大丈夫だから、心配しないで」

ダイアナは捻《ひね》っていないほうの手で優しく子猫を撫でた。その際に、また力を与える。

自分の怪我は命にかかわるものではないが、子猫はまだ安心できない。そんなダイアナを、子猫は金色の瞳でまっすぐに見つめた。

「綺麗《きれい》な瞳ね……。そうだわ！　もしよければエリーと呼んでいいかしら？　私の大切な友達――エルの名前からよ。どうかしら？　金色の瞳がよく似ているの」

ダイアナが問いかければ、子猫はまるで答えるようにニャーと鳴いた。少しずつだが、回復してきているようだ。ダイアナは優しく微笑んでから立ち上がった。

「もう行かないと。あとで何か食べられそうなものを持ってくるわ。でもその前に喉が渇いたわよね？　なるべく早く持ってくるから、待っていて」

あまり戻《もど》るのが遅くなると、継母たちに呼ばれたときに対応できない。そうすれば、また怒りを買ってしまう。

ドレスの仕立て屋が到着すれば、しばらくは自由に動けるはずだと考えながら、ダイアナは屋敷へと戻っていった。

＊　＊　＊

昨夜、鞭で打たれたせいで両手に包帯を巻いたダイアナは痛みを堪え、捻った手首を庇いながら盆を持つと、物置小屋へと入った。

子猫のエリーのために、新しい水と鱒《ます》の身をすり潰したものを用意したのだ。鱒は昨夜の継母たちの食事に提供したのだが、嫌いだと言ってまったく手をつけられなかった。それを一度お湯にくぐらせて香辛料を抜き、猫が食べても害のないようにできるだけしている。

「少し元気になったみたいね、エリー」

ダイアナの姿を見たエリーは顔を上げて小さく鳴いた。昨日のぐったりしていた様子に比べれば元気に見える。

ダイアナは安堵《あんど》しつつ、エリーの傍に膝をついた。モーラに見つからなかったなら部屋に入れて体温が下がらないように抱いて眠るつもりだったのだ。

「ごめんね、エリー」

怪我をしているのに知らない場所に連れてこられ、放置されるなど心細かったに違いない。

そこでふと、ダイアナはエリーに家族や仲間がいるのではないかと気づいた。

「ねえ、エリー。あそこにいたのは、あなただけ？　ほかにも怪我をしている子はいない？」

言葉が通じるわけでもないが、ダイアナは問いかけた。すると、エリーは水を飲んでいた顔を上げる。

その金色の瞳は大丈夫だと言っているような気がして、そんなわけはないとダイアナは首を振った。

「念のために、あとで庭中を見てくるわね。誰もいないといいんだけど……」

野犬にしろ魔物にしろ、俊敏な猫を大きな爪か牙で傷つける獰猛《どうもう》な生き物がいるのは間違いない。近隣の人たちにも警戒するようにと、ベルに伝えてもらうようお願いはしているが、正体がわからないことには対策のしようもなかった。魔物でなければ、魔法騎士の要請もできないのだ。

「私がお父様の力をほんの少しでも受け継げていたら……」

ぽそりと呟《つぶや》いたダイアナを慰めるように、エリーが包帯の上から舐めてくれる。

ダイアナはくすりと笑って、エリーを包帯の巻かれた手で撫でた。

「大丈夫よ、ありがとう。それに昨日の夜も今朝《けさ》もご飯をしっかり食べることができたから、すごく元気なのよ？」

継母たちの嫌いな鱒を夕食に出したために、鞭打ちの回数は増やされた。しかし、鱒の香草焼きが手を付けられずに残されたおかげで、ダイアナは久しぶりにお腹が満たされたのだ。

そのため、こうしてまた治癒魔法をエリーに施すことができている。

「元気になったら、体を洗ったほうがいいわね」

ダイアナが血で固まった毛の束を撫でながら言うと、エリーはニャニャッとびっくりしたように鳴いた。それがおかしくて、ダイアナはまたくすくす笑う。

しっかり食事をとって治癒魔法を施したおかげで、エリーの傷はすっかり塞《ふさ》がっていた。あと数回施せば傷も治るだろう。

もう少しエリーの傍にいたかったが、ダイアナにはやらなければならないことがたくさんあった。

三日後のダイアナの十八歳の誕生日に、屋敷でパーティーが開かれるのだ。

もちろんダイアナの誕生日パーティーでないことは知っていたが、まさか継母とモーラが王都へ移り住むためのお別れパーティーだとは思っていなかった。

やはり継母たちはこの地を見捨てるらしい。

その後にこの屋敷がどうなるのか、何よりこの伯爵領がどうなるのか、ダイアナには知らされておらず不安しかなかった。

パーティーのことも昨夜知らされたばかりで、ダイアナは王都の魔法騎士団に宛てて急ぎ手紙を書いた。――どうか、この地を見捨てないでください、と。

後は手紙を出すだけなのだが、屋敷から出ることのできないダイアナには、誰かに託すしかない。

しかし、使用人たちがダイアナの願いを聞いてくれるかはわからず、継母に知られれば騒ぎになる。

昔読んだ絵本には、犬が手紙を届けてくれた、なんてものがあったが、さすがに子猫では無理なことはわかっていた。そもそもエリーの怪我は完治していないのだ。

「誰か……この伯爵領の危機を伝えてくれたらいいんだけど……」

問題が――魔物が発生してからでは遅い。

ダイアナはエリーを撫でながら呟き、立ち上がってスカートの埃《ほこり》を払った。

「さて。私はもう行かないといけないけど、あなたはここでおとなしくしているのよ？　傷は治ったように見えるけれど、無理は禁物。あと、万が一にもお継母様たちに見つかったら大変だからね？」

エリーにそう言い聞かせて、ダイアナは物置小屋を出ていった。

＊　＊　＊

そして、お別れパーティー当日。

結局、手紙は誰にも託すことができず、ダイアナは無力感に苛まれていた。

「でもさすがに、すぐには魔物も発生したりしないわよね……」

誰にともなく一人呟いたダイアナは、エリーの様子を見ようと物置小屋に向かった。

屋敷内ではパーティーの準備のため、使用人たちは忙《せわ》しなく働いているのだが、ダイアナは今日一日部屋から出るなと言われている。

それでも少しくらいなら、表に出なければいいだろうと、部屋から抜け出したのだ。

しかし、物置小屋にエリーの姿はなかった。

「……エリー？　どこなの？　エリー？」

エリーが動き回れるくらいに元気になっていることは嬉《うれ》しいが、今日はいつもより人の出入りが激しい。

万が一にも継母たちやパーティーの招待客に見つかれば大変なことになってしまう。

心配したダイアナは物置小屋を出て、前庭のほうへと探しに向かった。

そこで運の悪いことに、ダイアナはモーラに姿を見られてしまった。

「ディーナ！　どうして外にいるの!?」

「それは……」

「お母様！　またディーナが言いつけを破っているわ！」

「何ですって⁉」

モーラが騒ぎ、駆けつけてきた継母は今までにないほど怒りの形相を浮かべていた。

「なんて悪い娘なのかしら！　今までが甘かったようだわ！」

継母は怒鳴りつけると、ダイアナの細い手首を掴《つか》み、引っ張った。

あまりに強い力に痛みが酷く、ダイアナは呻《うめ》いたが、継母はかまうことなく引っ張っていく。

そして恐れていた通り、ダイアナは地下室へと連れてこられてしまった。

「いい加減、目障《めざわ》りなのよ。ここで暮らせば、自分の立場もわかるでしょうよ」

地下室へ押し込められ、扉を閉められたダイアナは必死に叫んだ。

「お継母《かあ》様！　許してください！　お願いです！」

「私のことは『奥様』と呼ぶよう言ったでしょう！　本当に馬鹿な子ね！」

「何日かここで過ごせば、馬鹿なディーナも少しは頭が働くんじゃない？」

許しを請うダイアナに、継母はさらに怒鳴りつけ、モーラは楽しそうに言う。

「あら、それはいいわね。私たちは明日出ていくから、馬鹿な子の顔を二度と見なくてすむものね」

「そんな！　お願いします！　ここから出してください！」

残酷なことを言う継母に、ダイアナは必死に懇願した。まさかそんなに早く出ていくとは思ってもいなかったのだ。しかも、このまま閉じ込められ忘れられてしまったらと思うと怖い。

そんなダイアナを嘲笑うかのように、継母とモーラの足音は遠ざかっていった。

それから、どれくらい時間が経《た》ったのか、扉の傍から離れず膝を抱えて座り込んでいたダイアナの耳に、カリカリと何かをこする小さな音が聞こえた。

ダイアナはびくりとして、ネズミが近づいてきたのかと身をこわばらせる。

しかし、かすかに聞こえてきたのは猫の鳴き声。

「……エリー？　エリーなの？」

まさかと思いつつ声をかければ、答えるようにまた「ニャー」と聞こえた。

か細く頼りないが可愛《かわい》らしい声、間違いなくエリーの鳴き声だった。

エリーが無事だったと、ダイアナがほっとしていると、カチャリと音がする。

それからまたカリカリと聞こえたかと思ったら、ギギギと地下室の扉が開いた。

「エリー？　誰か連れてきてくれたの？」

扉の隙間《すきま》から光とともに入ってきたエリーを抱き上げ、頬ずりをしながら問いかける。

優しく懐かしい気配を不思議に思いながら、ダイアナはそっと扉を開けて外に出たが、そこには誰もいなかった。

「あなたは魔法が使えるの？」

冗談めかしてダイアナが言えば、エリーは「ニャー」と鳴いて腕から抜け出し走り出した。

暗闇では明るく思えても、実際の地下廊下は薄暗く、黒い子猫はすぐに見えなくなる。

ダイアナは慌ててエリーを追いかけた。

エリーを追って地上に出たダイアナは、夕闇の中で夜が近いことを知った。

パーティーはかなり盛り上がっているようで、賑《にぎ》やかな声が広間から離れた玄関ホール奥の階段裏でも聞こえる。

いったいエリーはどこに行ったのだろうとダイアナが周囲を見回すと、ホールには到着したばかりらしい騎士たちが数人見えた。

しかし、遅れてきたからか、招待していないからか、継母と何か揉《も》めているらしい。そんな継母の隣でモーラも騎士たちを睨《にら》みつけていた。

そのとき、エリーが騎士たちのほうへ向かっているのが見えた。

騎士たちは猫の登場を許してくれるかもしれないが、継母たちは怒り狂うだろう。焦ったダイアナが階段裏から飛び出したとき、騎士の一人が継母に手紙を掲げて見せた。

「どういうことですか？」

「この手紙はこの地の窮状を訴え、助けを求めている。差出人はダイアナ・ウェルシュ。このウェルシュ伯爵領の当主だ」

「そ、そんなはずは……」

聞こえてきた話では、どうやらダイアナが書いた手紙が騎士に届いたようだ。

少ない荷物と一緒に衣装箱に入れていたはずの手紙がいったいどうして、と疑問に思っていると、エリーが手紙を持っている騎士の肩に飛び乗った。そのまま頭をこすりつけて甘えている。

「……エリーなの？」

まさかエリーが手紙を届けてくれたのかと驚き、思わずダイアナは呟いた。

その声に皆が振り向く。

「なぜお前がここにいるの⁉」

「ディーナがその獣を騎士様にけしかけたのね⁉」

びくりと体を竦《すく》ませたダイアナの傍に、一人の騎士が大股でやってくる。

「騎士様！　その者は言いつけを守らず――っ！」

「ああ、なんてこと！」

騎士はエリーを肩に乗せたまま、いきなりダイアナの前で跪《ひざまず》いた。

「ダイアナ、やっぱり生きていたんだね？」

動揺し蒼白になったダイアナの右手を取り、騎士は嬉しそうに微笑んだ。

騎士の背後では、継母やモーラが声にならないのか、口をぱくぱくさせている。

ダイアナは落ち着こうと必死になりながら、跪く騎士を見下ろしてはっと息をのんだ。

精悍《せいかん》な騎士たちの中でも特に凛々《りり》しく、麗《うるわ》しいといってもいいほどの美丈夫《びじょうふ》な騎士は、輝く黄金の髪と同様に金色の瞳をしている。

「……ひょっとして、エルなの？」

ダイアナが名前を呼ぶと、騎士はさらに笑みを深くした。

「そう。エルだよ。本当はエルヴィンっていうんだけどね」

「エルヴィン？」

「ああ。それでは、私が迎えに行くって言った約束は覚えている？」

「迎えに……」

残念ながらそれは覚えていない。

それが伝わったのか、騎士の――エルヴィンの表情がかすかに曇った。

何か言わなければと思うのに何も言葉が出てこないダイアナの足に、エリーが頭をこすりつける。

「これはいったいどういうことです!? その娘はただの使用人です！」

「そ、そうですわ！ そんな役立たずをどうして!?」

「……そんな娘？ 役立たず？」

ダイアナとエルヴィンのやり取りに焦《じ》れたように、継母とモーラが口を挟む。そんな二人に、エルヴィンは怒りに満ちた顔で振り返り立ち上がった。継母とモーラは息をのむ。

「どういうことか訊《き》きたいのは私のほうだ。なぜこの家の当主であるダイアナが死んだことになっていたのか」

「し、死んだんです！ 本当にダイアナは……。何を勘違いなさっているのか知りませんが、その娘は偽者ですわ！」

「そ、そうです！ お前はダイアナなんかじゃないわ！ 嘘《うそ》つき！」

厳しく問い詰められた継母はダイアナの存在を否定し、モーラが同調する。

そんな継母とモーラに向かって、エリーが毛を逆立てて唸《うな》り声を上げた。

「ディーナ！　早くその獣を連れて出ていきなさい！　そうすれば、今回のことは許してあげるわ！」

　八つ当たりのように怒鳴りつける継母からかばうように、急ぎエリーを抱き上げたダイアナをエルヴィンが抱き寄せた。

「この子は——この子猫は私の使い魔だ」

「使い魔……？」

「最近になってよくない噂《うわさ》が耳に入り、この地に向かった私たちは子爵領で魔物と遭遇した。そのため、この子を先にダイアナの許《もと》へ使いにやったんだ。途中、怪我をしてしまったようだが、ダイアナが助けてくれたんだな。この子が今朝手紙を届けてくれたときにすべて聞いたよ」

「エリーから？」

「ああ。この子に素敵な名前をありがとう」

　エリーが使い魔だったと知って驚き腕の中を見下ろしたダイアナの手を、甘えるようにエリーはペロペロと舐める。

　物語みたいだが、手紙はエリーが届けてくれたのだ。それで姿が見えなかったのだろう。

「先ほどから何度も申しておりますが、いくら騎士様でも、いきなりやってきて無礼ではないですか!?　私はウェルシュ伯爵未亡人であり、亡き主人からこの屋敷を含めた領地を任されているんです！」

「それは、先代ウェルシュ伯爵の人選ミスとしか言いようがないな」

「何ですって!?」

継母はかっとなったのか、エルヴィンへと詰め寄り手を上げようとした。

ところがその前に他の騎士たちが立ちはだかり、一人が継母の振り上げた手を掴んで捻り上げる。

「きゃあっ！　痛い！　何をするの!?」

「お母様！」

「あなたがたの無礼な態度は目に余ります。これ以上の不敬は許されません」

壮年の騎士が継母たちを厳しく叱責《しっせき》する。

一連の出来事をダイアナは見ていることしかできなかったが、エルヴィンは動じることなく告げた。

「もう一度言うが、彼女はこのウェルシュ伯爵家の当主だ。そして、私の婚約者でもある」

その言葉に驚いたのは、継母やモーラよりもダイアナ自身だった。あの日の約束は無効になったと思っていたからだ。

しかし、父から叱られた後に、渋々言われたことを今になって思い出す。

「……父が、十八になるまでは——成人するまでは領地で暮らすようにと……とても大切な場所だからって。でも、成人すれば好きな場所で好きな人と暮らせばいいんだよって言ってくれました」

「うん。思い出したんだね？」

振り向いたエルヴィンの表情は嬉しさに満たされていた。無邪気とも言えるその笑顔を見て、ダイアナはすべてを思い出した。

王宮でエルと遊んだ楽しかった数日。領地に戻ることになっていた前日にエルから、拙《つたな》くもプロポーズされたこと。幼いながらに本気で応えたが、父が叱りながらも寂しそうに笑っていたこと。

「馬鹿なことを言わないで！　私は何も聞いていないわ！」

ダイアナが懐かしさに満たされていたとき、継母が叫んだ。

今にもダイアナやエルヴィンに飛びかかりそうな継母を、若い騎士二人が取り押さえている。モーラはその横でおろおろしており、執事や従僕たちは遠巻きに見ていた。

「先代ウェルシュ伯爵は約束してくれた。ダイアナが領地に愛情を持ってくれるよう育てるが、成人したらお互いの気持ちを尊重する、と。だから私はダイアナが成人するまで待ったのだ。だが待つのではなかったと後悔している。この地が伯爵の望みと違う状況に陥《おちい》っているのだからな。手紙を読んで、さらに後悔したよ」

「何を勝手なことを！　そもそもあなたは誰なのよ!?　名乗りもしないで――！」

反論しかけた継母を、エルヴィンは片手を上げて制した。

気の強い継母が押し黙るほど、エルヴィンには威厳がある。

「確かにそうだな。申し遅れたが、私はエルヴィン・ボルスト。このボルスト王国の王太子だ」

エルヴィンが淡々と名乗ると、継母とモーラはぽかんと口を開けた。

そしてダイアナもまた、〝エル〟だった少年の正体を知って、唖然《あぜん》としていた。

＊　＊　＊

「……王太子殿下？」

「そんな馬鹿な！　どうしてこんな娘が王太子殿下の婚約者に!?　嘘に決まってるわ！」

ダイアナが思わず呟いた声に被《かぶ》さるように、継母の悲鳴じみた声が上がった。

すると、壮年の騎士が厳しい表情のまま一歩前へと出る。

「本当ですよ、ウェルシュ伯爵未亡人。私とは一度お会いしたことがありますが、覚えていらっしゃいますかな？」

「ゼンス副団長……」

「ええ。ウェルシュ団長の部下でした」

ゼンス副団長については、ダイアナも知っていた。父からよく話を聞いていたのだ。

呆然としていたダイアナは、そこではっと我に返り、慌てて膝を折ろうとした。

しかし、エルヴィンに止められる。

「ダイアナ、あなたまでやめてくれ。どうか昔と同じように、私を〝エル〟でいさせてほしい」

「……エル？」

「うん」

ダイアナが遠慮がちに問いかければ、エルヴィンは嬉しそうに笑った。それは記憶にあるエルの笑顔で、ダイアナの心を温かくする。

だが、エルヴィンは継母とモーラに向き直ると、すっと笑顔を消した。

「さて、それでは話を戻そう」

エルヴィンはそう言うと、苛立ちを隠さない継母の傍で狼狽《ろうばい》しているモーラを見た。

「その指輪はダイアナのものだったはずだ。あなたが奪ったのか？」

「ち、違います！　これはお義父様が私にくれたのよ！」

モーラの嘘はエルヴィンたちには通用しなかった。騎士たちの冷ややかな視線がモーラに突き刺さる。

「こ、こんなガラクタ、別にいらないわ！」

モーラは指輪を急ぎ抜き取ると、ダイアナに向けて投げつけた。

ダイアナはなぜエルヴィンが指輪のことを知っていたのか——まだエリーを保護する前のことなのにと、そんな考えに気を取られて咄嗟《とっさ》に動けなかった。

だが、エルヴィンが少し方向のずれた指輪を腕を伸ばして受け取る。

「確かに、この指輪はあなたにとってはなんの意味もないだろうな。これはダイアナの強すぎる魔力を封じ込めている指輪なのだから」

「私の力を……？」

ダイアナは今のエルヴィンの言葉で新たな記憶がよみがえってきた。

王都で過ごした日々の中で嫌な思い出——何人もの怖いおじさんに囲まれてぶつぶつと低い声で恐ろしい言葉をぶつけられたときのことを。あれが魔力を封じる儀式だったのかと今になって気づく。

「ダイアナの魔力は生まれたときから強かったらしい。そのため、幼い体が耐えられないだろうと、成人するまで封じることになったんだ。まさか、それを知らされていなかったなんてことはないはずだが？」

「そ、そんなこと……」

「お母様？」

エルヴィンに問われ、言葉に詰まる継母をモーラがすがるように見る。

「先代伯爵はダイアナについて説明していたはずだ。我々王家としても、先代伯爵が亡くなったときに、弔意《ちょうい》を伝える手紙で書いていただろう？　正確には、『新当主であるダイアナが成人して力を取り戻すまでは、何かあったらいつでも頼ってほしい』と」

「そんな手紙、受け取っていません」

「使者を立てたのに？　使者は葬儀にも参列したはずだが？」

未だに言い逃れをする継母に、エルヴィンたちは呆《あき》れたようだ。

そんな継母やモーラから視線を外し、エルヴィンはダイアナを見つめた。

「あの日の約束は伯爵に叱られて無効になってしまったけれど、私は諦《あきら》めきれず、何度も伯爵に手紙を書いてお願いしていたと知ったら、ダイアナは引くかな？」

気まずそうなエルヴィンの告白に、ダイアナは目を丸くした。

「何度も？」

「そう。何度も。だから、伯爵には諦めが悪いと呆れられたし、ダイアナの近況をこっそり聞いていたんだ。それなのに、こんなになるまで迎えに来ることができなかった」

エルヴィンはダイアナの両手を取り、鞭で傷ついた痕《あと》を申し訳なさそうに親指でなぞった。

しかし、ダイアナは首を横に振って微笑んだ。

父が病に臥せるようになってから、魔法騎士団で活躍する王太子殿下の噂が届くようになったのは、父の代わりを担ってくれていたからだろう。

その噂を伝えたとき、父は申し訳なさそうな、それでいてどこか誇らしげで、不思議に思ったものだった。

「ダイアナ、遅くなってすまない」

「いいえ。エルは約束を守ってくれました」

ダイアナには今までの継母たちからの仕打ちも、こうしてエルヴィンが迎えにきてくれたことで十分に報われたのだ。

〝エル〟との約束は、ずっと心の支えだったのだから。

微笑むダイアナの右手をエルヴィンは持ち上げると、そっと口づけた。そして、真っ赤になったダイアナの右手中指に、モーラから取り返した指輪をはめた。

瞬間――指輪が、ダイアナが光に包まれる。

その輝きに皆が眩《まぶ》しそうに目を細め、次いで光が消えるとダイアナの変化に目を瞠《みは》った。

「エル!?」

「大丈夫だ、ダイアナ。指輪から力が戻っただけだから」

何が起こったのかわからず動揺するダイアナに、エルヴィンが安心させるような優しい声で答えた。

だが、そんな優しさを切り裂くような継母とモーラの金切り声が上がる。

「何なの⁉　まるで別人じゃない！　やっぱり偽者よ！」

「あんなのダイアナじゃないわ！」

その言葉に驚いたダイアナは、正面にあるホールの壁に掛かった鏡を見てはっとした。

鏡の中でダイアナを見つめ返す人物は、確かにダイアナ自身なのだが、瞳も髪も色が違う。

父によく似た薄紫色の瞳に、白金《プラチナ》の髪色のダイアナは確かに今までとは別人のように見えた。

慌てて指輪を見ると、変わらず優しい輝きを放っている。

ほっと息を吐くダイアナはまるで愁《うれ》いを帯びた月の女神のように美しい。

エルヴィンはダイアナを再び抱き寄せ、継母たちに厳しい視線を向けた。

「ダイアナは力を取り戻して、本来の姿に戻っただけだ。いい加減、あなた方は不愉快だ」

エルヴィンの冷ややかな言葉を受けて、継母とモーラを拘束した騎士たちが、二人を屋敷から連れ出していく。継母は喚《わめ》き、モーラは癇癪《かんしゃく》を起こしたように泣き暴れたが、騎士たちは容赦なく駐《と》めていた馬車へと押し込んだ。

その様子をダイアナは言葉もなく見ていることしかできなかった。

「さて――」

呆然としていたダイアナは、エルヴィンの声にはっと我に返った。

そんなダイアナに、エルヴィンは悪戯《いたずら》っぽく笑いかける。

「パーティーの主催者を奪ってしまったからには、責任を取って盛り上げないとね。これからダイアナの誕生日のお祝いをしよう！」

そう言ってエルヴィンは手を差し出したが、ダイアナは申し訳なさそうに微笑んだ。

「この姿では、皆様が驚いてしまいます」

今のダイアナは継ぎ接《は》ぎだらけのメイド服なのだ。

どんな姿でもダイアナが可愛く美しく見えているエルヴィンは気づかなかった。

強力な魔法が使えても、さすがに着ている服まで変えることはできない。

「ベル」

エルヴィンが声をかけると、いつの間にか後ろに控《ひか》えていたベルが進み出てきた。

「ダイアナにドレスを着させてくれ」

「かしこまりました」

「ダイアナ、ベルと一緒に行って着替えておいで」

今までと雰囲気の違うベルに驚くダイアナの背を、エルヴィンがそっと押す。

混乱するダイアナにベルは優しく微笑んで促《うなが》した。

「ダイアナ様、こちらです」

ベルはダイアナを案内しながら、実はエルヴィンに頼まれて様子を窺いにきたのだと打ち明けてくれた。だが手出しをすることはできず、報告することしかできなかった、と。

ずっと助けられていたと知って言葉に詰まるダイアナに、ベルはにっこり笑って部屋の扉を開けた。

そこは二年ぶりに入るダイアナの部屋で、内装は何も変わっていなかった。

しかし、衣装ダンスの中には見慣れないドレスが何着かあり、そのうちの一着をベルが取り出す。

「きっと、これならサイズもダイアナ様にぴったりですよ」

濃紺のドレスは流行に左右されないデザインで、ダイアナの昔のドレスよりもぐっと大人っぽい。

鏡の前でドレスを当てたダイアナは、ベルベットの心地よい手触りを楽しみながらも感動していた。

「ベルさん、ありがとうございます。なんてお礼を言えばいいのか……」

「さん付けはよしてください。それに、このドレスを見つけたのは、殿下の使い魔のおかげですから」

「エリーの？」

「ええ。屋根裏の物置の中から音がするものですから、ネズミでもいるのかと確かめてみたら、あの子が古い衣装箱で爪を研《と》いでいたんですよ。おそらくダイアナ様のお母様の衣装箱かと思います。あの子がどこから入ったのかはわかりませんが、やはり使い魔ともなると私とは違いますね」

笑いながらベルが話していると、エリーがニャーと鳴いて窓から入ってくる。

そして褒《ほ》めてくれと言わんばかりに、ダイアナの前で胸を張って座った。

「ありがとう、エリー」

ダイアナが屈んでエリーを撫でると、ベルの頼もしい声が上がった。

「さあ、急ぎましょう！」

かけ声とともにてきぱきと動き始めたベルは、あっという間にダイアナを着替えさせ、髪を美しく結い上げた。

それはまるで魔法のようで、ダイアナは鏡に映った自分を驚き見る。

「さあ、参りましょうか。ダイアナ様、とてもお美しいですよ」

ベルは満足げに微笑んでダイアナの手を引き、階段とは別の場所へと案内した。

そこはいつも鍵が掛けられている扉で、ダイアナは一度も開いたところを見たことがない。

「ここは……」

どこなのかと訊きたかったが、それより先に扉は開かれた。途端に大勢の視線が向けられる。

扉はパーティー会場となっている広間の中央にある階段へと繋《つな》がっていたのだ。

驚き立ち竦むダイアナを励ますように、エリーが背後でニャーと鳴く。

そして、エルヴィンもまた励ますように優しく微笑みながら、階段を上ってダイアナの許までやって来た。

「先ほども美しかったけれど、今もまたとても綺麗だよ、ダイアナ」

「あ、ありがとう、ございます……」

エルヴィンは慣れた仕草でダイアナの右手を取り口づけ、さらりと褒める。

しかし、慣れないダイアナはぎこちない。

そんなダイアナの手を握ったまま、エルヴィンは隣に立って場内を見回した。

「皆、待ちくたびれたと思うが、その甲斐はあっただろう？　こちらの美しい人がダイアナ・ウェルシュ伯爵。この地の新領主だ」

エルヴィンの宣言にダイアナはかなり驚いたが、パーティーの招待客たちに驚いた様子はない。

戸惑うダイアナにエルヴィンが耳打ちをする。

「伯爵未亡人たちのことは上手《うま》く説明しておいたから心配はいらないよ。それに、ダイアナが十八歳の誕生日を迎えたことで、新領主になるのは約束されていたことだからね」

そう言ってエルヴィンはダイアナの手を引いて階段を下り、広間の中央に立った。合わせて楽団が演奏を始める。

音楽に乗ってステップを踏み始めたエルヴィンにつられて、ダイアナも踊った。

久しぶりに踊るのは楽しく、ダイアナの顔にようやく笑顔が浮かぶ。

やがて招待客たちもダンスを始め、夢見ていた舞踏会のようでダイアナは心まで躍《おど》った。

「エル、一つ訊いてもいい？」

「いいよ。何だい？」

「エリーは魔法が使えるの？」

「うん、私の魔力を分け与えているから少しだけね。それで手紙は無事に届いたし、鍵も開けられた」

「そういうことだったのね。すごいわ！」

地下室の鍵を開けてくれたときに誰かいる気がしたのは、エルヴィンの魔力を感じたからかもしれない。そう思うと、ダイアナは嬉しかった。

しかし、エルヴィンは苦笑する。

「まあ、たまに失敗はするよ。それで怪我をして、ダイアナに力を使わせてしまったね」

エリーに治癒魔法を使ったことを、エルヴィンは気にしているらしい。

だが、ダイアナはそれ以上に救われているのだ。

「エリーの存在が私を癒してくれていたの。ありがとう、エル」

エルヴィンがダイアナを忘れず気にかけてくれたから、エリーとも出会えたのだ。

そして今、エルヴィンが傍にいてくれる。

そのことが心から嬉しくて、ダイアナはエルヴィンにお礼を言おうと顔を上げた。

そこでちょうど一曲目の演奏が終わってしまったが、エルヴィンはその場から動かない。

「これからダイアナはウェルシュ伯爵として王都に行って、多くの人たちと会うことになる。王都でなら、魔法もしっかり学べるからね。その間、この地には代理人を派遣するから心配しなくていい。だからどうか、たくさんの新しい経験を楽しんで。もちろん、楽しいことばかりじゃない、つらいこともあるだろうけれど、ダイアナなら乗り越えられる。その中で、私のことも改めて知ってほしいんだ」

「はい。よろしくお願いします」

エルヴィンの言葉は思いがけないものだったが、ダイアナは笑顔で頷いた。

すると、エルヴィンはいきなりダイアナの足下に跪く。

「エル……？」

「好きだ、ダイアナ。どうか私と結婚してほしい」

「あ、あのっ、でも――」

「わかってる。私にとっては、伯爵に知らされていたまま昔と変わらないダイアナに会えて、エリーからも話を聞いて、改めて好きだと実感したけど、ダイアナにとってはいきなりのようなものだよな？　だから返事は私を知ってからにしてほしいんだ」

「ですが、それでは殿下に不誠実です」

「そんなことはないよ」

結婚の約束は無効だと思っていたが、エルヴィンは約束を守って迎えにきてくれ、ダイアナを窮地から救い出してくれた。

エルヴィンこそ、昔と変わっていない。だからもう答えは決まっている。

ただ、ダイアナがためらったのは、エルヴィンが王太子という雲の上のような存在だったからだ。

それでもエルヴィンの傍にいたい。幼い頃の記憶以上に今のエルヴィンに惹《ひ》かれているダイアナは、そう強く願った。

「……私、これからたくさん努力します。たくさんたくさん頑張って、実力をつけて、強くなります！」

「強く？」

「はい、強くです！」

エルヴィンに相応《ふさわ》しくないのではないかと弱気にならないように。強い自信を持てるように。何より、そのときにまだエルヴィンに好きだと言ってもらえるように。

決意に満ちたダイアナを見て、エルヴィンは大きく頷いた。

「わかった。では、私もダイアナに負けないように強くなるよ」

「あまり……先には行かないでください」

「そうだね。だけど、待つのは得意だから、心配しなくて大丈夫」

嬉しいような困ったような顔でダイアナが言うと、エルヴィンは悪戯っぽく笑った。

そんな二人の間に、エリーが大きくニャーと鳴いて割り込んだ。

自分を忘れるなと言わんばかりにふんっとあごを上げたエリーを見て、ダイアナとエルヴィンはまた笑った。

そこに招待客たちから拍手と歓声が上がり、ダイアナは大勢の人たちの前だったことを思い出して顔を真っ赤にしたのだった。


――その後。

元ヴェルシュ伯爵未亡人と娘のモーラは数々の不正が見つかり、現伯爵であるダイアナを陥《おとしい》れた罪と王太子に対する不敬罪で罰せられることになった。

辺境の地で使役する囚人たちの世話をするために、修道院へと送られるのだ。

その報告を受けたダイアナは、いろいろと思うところはあったが、静かに受け入れた。


そして、二年後。

ダイアナは多くの人々を癒し、いつしか聖女様と呼ばれるようになっていた。

またエルヴィンは歴代の名だたる魔法騎士に勝《まさ》るとも劣らないほどの実力をつけ、ダイアナとの結婚は国中の人々に歓迎され、祝福されたのだった。

サーラ・メルディは歌えない

水《みず》野《の》沙《さ》彰《あや》
ill. まち

この国には、歌が溢《あふ》れている。

歌うことで魔法を使い、人々は生活をより便利に、豊かにしてきた。

そんな、歌に満たされた世界で。

サーラ・メルディは、森の奥にあるメルディ伯爵家の小さな別荘で、ひとり、静かに生きていた。


「ここには誰も住んでいないと聞いているが、間違いないか」

引っかけるだけの扉の鍵は跳ね上げられたようで、階下から男性の声がする。低くて太い、いかにも鍛えていそうな声だ。

「そのはずです。ですが――」

「なんだ、言ってみろ」

「周辺住民から、火の玉の目撃情報が」

「火の玉……待ってください。もしかしてそのために私を呼んだのですか？」

男性達は何人かいるようだ。重たい靴音が床を伝って、二階の自室にいるサーラのところまで伝わってくる。

「専門家だろ」

「そんなものの専門家になった覚えはありません。大体、怪奇現象なんて大体は見間違いですって」

「……だとしたら、こんなところに出入りする人間がいるってことか。破落戸《ごろつき》の根城にされているかもしれないな。気を引き締めろ」

こんなところと言われるのも当然だった。

伯爵家の別荘といっても、少し大きな庶民の家くらいの大きさだ。森の奥にある建物は植物の蔓《つる》に覆《おお》われていて、いかにも幽霊でも出そうな見た目だった。あばら屋と言うのが正しい。

明かりをつけることは許されていないため、日が沈んでしまう前に夕食の支度をしようとしていたサーラは、招かれざる客人の気配に肩を揺らした。部屋の端で小さくなって、膝《ひざ》と腕の隙間《すきま》からただ一つしかない扉を見つめる。

物音には敏感な方だった。

この場所には音がほとんどないため、余計に一つ一つの音がよく聞こえる。

誰かが階段を上ってくる。

廊下を歩く足音が近付いてきて、部屋の前で止まる。

ぎいと音がして、サーラの視線の先で扉が開かれた。

同時に、廊下の窓から差し込む夕日の眩《まぶ》しさに目を細める。

そこにいたのは、フードを目深《まぶか》に被《かぶ》ったひょろりと背が高い男性だった。逆光で顔はよく見えないが、黒いローブの前を留めているブローチはどこかの貴族の家の紋章のようだ。

男性はサーラを見つけて立ち止まると、目を見張った。

「――……白い」

男性の口から出た言葉に、サーラは俯《うつむ》いた。

その意味が、どうしようもなく分かってしまったからだ。

白銀の髪と陶器のように白い肌を持つサーラは、存在自体が異端である。そのことは、誰よりサーラ自身がその身をもって思い知っている。

しかし男性はすぐに気を取り直したようで、慌《あわ》てた様子で廊下に向かって声を張り上げた。

「隊長、若い娘がいましたよー！」

「なんだと？　誰だ!?」

廊下から怒鳴るような声が聞こえてくる。サーラが身体《からだ》を縮めると、男性は屈《かが》んでサーラと目の高さを合わせた。

「君の名前を教えてくれるかな？」

途端に優しい色を帯びる声に、サーラは日の前の男性が自分に対して悪意を抱《いだ》いている人間ではないと理解した。しかしそれと同時に、サーラの世界に歪《ひず》みが生まれる。

これまで、サーラをありのままに受け入れてくれる人間はいなかった。だからこの親切がなんなのか、サーラには分からない。分かったところで、サーラに自分の名前を伝える術《すべ》はない。

誰も来ないと思っていた。

だから、手元にはペンも紙もない。

歌が溢れている世界に声を失ったサーラは不要で、誰からも愛されないのが当然の存在だった。

サーラは、メルディ伯爵家の長女だ。とはいえ、メルディ伯爵夫妻はサーラを自分達の子供だと言いたくはないだろう。

白銀色の髪と、ルビーのように赤い瞳。両親のどちらの色も持たずに生まれたサーラは、それだけで異端だった。ましてその色は、生まれながらに持つ色が薄ければ薄いほど強い魔力を有しているとされるこの国で、最も魔力が強い色だった。

通常、貴族の家では色素が薄い子が生まれると歓迎される。強い魔力を持つというのは、それだけ活躍の場が多いということだ。王宮付き魔法使いや王立騎士団、魔法学院の教員、研究員だけでなく、商会などでも重宝される。

王族に近付ける仕事から高給取りの仕事まで、よりどりみどりだ。

しかしサーラの場合は違った。あまりに薄すぎる色を持って生まれたサーラは、恐怖そのもののように扱われることになったのだ。

最初は父親だった。自分と同じ色を持たない娘。生まれてすぐに自身の妻の不貞を疑った父親は、その間違いを正すかのようにサーラの存在を社会から隠そうとした。

次は母親だった。白銀色の髪を持つ赤子を見た夫に不貞を疑われ、自尊心の高い母親はサーラを疎《うと》むようになった。赤い瞳を血のようだと言って忌《い》み嫌い、強い魔力を恐れ、絶対にサーラを歌に触れさせないよう使用人に厳命した。

心を壊しかけた母親を守るように、そして自分達の汚点をなかったことにするように、父親はサーラに乳母《うば》だけをつけて邸《やしき》の敷地内にある別邸に閉じ込めた。

サーラにとって僥倖《ぎょうこう》だったのは、この乳母が良い人間だったことだ。サーラのことを怖がりながらも哀れんだ乳母によって、サーラはこっそり基礎の学問を学ぶことができた。有り余った時間を使い勉強したサーラは、礼儀作法も学問も七歳の頃には乳母から合格をもらえるほどになった。

しかし子供らしく、本の中に出てくる『優しい両親』というものにはどうしても憧れた。乳母に尋ねて困らせたことは一度や二度ではない。

両親の色を持つ妹が生まれ溺愛《できあい》されていると、乳母が零《こぼ》した独り言で知った。いつからか、愛情を求めることを諦《あきら》めた。

だって、サーラは人間ではない。きっと化け物なのだから。

きっかけは忘れてしまったが、気付けば声が出なくなっていた。

これ幸いと思われたのか、サーラはすぐに一人きりで森の中にある別荘に送られた。

訪れる者は、保存の利《き》く食材を置きに来る商人だけ。父親からの言いつけで、商人に顔を見せることも禁じられていた。

別荘に放置されていた数冊の本を何度も繰り返し読んで、その中にだけ広がる自由で優しい世界に憧れて、サーラには手に入らないと落ち込んだ。

そしてサーラは、少しずつ音がない世界に身を置くことに慣れていった。

自分の名前すらまともに答えられなかったリーラは、騎士団の詰所にある貴人用の牢《ろう》に入れられた。

それでもこれまでサーラが暮らしてきた別荘よりも綺麗《きれい》な場所だ。牢と言っても鉄格子などはなく、窓の外側に柵が付けられているだけだった。

そこでは何もしなくてもパンと野菜、そして肉が使われた食事が与えられた。それは、商人が置いていった根菜を中心にサーラが自ら調理した食事よりもずっと腹に溜《た》まり、心を満たす食事だった。

しかし何もしない時間が増えてしまうと、余計なことばかり考えてしまう。

メルディ伯爵家の者は、別荘からサーラが姿を消したことに気付いているだろうか。いや、もしかしたらサーラの存在すら忘れているかもしれない。

それも仕方がないことだろうと思う。サーラの中にも家族との記憶はほとんどない。

結局サーラは、どこにいても、何をしていても、顧《かえり》みられることのない要《い》らない子なのだ。

サーラは俯いて、抱えた膝に顔を埋《うず》めた。

「――……ここですか？」

そのとき、鍵が掛かっている扉の向こう側から声が聞こえた。

金属が擦《す》れる音がして、扉が開く。

人の気配を感じて顔を上げると、目の前には黒いローブを着てフードを目深に被った男性が立っていた。背の高さや体型が同じだから、おそらくサーラを見つけた男性だろう。

明るいところで改めて見ると、男性はサーラが見たことがないくらい整った顔をしている。

「こんなところに入れてごめんね。昨日の時点ではこうするしかなくて。……うん。本当に、綺麗な白銀色の髪をしている」

この髪色を綺麗だなんて言われたのは初めてだった。

翠色《みどりいろ》の瞳が、観察するようにサーラを見ている。サーラは足を抱える腕にぎゅうと力を入れながら、その瞳を見つめ返した。

フードから覗《のぞ》く髪はプラチナブロンド。

とても明るい色を持つこの男性は、どうやら魔力が強い人間のようだ。

「――ええと、どこから説明しようかな。とりあえず、君はもうここにいなくて良いよ。といっても、年頃の令嬢をあのあばら屋に返すわけにもいかないから、うちに来てもらうように話を進めているんだけど」

サーラは目の前の男性の申し出に驚いて首を左右に振った。

勢いよく動いたせいで、頭がくらりと痛みを覚える。咄嗟《とっさ》に右手でこめかみに触れると、男性は屈んでサーラと同じ高さに視線を合わせた。

フードが落ちる。艶《つや》やかな髪が露《あら》わになって、目が離せなくなる。

「君は、何も心配する必要はないよ」

人懐《ひとなつ》こい猫のように、男性が目を細めて笑った。

初めて出会う種類の人間で、サーラはどうしていいか分からなかった。サーラが覚えている人間は、サーラを嫌うか、怖がるかのどちらかだったのだ。

それだけで、サーラはこの男性から離れることも、警戒することもできなくなってしまう。

困っていることすら顔に出せずにいるサーラに、男性は呆《あき》れた様子も見せなかった。

「こちらの事情を説明すると、私は王宮付き魔法使いとして働いていて、魔力と魔法について研究をしているんだ。君のその白銀色の髪は、私が出会った中でも一番白く美しいと思う。だから、側《そば》で君に研究を手伝ってほしいと思っているんだ」

そこまで一気に話した男性は、すぐに慌てた様子で両手をぱたぱたと振る。

「研究とはいえ、君に辛《つら》いことはないよ！　普通に生活して、その中で変わったことがあれば教えてほしい。今は助手がいないから、書類整理を手伝ってくれるだけでも助かるし」

サーラは考えた。それくらいならば自分にもできるだろう。研究の手伝いというのも、無理なことを言われたならば断れば良い。

こんなところに入ってこられるのだから、この男性は社会的に信用されている人間なのだ。きっと酷《ひど》いことはされないと思う。

何より、サーラには今、他に居場所がない。

サーラがおずおずと頷《うなず》くと、男性は嬉《うれ》しげに頷き返す。

「私はクラウディオ・キャーヴェ。君の名前を教えてくれる？」

ローブの内側に手を入れたクラウディオは、ペンとメモ帳を取り出してサーラに差し出した。話せないサーラのことを思って、持ってきてくれたのだろう。

サーラは僅《わず》かに迷ったが、受け取って名前を書く。

サーラ・メルディという名前は、これまでの十六年間ずっと共にあった名前なのに、どこか他人のもののように感じる。最後に呼ばれたのがいつだったかも思い出せない。

「――君は、メルディ伯爵家の長女だったのか……!?」

クラウディオの手からペンの蓋《ふた》が滑り落ちる。からんからんと、乾いた音が響いた。

サーラはそれほどまでにクラウディオが衝撃を受けたことに驚いたが、改めて考えるとそれも当然のことだろう。

まさか当主夫婦の実子があんなところで一人きりでいるとは思わない。あの別荘には、サーラの他には使用人の一人もいないのだから。

「驚いてごめん。ただ、これほどに希少な人間をあんなところに押し込めておくなんて、あまりに愚かすぎる行いだと思って」

立ち上がったクラウディオがサーラに右手を差し出してくる。大きな手は皮膚が乾燥していて硬そうだった。研究をしていると言っていたから、きっと本をたくさん読んでいるのだろう。

「おいで」

その手を取ることが、サーラには恐ろしかった。

一人きりで過ごしてきた今日までの日々は、サーラに孤独について考えることを忘れさせていた。

それはきっと寂しいことだったのだろうが、サーラはその痛みを知らずにいたのだ。

暖かさを知らずにいれば、寒くない。

知ってしまったら、戻《もど》れない。

持ち上げかけた手を行き場なくふらふらと彷徨《さまよ》わせて、サーラはクラウディオの顔色を窺《うかが》った。

クラウディオが不意に淡く笑って、拒む間も与えずにサーラの手を握る。

「焦《あせ》ることはないよ。ゆっくり、慣れていけばいい」

かさついた大きな手が、サーラの荒れた小さな手を包み込む。クラウディオの手は温かくて、冷たくなったサーラの手には熱いくらいだった。

喉の奥が、ひゅうと鳴った。

「大丈夫だから。……私の家においで」

その表情に、悪意や下心は全く見えない。ただ気遣わしげな微笑《ほほえ》みから、サーラに警戒心を抱かせないようにしようという心遣いを感じた。

ゆっくりと、繋《つな》がれた手を握り返す。

クラウディオの目が嬉しそうに細められる。

ありがとう、と言われたサーラの頬が、赤く染まった。

それから、サーラはクラウディオの家で暮らすことになった。

クラウディオはキャーヴェ公爵家の三男で、王都にある公爵家のタウンハウスの敷地の端にある別邸で暮らしている。

それを知ったとき、サーラはクラウディオも本邸を追い出されてしまったのかと心配した。

しかし詳《くわ》しく聞いてみると、研究に夢中になって邸の壁や調度品を壊してしまうことが多かったため、自分から別邸で暮らすことにしたのだという。実際にサーラが別邸に住むようになってから、一日に一回は必ず何かが爆発するような音がしているので、事実なのだろう。

それ以外は、使用人も最低限しかいないこの別邸はとても静かだった。たまに聞こえてくるのは、研究中のクラウディオの鼻歌くらいだ。

　歌わなくても魔法が使えるのかと聞いてみたところ、クラウディオは魔法を使うのが上手《うま》く、王宮付き魔法使いとして訓練をしていることもあり、大抵の魔法は無詠唱で使うことができるのだという。そんなこともできるのかとサーラは驚かされた。

　自分以外の人間がいる空間に最初こそ戸惑ったが、そのような環境であったが故《ゆえ》に、思っていたよりもずっと早くサーラは邸に慣れることができた。

　そして今では、サーラは日中クラウディオの研究の補佐をしている。

　クラウディオの仕事部屋は二部屋並んでいて、一つが研究室、もう一つが実験室になっていた。サーラが主にいるのは研究室だ。研究室は大量の本と書類が溢れている部屋で、整理整頓が苦手なクラウディオの代わりに、片付けを頼まれているのだ。

　実験室には、謎の実験器具や薬品、水晶玉などが複数置かれている。何に使っているのか、サーラには分からないものばかりだ。

「サーラ、今日は君もこっちに来てみないか？」

　クラウディオに言われて、サーラは首を傾《かし》げた。

「実験室だよ。今日は君の喉についても調べたいんだけど……良いかな？」

　こちらを窺うようにして言われたその言葉に、サーラは眉を下げた。

　クラウディオはサーラが話せないということを、サーラ以上に重く受け止めているようだ。確かに、この国では生まれつき話せない者であっても、魔法による治療を受け、声が出るようにしてもらうことが多い。

それは日常生活に支障があるからというのが一番の理由だ。日常魔法が使えなければ、料理も洗濯も途端に難しいことになってしまうのだから。

サーラが実験室に入ると、普段はごちゃごちゃしているはずのその部屋の一角に、一人掛けのソファーが二脚とテーブルが置かれていた。その周囲だけは片付けられているのが、クラウディオらしい。

クラウディオが座り、向かいのソファーをサーラに勧める。

「薬草茶を用意したから、一緒に飲もう」

サーラが座った席には、紙とペンが置かれていた。落ち着いて会話をしようと思ってくれているのだと分かって、その優しさにまたサーラの心が解《ほぐ》れていく。

薬草茶を一口飲むと、クラウディオが話し始めた。

「治療院に行ったとき、魔法が使われている可能性があると言われただろう？　何か心当たりはない？」

クラウディオと共に暮らし始めてすぐに、サーラも治療院へと連れて行かれた。それで治るのならばというクラウディオの優しさだったが、サーラの喉が音を出すことはなかった。

そのとき、院長から何か特殊な魔法が使われている可能性があると言われていたのだ。

しかしサーラには、いつから声が出なくなったのかの正確な記憶がない。気付けばそうなっていたのだとしか言えなかった。

それを書くと、クラウディオはしばらくぶつぶつと何事かを呟《つぶや》いていたが、やがてぐっと身を乗り出してサーラを見つめてくる。

「触れても良いかな？」

綺麗な顔が近くにあって、サーラは咄嗟に身を引いた。

それを怯《おび》えと判断したらしいクラウディオが、違うと言って首を振る。

「魔法で君の喉から魔法の痕跡を辿《たど》りたいんだ。できるか分からないけれど、試したい」

クラウディオの瞳は真摯《しんし》な色を浮かべていて、心から研究とサーラの未来のためを思ってくれているのだと分かる。

サーラは今度こそ頷いて、長い髪を軽く纏《まと》めて左に流した。露わになった右の耳と首筋に空気が触れて、どきりとする。心許《こころもと》なさに視線を落とした。

クラウディオが立ち上がり、サーラの側に歩み寄ってくる。

躊躇《ちゅうちょ》なくまっすぐに右手が伸ばされ、仄《ほの》かに光る指先がサーラの首に触れた。

瞬間、サーラはこれまでに感じたことのない熱を感じた。熱くて、痛くて、鮮烈すぎるその刺激に、サーラはぎゅっと両目を瞑《つむ》る。

身体を硬くして震わせると、クラウディオはすぐに右手を引いた。

「……ごめん。怖かった？」

サーラは生理的な涙が浮かんだ顔で首を振る。

クラウディオが行き場のない右手で頭を掻《か》いた。

「うーん……直接触れるのが一番確実なんだけど」

クラウディオの独り言のような呟きが聞こえてくる。

サーラは落ち着かずに視線を彷徨わせ、部屋の端に適当に置かれていた姿見を見つける。熱かった首に火傷《やけど》をしていないかと気になったサーラは、姿見の前に移動して自身の首を確認した。

そこには痣《あざ》も火傷もなかった。

触れられた場所が熱く感じたのは、どうやら実際の熱のせいではないらしい。それならば、何らかの魔法によるものと考えるのが妥当《だとう》だ。

ソファーに戻って紙にそう書いたサーラに、クラウディオは驚きの目を向ける。

「ごめん、痛かったのか！」

クラウディオが顔を歪めて、サーラに頭を下げた。公爵家の子息であるにも拘《かか》わらず、あまりにしっかりとした謝罪に、サーラは慌ててまた首を振る。

「ううん……それじゃ、魔法の種類を変えてみよう」

今度はクラウディオは首には触れなかった。

代わりに、ゆっくりと歌い始める。

これまでにクラウディオの歌声を聞いたことはなかった。歌う必要があるような魔法は滅多に使わないからと、漏《も》れ聞こえてくる鼻歌に耳を澄ませるばかりだった。

それが今は、サーラのために歌ってくれている。

サーラが痛い思いをしないようにしてくれているのだと思うと、胸が熱くなった。

穏やかで耳に優しい歌声が、ゆっくりとサーラの中に染み込んでいく。魔法を使うためだということは分かっているが、側で真剣な瞳を向けられながら歌われると、どうしても落ち着かない。

クラウディオは歌声までもまっすぐで、迷いがなかった。

しばらく聞き入っていると、クラウディオがサーラの首を指さした。

俯いてみても見えなくて、サーラは座ったまま姿見に目を向ける。

すると首の中央に、淡く光る金の錠前《じょうまえ》が透けて見えていた。

それはまるでサーラの喉に鍵が掛かっているかのように見える。クラウディオが今度は触れないように、距離を近付けて錠前を確認した。

歌声が囁《ささや》くように小さくなり、喉に微《かす》かな息づかいを感じる。

サーラは思わず息を詰めた。

すぐ目の前に、クラウディオの頭がある。サーラよりも背が高いクラウディオの頭部を間近に見る機会など、これまでになかった。こんなに近付くこともない。

クラウディオの指先が、サーラの首の錠前に触れてくる。

先程とは魔法の種類が違うようで、触れられても痛みは感じない。だからこそ、サーラの肌はクラウディオの指の感触を鋭敏に拾ってしまった。

乾いた指が僅かな引っかかりと共に、サーラの首を撫《な》でていく。一度触れたところが、指が離れた後にも擽《くすぐ》ったさと共に違和感を訴えている。

喉の奥が引き攣《つ》るような不思議な感覚に、身体を震わせた。

今、クラウディオがサーラの命を奪おうとしたら、きっと簡単にできてしまう。それくらいサーラは無防備にクラウディオに首をさらけ出している。

クラウディオは既《すで》に研究者の目をしていて、サーラに触れているという意識はないようだ。

実験対象として無遠慮に触れられていることを理解して、サーラは目を閉じる。どうにかして治療行為だと思い込まなければ、心臓が壊れてしまいそうだ。

そのとき、瞼《まぶた》の裏の暗闇で、女の子の歌声が聞こえた気がした。

クラウディオのものではない。

メルディ伯爵家の人間のものでもない。

聞いたことがないはずの声なのに、サーラはその歌声の持ち主を知っていた。

――これは、サーラの声だ。

気が付いた瞬間、頭の中に情報が溢れてくる。

見覚えがない景色。聞き覚えのない音。感じたことのない温度。

その筈《はず》なのに、それらが確かに『あった』過去なのだと、サーラは実感した。

サーラはまだ幼かった。

物心が付く前から、声を発するだけでも嫌な顔をされた。だからできるだけ黙っているようにしていたのだが、サーラはまるで忌むべき存在であるというように、乳母以外寄りつかないタウンハウスの敷地内にある別邸で、一人きりだった。

それでも本邸の物音は聞こえてくる。

その日は、本邸に妹の歌の先生が来ていた。三歳になった妹が歌の練習を始めたのだ。

この国では、魔法を使う手段である『歌』は特に重点的に幼い頃から教育が行われる。貴族ならばなおのことだ。しかしサーラは、歌など覚えて魔法を使われたら大変だということで、一切歌に触れられないまま育っていた。乳母ですら、サーラの前で歌うことは禁じられていた。

メルディ伯爵夫人は愛娘《まなむすめ》に良い家庭教師を付けたようで、歌の練習は楽しげにされていた。ピアノの音色と共に、家庭教師の朗々《ろうろう》とした歌声が聞こえてくる。追いかけるようにして、無邪気な妹の歌声も聞こえた。

会ったことがない妹は、両親の色を受け継いでいて、とても可愛《かわい》らしい。歌声も可愛らしく、歌を取り上げられて生きてきたサーラには、どうしようもなく魅力的に聞こえた。

そしてその童謡を、こっそりと口ずさんだのだ。

最初はおっかなびっくりだったのだが、歌っていくうちに楽しくなってきた。これまで歌の楽しさに触れたことがなかったサーラは、妹の授業の時間にすっかりその童謡を、そして歌い方を、覚えてしまったのだ。

それからは、誰にも見つからないようにこっそり歌うのがサーラの一番の楽しみになった。

妹の歌の授業の度《たび》に、サーラも歌える歌が増えていった。

しかし、子供が隠れているつもりでも、大人にとってはそうではない。隠れて『悪さ』をしていたサーラが伯爵夫人にそれを見咎《みとが》められるのに、そう時間はかからなかった。

それは寒い冬の日だった。

その日は、妹が新しい歌を練習していた。

やはり可愛らしい童謡で、サーラも真似をして歌った。

『――あさが、きて～……にわとり～の～、こえが～』

楽しくて、自然と笑顔になっていた。

感情と共に、魔力が乗った歌声がふわりと広がっていく。

気付いたときには、葉を落としていた木々に色とりどりの満開の薔薇《ばら》の花が咲いていた。

サーラは目の前の光景に圧倒され、立ち竦むことしかできなかった。伯爵夫人が庭園の異変に気づいて、邸から飛び出してくる。久しぶりに見た実の母親は、顔を真っ赤にして、震えながらサーラを見下ろしていた。

『……これをお前がやったの？』

『ご、ごめんなさ――』

『なんて……なんておぞましい！』

振り抜かれた右手が、サーラの頬を打つ。小さな身体はその衝撃に耐えられず、植え込みの中に倒れて尻餅《しりもち》をついた。

驚いて、声も出なかった。

母親はサーラを叩《たた》いた手をドレスの裾で拭《ふ》いている。まるで、汚いものでも触ってしまったかのように、繰り返し、繰り返し。

『まったく、気持ち悪いわ。教わってもいないのにこんなことをするなんて。やっぱり中途半端に捨て置いたのがいけなかったわ。……本当は消してしまいたいのだけれど』

サーラはその言葉が恐ろしくて、震える足で別邸に逃げ帰った。どうしよう、どうしようと考えても、幼いサーラにできることはなにもなくて。

翌日、母親は見たことのない黒いローブを着た大人の男性を連れて別邸にやってきた。

そしてサーラに、歌え、と命じたのだ。

その顔からは一切の感情が抜け落ちていて。

子供ながらに、この命令に従えば嫌なことが起こるのだと予想できた。

しかし、サーラに拒否権などない。ただでさえ顔を合わせることがない、サーラを嫌いな実の母親が相手だ。知らない男性もいて、代わりにいつもいる乳母はいなくて、恐怖心ばかりが膨らんでいく。

二度目に恫喝《どうかつ》されたところで、サーラは歌った。

こっそりと覚えた宝物のような歌を、震える声で口にした。

黒いローブの男性が、何事かを呟く。

それが歌だと気付いたときには、サーラの口はサーラ自身の意思に逆らって、勝手に歌の続きを紡いでいた。

歌声と共に、淹れたての紅茶のような熱が、喉を通り抜けていく。

怖い。

怖くて、歌うのを止めたいのに、まるで何かに引きずり出されているかのように、止められない。

最後の音が口から飛び出た瞬間、サーラは全ての『音』を奪われていた。

黒いローブの男性が、手の中にある深紅のガラス細工を伯爵夫人に渡す。それは繊細で美しい薔薇の形をしていた。

伯爵夫人はガラスの薔薇を手の平に乗せて、サーラの目の前で、初めて綺麗な笑顔を見せた。

『ふふ……これでもう、この化け物も終わりね。さっさとどこかにやってしまいなさい』

それが、サーラが最後に見た母親の姿だった。


サーラは両目を瞑って、頭を抱えて蹲《うずくま》った。

割れそうなくらいに頭が痛くて、立っていられない。耳鳴りがして、叫んでも声は出なくて、身体が震えて、寒くて仕方なかった。

どうして忘れていたのだろう。

サーラは、いつの間にか話せなくなっていたのではない。声を奪われていたのだ。

誰からも愛されないのは当然のことだと思っていた。それは、サーラが生きていることへの罰なのだとすら思っていた。

それなのに、愛されていないばかりでなく、声を奪うほど憎まれていたなんて。

この世界で声を奪うことの意味を理解できない人間なんていない。メルディ伯爵夫人――サーラの実の母親は、サーラを心から憎んでいたのだ。

震えが収まらない。

どうしよう、どうしようと焦る度に、耳元で鳴る鼓動の音が大きく早くなっていく。空気をどう吸い込んでいたのかも分からなくなってしまいそうだった。

そのとき、サーラは不意に大きな何かに包まれた。

「――サーラ。サーラ、聞こえる？」

耳元で鳴り続ける鼓動の間を縫うようにして、クラウディオの声が聞こえてくる。切羽詰《せっぱつ》まったような、余裕が感じられない声は、繰り返しサーラの名前を呼んでいる。

震える身体を包んでいるのは、クラウディオの腕だ。抱き締められて、額《ひたい》が胸元に当たっていた。温かい腕は、サーラをまるでこの場に縫い止めようとするかのように力強かった。

クラウディオの腕が、サーラの口元に当てられる。

吸い込みすぎていた空気の行き場がなくなって、サーラは息苦しさを覚えた。それでもクラウディオはわざとそうしているのだというように、びくりとも動かない。

「ゆっくり息をして。ゆっくりだよ。そう……良い子だ」

言われるがまま呼吸を繰り返していると、身体の震えも収まってきた。サーラがもう大丈夫だと腕で押して主張すると、クラウディオは口元から腕を離して、また抱き締め直す。

小さく首を傾げたサーラの首元に、クラウディオが顔を埋めた。

「私のせいで苦しい思いをさせた。ごめんね」

それは違う。

サーラはどうにかして伝えようと首を振るが、クラウディオは顔を上げてくれない。

途方に暮れたサーラは、おずおずと腕を持ち上げた。そっと、遠慮がちにクラウディオの背中にそれを回す。

クラウディオは一瞬驚いたように身体を硬くしたが、すぐにサーラを抱く腕の力を強めた。

◇◇◇

記憶を思い出した日にはすぐに休むように伝えて、次の日、クラウディオはサーラから何があったのかを聞き出した。サーラはいつものように自信なさげな表情で、思い出したことを書いてくれた。

一人きりの研究室で、クラウディオはサーラに書いてもらった紙を手にしている。

何度読んでも腹が立って仕方ない。

「声を奪う魔法は禁術だ。それを黒いローブの男がしていたというのか」

クラウディオも着ているこの黒いローブは、王宮付き魔法使いの制服だ。高度な魔法を使用する際に余計な要素が混入しないように着るもので、出仕時でなくても魔法を使うときや実験時には着ている者が多い。

つまりそれは、クラウディオと同じ王宮付き魔法使いが、魔法を使ってか弱い少女を傷付け、今も苦しめ続けているということに他ならない。

「忘れていたのは魔法のせいではなく、それだけ衝撃が大きく辛い出来事だったから……かな」

サーラが暮らしていたあばら屋――メルディ伯爵家の別荘を騎士達が調査に行ったのは、メルディ伯爵に脱税と横領の嫌疑がかけられているからだ。本邸に乗り込む前に、証拠を隠している可能性がある別荘から先に調査するためであった。

中でもあの建物は管理人も置かれていないという情報から、裏帳簿や証拠品の隠し場所かと思われていたらしい。

実際に隠されていたのは、白く儚《はかな》すぎる令嬢だったが。

クラウディオは、サーラから情報を聞き出すようにと上司に言われていた。何も分からない令嬢ならば、親の隠し事も話すのではないか、と。

邸に連れてきたのも、最初は監視するためだった。

仕事だと割り切っていたはずなのに、クラウディオは、サーラがメルディ伯爵達のせいでこれ以上不幸になるところを見たくないと思ってしまっている。

メルディ伯爵の罪は、証拠が揃《そろ》えば確定するだろう。それまでにサーラがメルディ伯爵の被害者であると誰からも思われるようにしなければ、サーラにまで刑罰が適用されてしまう。

サーラには辛いことになるかもしれないが、両親に虐待され捨てられていたという結果を導き出すことこそが、サーラの未来を潰さない唯一の手段なのだ。

「――できれば笑ってほしいと思うのは、当然のことだろう」

物音を立てない静かさが、悲しい。

声が出ないというだけではない。サーラは、日々の生活音もほとんど立てない。

それは『音』に対して敏感にならなければいけない生活をしてきたからだ。

サーラが笑えないのも、いつも俯きがちなのも、クラウディオの頼み事を一つも断らないのも、どれも、これまでの人生のせいだ。

蹲って震える身体は小さくて、消えてしまいそうなくらいに細かった。

自分の身を守るための魔法も、生活魔法も使えない。本当は素晴らしい魔力を持っているはずなのに。

クラウディオ自身も明るい髪色で苦労をしてきた。それでも公爵家の男児であったがために、強い魔力を嫌厭《けんえん》されることはなかった。だからこそ、声を奪われるということへの恐怖は痛いくらいに分かる。

もし、クラウディオが友達を作ることができなかった幼少期に、声まで失っていたら。

兄弟に平等に優しかった両親が、いなかったなら。

きっと、生きることを諦めていた。

「くそ……っ、絶対に見つけてやる」

サーラの記憶の中にいる黒いローブを着た男性が持っていたという、ガラス細工の薔薇の花。それにサーラの声は封じられているのだろう。

昨日サーラが思い出した記憶が正しければ、それはメルディ伯爵邸にある。

◇　◇　◇

忘れていた記憶が戻って、五日が経《た》った。

サーラはなんとなく別邸を出て、キャーヴェ公爵邸の中庭を散策していた。

クラウディオはあれきり王城に行ってしまって帰ってこない。使用人に聞いたところ、研究や仕事に熱中しているときにはよくあることらしい。深夜の内に着替えを取りに来ることもあるそうだが、サーラは眠ってしまっている。

寂しいが、これで良かったのかもしれない。

近くで聞いたクラウディオの歌声も、抱き締める腕の強さも、触れる身体の温《ぬく》もりも、一人きりで生きてきたサーラには刺激が強すぎた。暇《ひま》さえあれば思い出して赤面してしまうほどだ。

もし今クラウディオに会ったとしても、きっと目を見て話すことはできない。

そんなことを考えていたからだろう。少し遅れて気が付いた自分の靴以外のものが中庭の土を踏みしめる音に、サーラははっと振り返った。

心にあった感情は、期待だ。

たった今まで会えなくて良かったかもしれないと思っていたのに、心はあまりに素直だった。

「サーラ、ここにいたのか」

そこにいたのはクラウディオだ。

いつもの黒いローブを着ている。少し皺《しわ》が目立つのは、王城から帰ってきたばかりだからだろうか。

期待した通りの存在に、サーラの頬が熱を持つ。

「――……っ」

呼吸の音が大きく聞こえて、サーラは我に返った。

咄嗟に口を開けてしまったのは、記憶を取り戻したばかりだったからだ。

これまで話せないことに慣れていたから、口を開こうとすることもなかった。それなのにサーラは今、クラウディオにおかえりなさいと言おうとしていたのだ。

何の変哲もない挨拶だが、サーラにとっては自然と言葉を伝えようとしたことが一番の衝撃だった。

伝えたいと思うことなんて、なかったのに。

まだ声を発することを許されていた頃の記憶は、戻ってしまえばままならない現実に悲しまされるばかりだ。すぐに右手で自身の口を覆い隠したが、サーラの変化にクラウディオが気付かないはずがない。

「サーラ……？」

名前を呼ばれて、肩が揺れる。

顔を上げると、クラウディオのことが驚くほど魅力的に見えた。出会ったばかりの頃から整った顔だとは思っていたが、こんなに輝いているように見えたことはなかったのに。

どうして、と疑問を持つ前に、クラウディオが真面目《まじめ》な顔をする。

「すまない。話があるから、私の部屋に来てほしいんだ」

　サーラは頷いて、クラウディオの後をついていく。

　数日ぶりの会話に緊張するサーラに、クラウディオは普段通りに接してくれた。そのお陰で研究室に着く頃には、サーラも普段通りに振る舞うことができた。

　研究室に入ると、クラウディオはサーラの腕を引いて振り向かせた。

「――君の喉に使われた魔法が分かったよ」

　サーラは振り返って、クラウディオと向き合った。

「ごめんね。私は君のことを悲しませることになると思う」

　クラウディオが眉を下げる。

　サーラは目の前にある二つの翠色の瞳を見つめた。首を傾げると、クラウディオは悲しげに目を伏せる。

「私はサーラに、サーラ自身の人生を生きてほしい。だから、そのために必要なことなら、隠しておくべき真実も詳《つまび》らかにするつもりだ。もしかしたら君は、知らないままでいた方が幸せかもしれないけれど……それじゃ、君の未来が閉ざされてしまう可能性だってあるから」

　サーラが暮らしていた別荘に騎士達が調査のためにやってきたことと、先日発覚したサーラの声が実の母親によって奪われていたという事実。それとクラウディオの今の発言を繋ぎ合わせると、意味が分かってくる。

　きっとサーラの親であるメルディ伯爵は、何らかの罪を犯しているのだ。そしてクラウディオは、サーラが『メルディ伯爵家の人物』として判断されないよう、サーラの生い立ちを利用しようとしているのだろう。

それは、クラウディオがサーラを守ろうとしてくれているからだ。

それだけで充分すぎるくらいサーラは幸せだった。

涙が零れてしまいそうで、ぐっと力を入れて堪《こら》える。泣いてしまったら、クラウディオは気に病んでしまう。

優しくて、サーラを一人の人間として扱ってくれる、素敵な人だから。

そんなクラウディオを、サーラは悲しませたくない。

だから思い切り首を振って、口角を上げた。言葉で伝えられない分、サーラはどうにか気持ちを伝えたかった。

上手く笑えているだろうか。久しぶりに力を入れた頬に不安になる。

不格好で見ていられない表情になっていたら、恥ずかしいし、想いも伝わらないだろう。

クラウディオには、本当に感謝している。

サーラを邸に迎え入れてくれて、衣食住の世話をしてくれて、サーラに居場所と仕事まで与えてくれている。それだけでも充分なのに、サーラの声を取り戻そうと真剣に考えてくれて、サーラの未来を望んでくれているのだ。

こんなときなのに、心が温かくなってくる。

幸せというものに温度があるのならば、きっと、こういう温かさだろう。

サーラはいっぱいになってしまった心を誤魔化《ごまか》すように、テーブルの上に置かれた紙に、大丈夫ですとだけ書いて、頷いた。

クラウディオが望むのならば、サーラは未来に希望だって抱いてみせよう。

◇◇◇

「——サーラの実家、という感覚はあまりないな」

クラウディオは証拠が揃ってメルディ伯爵一家を捕らえに行くという騎士達と共に、メルディ伯爵邸へとやってきた。

外観だけならば何の変哲もない普通の伯爵家だったが、中は違った。

真新しい絨毯《じゅうたん》に、クローゼットに詰め込まれたドレス。当主の執務室からは、珍しい酒の瓶《びん》が何本も出てきた。それらは、メルディ伯爵領の通常の税収からは手が届かない量だった。

豪華な内装の邸の中、騎士達は容赦《ようしゃ》なく当主一家を次々に捕らえていく。聞き苦しい喚《わめ》き声の中、クラウディオは邸内をぐるりと見渡した。

メルディ伯爵家の者は皆身体検査をされ、私物の一切を持ち出すことを許されていない。ならば、この中に必ずサーラの声が封じられたガラス細工がある。

騎士達にも証拠品として捜索することを依頼して、クラウディオはメルディ伯爵夫人に目を向けた。両手を拘束された伯爵夫妻は、繋がれた縄を騎士に握られている。散々抵抗した後なのか、手首には擦れた跡があった。

クラウディオは騎士に声をかけ、伯爵夫人に向き直る。サーラから声を奪ったのは、この女だ。

「あの子の……サーラの声は、何処《どこ》にある？」

腹の奥から湧《わ》き上がる怒りを抑え込もうとするクラウディオの目の前で、伯爵夫人は驚いたような顔をした後、にいと愉《たの》しげに口角を上げた。

「サーラ？　誰のことかしら。私は存じ上げませんわ」

「そんなはずがないだろう。お前はあの子を――」

「知らないと言っているでしょう。棄《す》てたゴミに興味はないわ！」

伯爵が縄を引いて、クラウディオと伯爵夫人の間に割り込んでくる。怒りに染まった顔には貴族らしさの欠片《かけら》もなく、とても伯爵家の当主だとは思えなかった。

「その化け物の話を二度とするな！　このメルディ伯爵家に、そんなものはいない！」

こんな者達のせいで、サーラはこれまでずっと孤独に生きていたのか。

誰より素晴らしい素質があるのに。純粋で、まっすぐで、可愛くて、控えめな笑顔で消えそうに笑う、クラウディオが誰より大切にしたいと願うあの子を、こんな者達が、ずっと傷付けてきたのか。

クラウディオは、今にも殴りかかってしまいそうな拳《こぶし》を握りしめてぐっと堪えた。裁きを下すのは、クラウディオがするべきことではない。

「この先の人生で、報いを受けるがいい」

クラウディオは馬車へと引きずられていく二人に背を向けた。

あんな者達よりも、クラウディオが優先するべきはサーラの幸せだ。

「……教えてくれないなら、探し出せば良いだけだ」

当主の執務室に、伯爵夫人の私室。邸の倉庫。クラウディオはメルディ伯爵邸中を探し回った。

しかし、ガラスの薔薇は見つからない。

クラウディオはどうしてもサーラに声を返したいのに、時間ばかりが過ぎていく。

可哀想だからというだけではない。

サーラがどんな声で話すのか、どんな風に歌うのか、クラウディオはどうしても聞いてみたい。そして許されるならその声で、サーラに名前を呼ばれてみたい。

サーラに降りかかる理不尽なら、クラウディオが全て振り払うから。

だからどうか、クラウディオの側で憂いのない笑顔を見せてほしい。

本邸の調査は騎士達に任せて、クラウディオは幼いサーラが暮らしていたという別邸へと訪れた。

メルディ伯爵邸の敷地の端にある別邸は、外壁には蔦が絡《から》みついて窓すら開かなそうだ。きっと長い間使われていないのだろう。

入り口を塞《ふさ》いでいる蔦を魔法で腐らせて、中に入った。埃《ほこり》を被った廊下を抜けて、奥の部屋で閉め切られたカーテンと窓を開ける。

吹き込んできた風と共に埃が舞った。

「……ここが、サーラが過ごした場所」

小さな別邸だった。最低限の家具がなければ、少し立派な物置だとしか思えない。

クラウディオはここで身を隠すように暮らしていたサーラの幼少期を思った。

もっと笑ってほしい。自由に生きてほしいと思うサーラの心も、まだこの場所に閉じ込められているのだろうか。

早速探そうと棚の抽斗《ひきだし》に手を掛ける。

そのとき、閉じていたはずの部屋の扉が開く音がした。そこにいたのは、まさに今クラウディオが強く想っていた少女だ。

俯きがちに立っているサーラを見て、クラウディオは息を呑《の》んだ。

◇　◇　◇

壊れてしまいそうなくらい煩《うるさ》い鼓動の音は聞こえないふりで、サーラは懐《なつ》かしい建物の扉を開いた。

楽しい思い出などない場所だ。

それでも、放ってはおけなかった。

クラウディオが落ち着かない様子で邸を出て行った後、サーラはいつものようにクラウディオの研究室を片付けていた。

そして、机の上に置かれていたカードを見つけたのだ。カードは封筒には入れられておらず、騎士団長の名前と共に、薔薇の花は自由にしていい、と書かれていた。

他の人には分からないだろうが、サーラには分かる。

クラウディオは今、サーラの声を取り戻すために動いてくれているのだ。

気付いてしまったらいてもたってもいられず、使用人に頼み込んでメルディ伯爵邸まで馬車を出してもらった。伯爵邸の正門前で馬車を降りたサーラは騎士団長から声を掛けられ、クラウディオの居場所を教えてもらった。

そして、サーラは拙《つたな》い記憶を頼りに、敷地内を歩いてここまでやってきた。

かつてのサーラに言えば驚くだろう。誰かがサーラのために動いてくれて、助けてくれるなんて。

そんな物語の中にしかないと思っていた人間関係を、自分が信じて行動できるなんて。

「サーラ、どうしてここに？」

クラウディオが驚いた声を上げる。

サーラはポケットからカードを取り出してクラウディオに見せた。

「また私は、出したままにしていたのか」

クラウディオは苦笑して、サーラの頭を雑に撫でる。

「一緒に探そうか」

クラウディオに言われて、サーラは頷いて周囲を見渡した。

その部屋は、サーラが暮らしていたときと変わっていなかった。

子供用の寝台と、机と椅子。小さなテーブルセット。壁には棚が並んでいる。

「――薔薇の花は、本邸からはまだ見つかっていないんだ。私はこっちにあるかと思って、来てみたんだけど……」

クラウディオが、何かを振り払うように手を動かす。棚の抽斗を次々と開けて、中を調べているようだ。

サーラも室内を捜索することにした。

ここを追い出されたとき、ほとんどのものは持ち出せなかった。最低限の荷物だけで別荘に移り住んだ。だから、ここにはサーラが暮らしていた名残《なごり》がたくさんある。

懐かしさに泣きそうになりながらも、サーラは机の抽斗を開けた。

クラウディオは集中しているのか、無言のまま棚を一つずつ調べている。

やがて、食器棚の扉を開けたクラウディオの手が止まった。

物音が止んだことを不思議に思い顔を上げたサーラの目の前で、クラウディオが繊細な手つきで小さな箱を持ち上げる。

「この中だ」

クラウディオが確信めいた声で言う。

サーラは作業の手を止めて、クラウディオの側に歩み寄った。

木製の箱は簡素な作りで、サーラは何かに導かれているかのように手を伸ばす。蓋を開けると、中には日の光を受けて輝くガラス細工の薔薇が入っていた。

「――サーラ。これだね？」

頷くサーラの前で、その薔薇は記憶の中の通りに赤く透き通っていた。あまりに繊細で綺麗なそれにサーラの声が封じられているという実感は、あまりない。

「これをサーラの側で割れば、サーラの声は戻ってくる」

クラウディオはそう言って、宝物に触れるように柔らかな手つきで薔薇を持つ。

ガラスがきらきらと輝いている。

クラウディオの手の平に、赤く染まった光が反射していた。

「……心の準備は良い？」

聞かれて、サーラはすぐに頷けなかった。

これが割れたら、自分の声で話すことができるようになる。今更になって突きつけられたその事実は、サーラに確かな恐怖を抱かせた。

話し方を忘れていたらどうしよう。

酷い声だったらどうしよう。

それでクラウディオに嫌われてしまったら――違う。クラウディオはそんなことで人を嫌いになったりする人ではない。だからこれは、サーラの心の弱さだ。

声が出るようになったら、サーラはまた一人になってしまうのだろうか。

すぐにでも割ろうとするクラウディオの手首を、サーラは震える手で掴《つか》んだ。紙に書く言葉も見つからず、サーラは上目遣いにクラウディオを見つめる。

クラウディオが、これまで見たこともないほどに柔らかく微笑んだ。

「……君は不安になっているのかもしれない。これまで何年も声を失って生きていたんだ。突然戻ってくると言われても、怖くなってしまうよね」

心を見透かされているかのような言葉に、サーラの心臓が嫌な音を立てる。

怖がりなままでは、何もできないのに。せっかくクラウディオが、サーラの未来のために扉を用意してくれたのに。

踏み出せない自分の弱さがサーラの首を絞めて、息がしづらい。

「――サーラ、私は君が好きだよ。だから声を聞いてみたい。それに……君の声だからきっととても可愛らしいだろうけれど、たとえ老婆のような嗄《しゃが》れ声だったとしても、私はきっと君の声を好きになるから」

まっすぐな声が、サーラを優しく包む。

「私を信じて、サーラ」

その真摯な声と瞳に、サーラは覚悟を決めた。

話し方を忘れていても大丈夫。

もし酷い声だったとしても大丈夫。

クラウディオに言われなくても、サーラはもうクラウディオのことを誰より強く信じている。

今度こそしっかりと頷いたサーラの目の前で、クラウディオが透き通る薔薇の花を床に叩き付ける。

割れたガラスが飛び散って、部屋中に赤い光を反射させた。それらはやがてきらきらと輝く小さな粒子になり、渦を巻いて、サーラの喉に吸い込まれていく。

全てが消えたとき、サーラの耳元で鍵が開けられたような音が聞こえた。

「――……あ」

聞こえた音は、小さな声だ。

サーラは驚いて喉を押さえる。

すっかり忘れていた、自分の声だ。

高くて、細くて、どこか頼りない声だった。

クラウディオが目を丸くして、サーラを見つめている。

「サーラ、声が――」

「こ……れが、私の、声」

「良かった！　良かった、サーラ……！」

クラウディオがサーラを引き寄せて、ぎゅっと強く抱き締める。

胸がいっぱいで、身体が熱かった。

心の中に言葉はあるのに、今ならば話すことができるのに、思うように出てきてくれない。

もどかしくて、サーラの瞳から涙が零れた。

力強い腕は加減を知らず、息苦しさすら感じる中、サーラはクラウディオの服に顔を埋めて泣きじゃくった。

嗚咽《おえつ》が声になって口から漏れる。そんなサーラには久しぶりの感覚が、余計に涙を溢れさせていく。

意味のない音が漏れて、その度クラウディオが嬉しそうに頷いた。

「……ほら、可愛い声だ」

耳元で囁かれて、かあっと顔が熱くなる。

涙でぐしゃぐしゃの顔を上げると、クラウディオの翠色の瞳も潤んでいた。

「ありがとう、ございます……」

親身になってくれて、こんなにも良くしてくれて。これまでもらったことがなかった温かなものを、クラウディオはたくさんくれた。

涙に湿るクラウディオの長い睫毛《まつげ》が綺麗で、胸が締め付けられる。

「――好きだよ、サーラ。君の全部が、大好きだ」

心から嬉しいというように甘く言われて、サーラは今度こそ息が詰まった。

クラウディオがサーラの額に口付けを落として、猫のように目を細めて微笑んでいる。

好きだ、と思った。

クラウディオのことが愛《いと》しくて、恋しくて、仕方がなかった。

声は取り戻せたけれど、これからも側にいたい。

そのためには、伝えなければいけないことがある。

サーラはクラウディオの瞳から逃げずに、正面からまっすぐに見つめ返した。

ありったけの勇気をかき集めて振り絞って、口を開く。

どうかこの気持ちが届きますようにと、願いを込めて。

「クラウディオ様のことが……好き、です」

震えた声で口にすると、また、涙が溢れた。

クラウディオが目を丸くする。

瞳が本物の宝石のように輝いて、サーラはまた、思いきり抱き締められた。

サーラもクラウディオの背中に腕を回して、精一杯の力で抱き締め返す。まだ上手く話せない分まで、想いが伝わりますようにと、願いを込めて。


それから、メルディ伯爵夫妻についての裁判が行われた。

サーラは裁判に一度出廷しただけで、サーラ自身について公の場で詮索《せんさく》されることはなかった。声を奪うという行為と、子供を一人あばら屋に住まわせていたということから、サーラはメルディ伯爵家の一員ではないという判断がされたのだ。

既に嫁いでいた名前も知らない妹も、処罰は免《まぬが》れたそうだ。

メルディ伯爵夫妻への刑罰は、爵位返上と十五年間の炭鉱での強制労働となった。サーラの声を奪うのに協力した魔術師は解雇され、魔法を制限された上で国外追放とされたらしい。

全てが終わった後も、サーラはクラウディオと共に暮らした。

クラウディオの研究を手伝いながら、魔法の使い方を教わりながら。

たまに爆発音が響く邸で、サーラは穏やかに暮らしている。

◇　◇　◇

ある日の昼下がり。

柔らかな日差しが差し込む部屋で、小さな赤子が眠っている。

側には母親がいて、小さな声で子守歌を歌っていた。

赤子が安心して眠れるように。幸せな夢を見るように。

まじない程度のささやかな魔法を乗せた歌を歌いながら、母親は淡く微笑んでいた。

別室では、父親が仕事として魔法の研究をしていた。

開いたままの窓から、風に乗って愛しい人が歌う子守歌が聞こえてくる。

聞いていたらうっかり眠ってしまいそうだ。

幸せな歌に耳を澄ましながら、父親はそっと微笑んで目を閉じた。

忘れられた塔の織姫

桃《もも》春《はる》花《か》

ill. なま

皇宮の裏手は深い森につながっていて、誰もそこには踏み込まない。獣もいるし、魔物が出るとも言われている。単純に迷いやすくもあり、過去に多くの人が行方《ゆくえ》不明になっている。曲者《くせもの》すら森からの侵入は避けるほどだ。

そんな森の中に塔があるなど、ほとんどの者が知らないか忘れていた。ほんの半日前に皇太后が急に命じるまで、誰かの意識に上ることもなかった。

「食料は厨房《ちゅうぼう》に置いてあるんで、適当に食べててください。しばらく来ませんから」

冷たい目をした女官が冷たい声で言い放つ。しばらくってどのくらい、とリーシャに質問する暇《いとま》も与えず、さっさと背を向けた。叩《たた》きつけるように扉が閉じられ、リーシャはまだ半分ついていけない気分のまま薄暗い建物の中に取り残された。

皇宮のはずれに森があることは知っていたし、そこにまつわる話も乳母《うば》から聞いている。絶対に行ってはいけませんよと注意されたけれど、そもそもリーシャの行動範囲はごくかぎられていた。あまりあちこち出歩けなかったので、他もほとんど知らない場所ばかりだ。

それがよもや、噂《うわさ》の魔の森に引っ越すことになろうとは。

獣や魔物に食われてしまえという、遠回しな処刑宣告なのだろうか？

一瞬浮かんだ考えを、いやいやとリーシャは首を振って否定した。それはないと思う。今リーシャが死ぬのは皇太后にとって不都合である。リーシャが手がけている仕事が完成するのを、誰よりも心待ちにしているのは皇太后であろうから。

そう、仕事道具もこの塔に運び込まれているはずだ。森に打ち捨てて死んでしまえと思うなら、そんな手間をかけるはずがない。

　本当にただのお引っ越し。ここに住み替えるだけということか。

「……うん、ではまず、おうち探検ですね」

　気を取り直し、リーシャは建物内を見て回ることにした。

　塔といっても下は普通の建物だ。いくつかの部屋に分かれた四角い建物の一角に、高い塔がそびえている。上階も気になるが先に確認しておくべきものがある。リーシャは片っ端から一階の部屋を覗《のぞ》いて回った。

　厨房はすぐに見つかった。建物の古さにそぐわない新しい木箱が、なにもない床にぽんと置かれている。あの女官が言ったのはこれだろう。中を見れば野菜やパンが入っていた。

　さらにあちこち見て回る。ちょっと面白くなってきた。人のいない森の中、古い塔にひとりぼっちという心細さを好奇心でごまかして、リーシャは他の部屋を調べる。どこもがらんとしていて家具の一つも置かれていない。石を敷いた床に、漆喰《しっくい》の壁とむき出しの太い梁《はり》。いったいいつ頃造られた建物なのだろう。古いというかもはや歴史建造物の部類では。そのわりにひどく傷んでいるようすはないことに感心する。壁が崩れたり石の隙間《すきま》から雑草が生えていたりせず、窓の鎧戸《よろいど》もしっかりしている。内装を整えればそれなりに暮らせそうな状態だった。

「あった！」

　奥の部屋でいちばん大事なものを見つけ、思わずリーシャは歓声を上げた。織機だ。部屋の中央に、本格的に機織《はたお》りをするための大きな織機が鎮座している。他と同様なにもない空間に、そこだけ異質な存在感を放っていた。

　そばには糸や道具類を収めた作業用の台もあった。リーシャは急いで織機に駆け寄った。すでに糸がかけられ、手前に織り上がった分が巻き取られている。作業中と一目瞭然《いちもくりょうぜん》の状態だ。このまま移動させるなんて無茶にもほどがある。はずれた糸がないか、たるんでいないか、ねじれていないか。リーシャは丹念に調べ、手直しをしていった。

　幸い修復不可能なほど乱れてはいなかった。時間をかけて丁寧《ていねい》に元の状態に戻《もど》し終え、ほっと顔を上げると、着いた時よりも暗くなっていた。集中しているうちに夜が迫っていた。

「……明かりって、あるのかしら」

　はたと気づいてリーシャは不安になった。夜間の作業ができないと困る。皇太后から命じられた期日に間に合わない。食料の箱に入っていただろうか。もう一度見にいこうと思った時、急に室内が明るくなった。

　なぜ、と疑問を持つより早く、声がする。

「騒がしくなったと思ったら、こんなものまで持ち込みおって。なにをやっておるのだ」

「ひゃっ!?」

　自分以外誰もいないとばかり思い込んでいたものだから、それはもう驚いた。はずみで膝《ひざ》をぶつけてしまった。心臓もドキドキ暴れている。リーシャは胸を押さえて呼吸を落ち着かせた。

　お化けではありませんように――いえお化けでも仲よくなれるなら歓迎です。ええ、お友達募集中ですので！　人種にも性別にもこだわりはありません！

驚きから立ち直り、どんと来いと振り返る。視線の先、戸口に立っていたのはずいぶんと小さな姿で。

「娘よ、おぬしはいったい何者だ？」

問いかけてきたのは、まだ声変わり前の高く澄んだ声で。

そちらこそ、と聞き返すこともできないリーシャを不機嫌そうににらんでいるのは、まだ十かそこらの幼い少年だった。

帝国の新たな皇帝として即位したドナートの最初の仕事は、山ほどいる異母兄弟姉妹を皇宮から追い出すことだった。

先頃亡くなった前皇帝は、為政者《いせいしゃ》としてなした業績よりも、私生活のだらしなさで語られる人物だった。ひどい好色家で生まれた子供の数は軽く二桁《けた》に上る。庶子に継承権はないからといっておとなしくわきまえる者ばかりでもなく、皇太子時代からドナートはずいぶん悩まされていたものだ。

嫁ぎ先を見つけたり地方の領地を与えたり、すったもんだの大騒ぎをなんとか片づけ、ようやくあと一人というところまでやってきた。正確に言えば、役人の奏上でもう一人残っていることを知ったばかりであった。

「末の妹君にございます。ケイラ様のご息女でお名前はリーシャ様、現在十五歳におなりです」

誰だそれは、というのが最初の感想だった。

「リーシャ？　ケイラ……」

「あの、シレネ島の機織り職人ですよ。ほら、皇太后様のお衣装のために働いていた」

側近が耳打ちする。ああ、とようやくドナートも思い出した。

属国の一つ、北の島国から来た女だ。なんの身分もない生まれであったが、人ではないもののように美しかったことを覚えている。そういえば娘が一人生まれていたのだったか。

「あれか。しかし彼女は、たしか昨年亡くなったのでは」

「さようにございます。それで遺《のこ》されたリーシャ様を、まだ幼く身寄りもないからと皇太后陛下が引き取られたのです」

「母上が？」

ドナートは眉を寄せた。己の母ながら、あの皇太后が庶子に慈悲の心を向けるとは考えられない。妾《めかけ》や子供たちにさんざんいやがらせをしては騒動を起こしていたのだ。もちろんいちばん悪いのは種を蒔《ま》きまくった前皇帝だが、だからと同情しきれないほどに皇太后の行いも悪かった。

「なぜまた……ああ、もしや娘に仕事を引き継がせようと？」

「おそらくそうでしょう。シレネ島の織物技術は他にない特別なもの、なかでもケイラ様は最上級の職人と言われていましたから」

「そうだったな。献上された織物をいたく気に入って、職人を呼びつけてみれば若い美女だった。案の定父上が見初《みそ》め、妾にしてしまったゆえ歯噛《はか》みしていたのだったな」

現在二十八歳のドナートであるから、十六年前のできごとも覚えている。女ぐせの悪い夫にみずから機会を与えてしまったようなもので、いつにも増して母は怒り狂っていた。お抱え職人にしてやろうと思っていたのに仇《あだ》で返されたと、身勝手な文句を言っていたものだ。呼び出されたから来ただけなのに、強引に妾にされたあげく皇太后からはうらまれて、ケイラこそがいちばん気の毒である。

以来、前皇帝の寵愛を受けながらも肩身の狭い暮らしをしていたケイラは、皇太后のための機織りを無償で続けていた。にくい女をこき使うことで溜飲《りゅういん》を下げつつ、美しい織物を手に入れて、一石二鳥の皇太后だったのである。

そのケイラが亡くなり、遺児を皇太后が引き取ったとなれば、目的は明白だ。

「どうなさいますか？」

役人の問いにドナートは考えた。

「母上のもとに置いておくのはよくなさそうだな。しかし十五歳か。嫁がせるにはまだ早いな」

「前例がないではありませんが」

「うむ……まあ、とりあえず一度会ってみるか」

顔も見たことのない妹ではあるが、今後の生活を考えてやる義務がドナートにはある。子供たちにはいっさい関心を持たなかった父と違い――というより、そんな父を反面教師として育ったため、逆に真面目《まじめ》になった新皇帝であった。

――しかし、

「その娘ならば死にました。もういません」

リーシャを手放したくない皇太后が、取り上げられまいと嘘《うそ》をついたせいで、話はややこしくなっていく。

「継母《ままはは》に追い出されたとな？」

少年に問われ、リーシャは内心首をひねった。皇太后を継母と呼んでよいのだろうか。関係上はそうなるのかもしれないが、無礼者と叱《しか》られそうだ。

「なにゆえだ」

「さあ……理由は教えていただけませんでした。急に移動するよう命じられまして」

「継子《ままこ》いじめというやつか」

「どうでしょう。皆さんあわてたごようすでしたから、違う気がします」

新皇帝と皇太后のやりとりを知らないリーシャには事情を察しようもない。リーシャの存在を隠すため人が寄りつかない森へ追いやられたのだとは、思いもよらなかった。

悲壮感もなくおっとり返すリーシャに、少年が呆《あき》れた顔になる。

「ずいぶんのんびりかまえているが、大丈夫なのか？　このような場所に一人で放り込まれて、なんとも思わんのか」

「はっ、そうでした」

指摘されて、ようやくリーシャは顔を引き締める。

「お仕事をしなくては！　お引っ越し騒ぎで半日もつぶれてしまいましたから、今夜は徹夜ですね」

「ではなくてだな」

「申し訳ありませんがその明かりを分けていただけません？　お礼に食料をお分けしますので」

「流れるように交渉しだすな」

「不思議な明かりですね。どうやって灯《とも》しているのですか、それは」

「気になるのはそこか、そこなのか」

二人がいるのは螺旋《らせん》階段を上がった塔部分の三階だった。なにもない下の階とは反対に、そこには立派な調度が揃《そろ》っていた。椅子の背にかけられたショールや、積み上げられた本、片づけられていない茶器など、適度に生活感があり普通に使われている居間にしか見えない。皇宮内でリーシャに与えられていた部屋よりもずっと広く、上質の内装に囲まれた、居心地のよい空間だった。

リーシャの前に突然現れた少年は、ここで暮らしていると言った。もちろんおかしな話だ。誰も来ない森の中で子供が一人暮らしだなんて。リーシャの引っ越し作業をやらされた女官たちも、住人がいるようなことは言っていなかった。みんなここは無人の廃墟《はいきょ》だと思っていたはずだ。

少年の向かいに座ったリーシャは、さりげなく彼を観察していた。深い緑色の古風なローブを身につけ、雪のような白銀の髪に翡翠《ひすい》色の瞳をした、とても可愛《かわい》らしい顔立ちの子供だ。でも女の子には見間違えない。目元や眉は凜々《りり》しく、意志の強さを感じさせる。しぐさや口調は大人の男性と変わりなく、それが妙に板について自然だった。

子供に見えても、子供ではない——おそらく普通の人間ではないのだろう。

彼のそばには背の高い燭台《しょくだい》がある。ロウソクは立てられていないのに、丸く明かりが灯っていた。同じものが壁の燭台でも光り、室内をあますところなく照らしている。それらは種火も火打ち石も使わず、少年の手の一振りで瞬時に灯った。リーシャの目には魔法にしか見えなかった。

「徹夜はやめろ、身体《からだ》に悪い」

「作業が遅れておりますので」

「徹夜をして頑張るよりも、しっかり寝て昼間頑張った方が効率はよい。明朝が期限というのでもないかぎり、徹夜は悪手でしかない……いやそういう話ではなくてだな」

なにせここは魔物が棲《す》むと言われる森だ、さっそく出てきても不思議はない。

そう考えながらも、リーシャは特に怖いとは感じなかった。人ならざるものたちの話は母からたくさん聞いている。自分も会ってみたいと思っていたのだ。

母の故郷では妖精が人のすぐそばで暮らし、彼らの血を引く住人が多かったそうだ。水掻《みずか》きがあったり耳がとがっていたりしても誰も気にしない、そんな土地だったという。もしかしたらリーシャにも妖精の血が入っているかもしれない。だとしたら森の魔物ともお仲間だ。

「おぬしいくつだ？　十五？　それにしては小さくないか。腕も細すぎる。ちゃんと食べているのか。いや食べていないよな、あきらかに栄養不足だな。育ち盛りの子供がこれはいかん」

だいたいこんなに口うるさく注意というか心配してくれる相手を、怖がる必要があるだろうか。妖精にも人間嫌いな種族と、逆に人なつこい種族がいるそうで、多分この少年は後者だろう。

あれこれ言いながら、少年は一度も出て行けとは口にしなかった。追い出されたらリーシャには行く場所がなく、皇太后の命に背《そむ》いたと罰せられる。それを察してくれているようだった。

優しい方――リーシャの胸にも明かりが灯る。母を亡くして以来、はじめてふれたぬくもりだった。

その後、

「なんだこの石のようなパンは。というかカビが生えていないか？　食べるな、こんなもの」

「食材ばかりで調理器具がないではないか……だからってニンジン丸かじりするか!?　ウサギか！」

「あっこのイモ芽が出てるぞ、食べるんじゃないぞ！」

　誰もいない森の中の、不気味な塔。不安と孤独に耐えなければならなかったはずの夜は、思いのほかにぎやかに楽しく更《ふ》けていった。


　引っ越しをしてもリーシャの暮らしは変わらない。夜明け頃から起き出し、夜遅くまで機織りに精を出す。それだけだ。

　経糸《たていと》の間に杼《ひ》を通し、渡した緯糸《よこいと》を筬《おさ》で打ち込む。くり返される作業が立てる音は、通常よりも間隔が長い。リーシャの手が遅いのではなく、繊細で複雑な模様を織るためだ。使う色の数が多く、手前には杼がずらりと並んでいる。それらを間違えることなく使い分け、リーシャは一心不乱に手を動かしていた。音だけ聞けば遅いが、作業の複雑さを考えればこれでもすさまじい速さなのだ。シレネ島の伝統技術を母から受け継いだ、リーシャならではの技だった。

　この織物から作られる衣装が皇太后を飾る。新皇帝即位の祝賀式典まで、あとひと月ほどだった。衣装を仕立てる時間を考えればそろそろリーシャの仕事は終わらなければならない。しかしこれまで以上に豪華で美しいものにしろと命じられたため、とっておきの模様にしたら思った以上に時間がかかってしまった。そこへ引っ越し騒ぎもあってさらに作業が遅れている。もういっときたりとも無駄にできないと、リーシャはひたすら機織りに打ち込んでいた。

「休憩《きゅうけい》の時間だぞ」

そんな作業を時折、白い髪の少年が邪魔しにくる。

「さあほら、手を止めてこちらへ来い。今日のおやつはジャムたっぷりのクロスタータだぞ」

「うう……時間がありませんのにぃ」

苦悩に震えながらも、結局リーシャは腰を上げてしまう。彼の用意するものがいつも魅力的すぎて無視できなかった。

作りたての温かい食事に、甘いお菓子と香り高いお茶。どこから調達しているのだろう。リーシャと一緒に放り込まれた箱には、カビの生えたパンと土くさい野菜しか入っていなかったのに。

リーシャだって食べ盛りの十五歳、甘い誘惑にはあらがえない。それにまともな食事ができるのは母が亡くなって以来なのだ。

皇太后は、けして優しさや憐《あわ》れみからリーシャを引き取ったわけではなかった。機織りをさせるだけでは気が済まないようで、ことさらにリーシャを冷遇するよう周りにも命じていた。食事は常に誰かの食べ残し。それすら、なにかしら口実をつけて叱責《しっせき》されては抜かれたり、あるいは残っていないからと与えられないのもざらだった。

そんな生活が一年も続けばどうなるか、考えるまでもない。リーシャの身体からはごっそりと肉が落ち、もとは丸かった頬もこけていた。常に顔色が悪く、唇も荒れてカサカサ、光のようだと言われた母ゆずりの金髪は、今ではもう枯れ草のよう。

はじめて少年と会った時、リーシャはお化けが出たのかと思ったが、じっさいのところリーシャの方がよほどお化けじみた姿だった。きれいなスミレ色の瞳も、ここまで痩《や》せこけていると目の大きさばかりが気になり、魅力どころか逆に不気味である。なにも知らない人がこの塔に来てリーシャと出会ったら、悲鳴を上げて逃げ出すかもしれない。

この少年も、最初にリーシャを見た時には驚いただろう。でも彼はリーシャを厭《いと》わなかった。事情だけを聞いて、あとは黙って受け入れてくれた。そうして翌日から、どうやって用意しているのか立派な食事をとらせてくれるようになったのだ。

食事だけではない。リーシャのための部屋を整え、他にもあれこれ手を入れて居心地のよい環境を作ってくれた。人はここを打ち捨てられた廃墟と思っているだろうが、とんでもない。これまでの暮らしを思えば、まるで天国だった。罵《ののし》られることもぶたれることもなく、おなかいっぱい食べられて、ふかふかの暖かな布団でぐっすり眠れる。おかげでリーシャはずいぶん元気を取り戻し、作業の進みもよくなっていた。

「甘いものを食べさせれば太ると思ったのに、なかなか変わらんな」

幸せそうな顔のリーシャを眺めながら少年が言う。姿は子供でも、まなざしはうんと年長の大人のものだ。

「数日では無理ですよ」

「せっかく可愛らしい顔立ちをしているのに、痩せすぎでだいなしだ。たくさん食べて太るんだぞ」

「太らせて、わたくしを食べてしまうおつもりですか？」

「他も育たんとその気にはなれんなあ」

穏やかな会話が心地よい。ひさしく忘れていた優しい時間を、リーシャはタルトと一緒に噛みしめる。このままずっと話していたい気分になるが、そういうわけにはいかなかった。

気持ちとは裏腹に、リーシャは忙しく手と口を動かした。これを食べ終えたら仕事に戻ろうと最後の一かけにフォークを刺す。その時、騒がしい足音と人の声が聞こえてきた。

誰か入ってきたようだ。食料が届けられたのだろうか。あるいは進捗《しんちょく》をたしかめにきたのかもしれない。リーシャは急いでタルトを口に入れ、仕事部屋から飛び出した。

「あ……」

「きゃーああ！」

出入り口近くで人の姿を見つけた瞬間、相手の方が大きな声を張り上げた。なんともわざとらしい悲鳴だった。

「ああ、びっくりした。暗がりからこんな醜い顔が出てくるから、化け物が現れたと思ったわ。驚かさないでちょうだい」

驚いたと言いながらさっそく嫌味をくり出してくるのは、豪華なドレスを着た若い娘だ。美しいが気の強そうな顔立ちと、豊かな黒髪が皇太后によく似ている。彼女の後ろには侍女が五人と護衛兵も三人控《ひか》えていた。一人だともてあます空間も、これだけ人がいると手狭に感じる。

「いきなり飛び出してこないで。自分がどれだけ気味の悪い姿をしているか知らないの？　堂々と顔を見せるんじゃないわよ」

「はいっ、申し訳ございません」

たしかにそうだろうなと自分でも思うので、リーシャは素直に顔を伏せた。彼女の悪態はいつものことなので、聞き慣れてもいる。むしろなにも言ってこない方が気になるくらいだ。

突然の来訪者は、皇太后が産んだ末の娘、イルダ皇女だった。今年二十歳になり、まだ独身のため皇宮で暮らしている。母が違ってもリーシャとは姉妹であるが、お互いそういう意識はほとんどない。

「それで、あの、皇女様におかれましては、なにゆえこのような場所へお運びに……」

醜いと言われる顔を見せないよう、頭を下げたままリーシャは遠慮がちに問う。それに対しイルダは鼻でせせら笑った。

「まったくね！　こんな不便で汚い場所にこのわたくしが！　わざわざ足を運んでやるなんて！　感謝しなさいよね」

「はい、ありがとうございます」

またも素直にリーシャは礼を言う。今呼びつけられると仕事に障《さわ》るので、そうならなかったのはたしかにありがたい。ついでに長居しないで早く帰ってくれると、もっとありがたい。

「それにしても、本当に不気味な場所ねえ。仕事場はあちらなの？　こんなところで機織りなんてできるの？」

口では文句を言うのに、イルダは嬉々《きき》として奥へ踏み込む。リーシャは焦《あせ》って彼女を追いかけた。

「こ、皇女様、あの、そちらは……」

この先を見られてはまずい――と、思う。もう不気味でも汚くもない部屋に、素敵なタルトまであるのだ。これはどうしたのかと聞かれたらなんと答えよう。

それに——それに、あの方のことは。

しかしリーシャの反応など意に介さず、イルダは興味津々《しんしん》で仕事部屋に踏み込んだ。

「……なあに、これ」

ああっ——リーシャはぎゅっと両手を組んで身を縮める。見られてしまった。どうしよう、どう言えばいい？

「まるで牢獄《ろうごく》ね。なんにもない部屋に織機だけ！　あらまあ、立派な仕事場だこと」

「えっ……」

予想外な言葉に思わずリーシャは顔を上げてしまう。そうして見えた室内は、はじめてここを訪れた時のまま冷たく殺風景なものだった。

お茶とタルトを載せたテーブルも、床に敷かれた厚手の絨毯《じゅうたん》も、壁を覆《おお》っていたタペストリーもなくなっている。それらを用意してくれた少年なんて、最初から存在していなかったかのように消え失せていた。

驚いて言葉を失うリーシャの前で、イルダはおかしそうに笑った。

「あっははは！　醜いあなたにはぴったりね！　不気味な塔で機織りをする化け物って、まるきり怪談じゃない。はまりすぎぃ」

ついてきた侍女たちも主を真似て笑う。全員でリーシャを馬鹿にし、笑い物にして、イルダはいたく満足したようだった。ひとしきり笑ってからようやく来訪の目的を口にした。

「ああおかしい、わざわざ見にきてやった甲斐があったわ。で、お母様がお命じになったものはできあがったの？」

「いえ……あの、あと三日、いえ二日で終わります。はい、かならず」

「あっそ。ではそのあと、わたくしのためにもう一枚織りなさい。式典に間に合うようにね」

「えっ⁉」

「なによ」

にらまれて、あわててリーシャはまた頭を下げる。けれどこれは言わねばならないと頑張った。

「おそれながら、さすがに時間が足りのうございます。もう少し猶予《ゆうよ》をいただきたく」

「それじゃ意味がないでしょう！　式典で使いたいのよ！」

たちまちイルダが癇癪《かんしゃく》を起こし、リーシャの髪をつかんで引っ張った。無理な要望だとわかりきっているだろうに侍女たちは知らん顔だ。痛みに耐えながら、リーシャは懸命に考えて提案した。

「お衣装に仕立てる時間も必要です。今布から織りはじめたのではとうてい式典には間に合いません。ですので、お髪《ぐし》につけるヴェールはいかがでしょう？　透けるほど薄いものにしてきらきら光る糸で模様を入れれば、十分に見栄えするものになると存じます」

ヴェールならば織り上がった布の端を整えるだけでいい。ギリギリまでねばっても間に合うだろう。

リーシャの提案に、イルダは不満そうに口をとがらせながらも考えた。

髪からヴェールを垂らすのは、あらたまった場での正式な装いだ。もちろんそこにも財力と見栄《みえ》が注がれる。レースを使ったり宝石を縫いつけたり、皆さまざまな趣向を凝《こ》らしてくるだろう。

その中で目立とうと思ったら同じことをしていたのではだめだ。そう考えると、透けるほど薄い布というのは魅力的だった。珍しい上にリーシャが織るなら間違いなく最高級の品になる。皇女の威厳を見せつけるにはもってこいだった。

　リーシャの髪から手を離す。抜けた長い髪が指の間に残り、おぞましげにイルダは振り落とした。侍女がさし出したハンカチで手をぬぐい、リーシャの前に投げ捨てる。

「ふん、まあいいわ、それでがまんしてあげる。そのかわり、誰にも負けない美しいヴェールにするのよ！」

「かしこまりました。では、お色は――」

　要望を聞いて必要な糸を頼む。皇太后の布を織っている間に手配が整うだろう。

　話が終わってぞろぞろと皇女の一行が帰っていき、ようやくリーシャはほっと息をついた。

「また無茶な仕事を引き受けおって。息をつく暇もなくなるではないか」

「ぴゃっ!?」

　後ろから声がして飛び上がる。振り向けば白い髪の少年が呆れた顔でお茶を飲んでいた。さきほど見たものが嘘のように、内装もテーブルの上のタルトもすべて元通りだ。いや、この場合どちらが「元」なのだろうと、少しずれた方向にリーシャは悩む。

「あんな要求に応じずともよかろうに」

「……そういうわけにはまいりません。皇女様のご命令ですから」

　リーシャは膝をついて床の髪とハンカチを拾い上げた。頭がひりひりする。さするとまだまだ髪がごっそり落ちてきた。糸にまじってはいけないので何度も指をくぐらせて取る。屑《くず》入れの中がいっぱいになってしまった。ため息を呑《の》み込んでいると、優しいぬくもりが頭にふれてきた。

「こんな理不尽に耐える必要があるか？　もう全部放り投げて、逃げてしまえ」

　小さな手がなでるたびに痛みがやわらぎ、消えていく。「ありがとうございます」とリーシャは顔を上げて微笑《ほほえ》み、織機の前に戻った。

　杼を取り上げて作業を再開する。またトントンと音が響きだした。

「逃げたくても逃げられぬとあきらめていたのだろう？　大丈夫だ、私が逃がしてやる。罰される心配もしなくていい。誰にも手出しさせん」

「……お気持ちは、とてもうれしゅうございます。でも逃げたとて、行くあてもありませんし」

　振り返らずにリーシャは答える。踏み板に足を載せ、経糸を入れ替える。

「それに、わたくしそんなに自分が不幸だとは思わないのですよ。毎日大好きな機織りだけをしていられるのですもの、贅沢《ぜいたく》な身の上です」

「いくら働いても対価を与えられず、食事すら満足に食べられない。あげく無体を働かれて、どこが贅沢だ。皇太后がわざとおぬしにつらく当たっていることくらいは理解しているのだろう？」

「……そんな気持ちになってしまうことこそ、不幸だと思います」

　軽やかに杼をくぐらせ、糸と糸で模様を描いていく。

「幸せな人は他者に攻撃しようとは思わないでしょう？　満たされずに気持ちがすさむと、とげとげしくなってしまいます。皇太后様はつらいものを抱えておいでなのでしょう」

「だからといって、おぬしに当たってよい理由にはならんがな。皇女など尻馬に乗っているだけだ」

リーシャはそっと苦笑した。正直なところ、同感ではある。でもそれは言えない。

「おなかが空《す》くのはつろうございましたが、こちらへ来てからはおいしいものをたくさんいただいています。今はとても幸せなので、逃げたいなんて思わないのです」

にこにこと言ってから、はっと気がついて手を止める。リーシャはおそるおそる少年を振り返った。

「……あの、居候《いそうろう》のくせにごめんなさい。あなた様にはご迷惑でしたね」

呆れた調子で少年は息を吐いた。

「このくらいで迷惑とは思わんから気にするな。まったく……ならばせめて、意趣返しの一つでもしてやらんか。皇太后をぎっくり腰にしてやるとか、皇女の髪をハゲさせるとか」

「おやめくださいませ。初代様に叱られますよ」

「初代様？」

いぶかしげに聞き返されて、リーシャは首をかしげる。

「ご存じありませんか？　初代の皇帝陛下ですよ。悪い魔物を倒して人々を救ってくださった、天の御使いです」

「そんな嘘くさい与太話《よたばなし》を信じているのか？」

「まあ、罰当《ばちあ》たりな。ちゃんと歴史書にも記されています。魔物を倒したあと、人々の暮らしを整えたのが帝国のはじまりです。国ができあがると一緒に戦ったいちばんの親友にあとをまかせ、初代様は天に帰られました。そして守り神となって、今もわたくしたちを見守ってくださっているのです」

「で、悪い子には罰を与えると。子供を叱る時の常套句《じょうとうく》だな」

くすくすとリーシャは笑う。そう、リーシャがまだ小さかった頃に乳母から聞かされた。機織りが好きすぎてなかなか寝ようとせず、母たちを困らせたのだ。

「罰されるなら皇太后が先だろう」

「できれば罰するよりも、お苦しみを除いてさしあげていただきたいですね」

「お人好《よ》しめ」

「あら、そうすれば皇太后様は優しくなってくださって、わたくしも得をするという寸法です」

明るく言って作業に戻る。こうして楽しく会話できる相手がいて、食事に不自由しなければ、本当になにもつらくはない。リーシャが望むとしたら、今の状況が長く続くことだった。

……多分、いつ失われてもおかしくない、はかない幸福にすぎないのだろうけれど。

でも落ち込んでもいいことはない。先のことはその時になってから考えようと振り払い、仕事に集中する。少年がもう話しかけてこなかったので、それ以上は考えなかった。

まだ納得していない翡翠の瞳が、じっと屑入れの中を見つめていることには気づかなかった。

「なんというすばらしいドレスでしょう。もはや芸術作品と言ってもよいような」

「ええ、本当に。帝国の母たるお方にこそふさわしい装いにございます。他の人では衣装に負けてしまいましょう」

「皇女様のヴェールもすばらしいかぎりですわ。これほど薄く軽やかな織物、はじめて見ます。まるで朝もやを切り取ったみたい」

「金色の模様がお髪に映えて美しいこと。いったいどこの職人に作らせましたの？　わたくしもほしゅうございますわ」

　なんだかんだで、あっという間に祝賀式典当日だ。皇太后と皇女を囲んだ取り巻きたちが、口々に追従《ついじゅう》まみれの賛辞をさえずっている。この日のために新調した衣装や宝石類にどれだけ金がかかったのやら。鼻高々な母と妹を、ドナートは苦々しい思いで眺めていた。

「陛下、あと少しの辛抱ですよ。この宴《うたげ》で式典関連の予定がすべて終了です。明日お客様をお見送りしたら、もうけんかでもなんでも遠慮なしにやれますから」

　苛立《いらだ》ちがにじみ出ているのか、側近がしきりになだめてくる。「わかっている」とドナートは平静を装いながら答えた。

　リーシャは死んだなどとすぐばれる嘘をつき、見つからないよう森へ隠した母の姑息《こそく》さが情けなくも腹立たしい。これが終わったら覚えていろと、来賓《らいひん》の挨拶《あいさつ》を受けながら胸中で悪態をついていた。

　そんな忍耐の時をすごしているのに、

「ドナート、いつまで堅苦しい挨拶ばかりしているの。あなたに紹介したい人がいるのですよ。いいかげんこちらの相手をしてくださいな」

　わざわざ神経を逆なでするかのごとく、皇太后がやってくる。うしろに若い娘を連れていた。ただの知人紹介ではないことくらい、誰の目にも明らかだ。よくある光景……ではあるのだが。

　あいにくドナートにはれっきとした婚約者がいて、今もそばに立っていた。そこへ別の女を紹介しにくるとはどんな修羅場なのか。実の母親がなにしてくれるか。しかも公式の場で、来賓たちの目の前で。恥ずかしいやら腹が立つやらのドナートに、側近が「こらえて、こらえて」と必死にささやく。婚約者の令嬢も皇太后にはため息をつき、そっとドナートに首を振った。

　ドナートは呼吸を整え、目線だけで彼女に詫《わ》びた。

「間に合っているのでお断りする。これがどういう場なのか、考えてから出直していただきたい」

「なんですか、その態度は。まったくわが子ながら無愛想で融通が利《き》かず情けない。もう少し人の気持ちを考えるということができないの。ごらんなさい、とても可憐《かれん》な方でしょう？　あなたに会うために美しく装ってきてくださったのに、冷たいことを言ってはかわいそうではありませんか。人の上に立つならもっと思いやりを持ちなさい」

　お前が言うなと、怒鳴りそうになった。どの口がぬけぬけと。

　さらに皇太后は周りにも声をかける。

「皆様にも、皇妃には誰がふさわしいのか見極めていただきましょう。ほら、どちらがお似合いか一目瞭然でしょう？」

　もうわざと怒らせようとしているとしか思えない。ドナートのこめかみが痙攣《けいれん》した。「抑えて！」と背中に張りつく側近を逆につかまえ、皇太后へ向かって蹴《け》り出してやろうとかまえる。

　しかしそれが実行される直前、人々の頭上で大きな音がした。

　ぱん、となにかがはじける音に、どよめきと悲鳴が上がる。すわ襲撃かと近衛兵が反応した。離れた場所の人々もなにごとかと目を向けて、会場中の意識が集まったその場に、

「呼ばれず飛び出てごきげんよう！」

場違いに明るくはしゃいだ声が響いた。

え、と全員が口を開ける。床と天井の中間に、小さな人影が浮いていた。

「ややあ、まことに盛大な宴、なんとも羽振りよきことよ。新しき御世《みよ》は弥栄《いやさか》なるかな」

子供だ。白い髪の少年がどこからともなく現れていた。え、どこの子？　と一瞬考え、いやそれよりなんで浮いてるの!?　と遅れて驚愕《きょうがく》が広がっていく。皇太后も話を忘れ、ぽかんと見上げていた。

そんな人々を楽しげに見回し、少年は澄んだ声をいっそう響かせる。

「新皇帝の威光を讃《たた》え、私からも祝いを進ぜよう。そぉれ受け取れ！」

ローブの袖がひるがえる。なにを言っているのだと面食らう人々の間から、突如《とつじょ》甲高い悲鳴が上がった。

「きゃあああああ！」

皇太后が紹介しようとしていた令嬢だった。彼女は宙に浮かぶ少年ではなく、足元を見ていた。その視線を追いかけた人々も異常なものを見つけてあとずさる。ドナートも見た。彼の膝までもない茶色いものがキイキイわめきながら跳びはねている。ぼろ布《きれ》をまとった枯れ木のように見えるそれは、醜い小人だった。とがった鷲鼻《わしばな》にギョロリとした目、折れそうな手足と反対に、頭部だけが奇妙に大きい。

どう見ても人間ではない――が、

「こ……皇太后様が……！」

すぐ近くにいた人たちは小人の正体を知っていた。彼らの目の前で皇太后が姿を変えて、この怪物になってしまったのだ。己の見たものが信じられず皇太后の姿をさがす者もいれば、衝撃に卒倒するご婦人もいた。

　さらに、

「ピギ——ッ！」

「こっちには豚がーっ！」

　もう一ヶ所でも騒ぎが起きていた。皇女の姿が消えて、かわりにピンクの豚が出現していた。

「……なぜ豚」

　ドナートがあっけにとられていると、頭上でケラケラと笑い声がした。

「貴様のしわざか……宴を荒らしにきたか、魔物め！」

　少年を見上げてドナートが声を荒らげる。笑いを収めた瞳が彼を見返した。と、思ったら、

「じいちゃんパンチ！」

「なっ……」

　ドナートの頭を衝撃が襲う。急接近した少年の拳《こぶし》が落とされていた。皇帝陛下がどつかれた!? 見てはならぬものを見てしまった人々が凍りつく。

「おぬしにはこれくらいで勘弁してやる。いろいろ足りぬが、一応リーシャを気にかけてはいたようだからな。食料を届けるふりしてようすをうかがっていたのは、おぬしの配下だろう」

「……え」

　ふざけた魔物が口にした名前に、かろうじて意識が引っかかった。近衛兵を呼ぼうとしていたド

ナートはふたたび少年を振り返る。——少年、だったはずなのに。

床に降り立った姿は、ドナートと変わらない背丈だった。襟にもかからない短さの髪に手を入れ軽くかき上げると、指の間をさらりと白銀が流れた。深い緑のローブを飾るように、長い髪が肩から背へと流れ落ちていく。

ドナートは開きかけた口を閉じることも忘れ、目の前の顔に見入った。もう子供ではない。ドナートと同じか少し下くらいの、立派な青年の姿だ。

魔物ならば姿を変えるくらいはお手のものか。しかしこの顔、どこかで見たような？

知っている相手のような気がして記憶をたどろうとしたドナートだったが、彼が思い出すより早く声を上げる人がいた。

「しょ、初代様！」

人垣を抜けて出てきたのは、金の装飾がされた祭服と冠の大神官だ。見事な白鬚《しらひげ》の老人は、介添えの若い神官を振り払って突進した。

「ひさしぶりに出てきたと思ったらなにをやっとるんですか！　国の大事な式典にいたずらをしかけるなど！」

「おお、マヌエーレ。元気そうだな」

「今ので死にかけましたわ！　ポックリいったらどうしてくださる！」

「当分死にそうには見えんぞ」

やけに気安いやりとりが交わされる。大神官の知り合いだったのか。いや魔物と知り合いってなんだそれ。さすが大神官様と言うべきなの？

人々はひたすら困惑するしかない。ドナートも展開についていけない気分だったが、大神官が口にした「初代様」にはっと気がついた。

「まさか……アレッサンドロ帝？」

思わずつぶやいた名前に青年が振り返り、にっと笑った。その顔、たしかに見覚えがある。大神殿にある彫像にそっくりだ。

「って、三百年前の人物ではないか！　本当に人間ではなかったのか!?」

「一応人間だぞ。人外の血もまじってはいるが」

「三百年も生きていたらほぼ人外だろう！」

思わず全力で言い返したドナートの脚に、なにかがふれてきた。服を引っ張る感触に目を向ければ、さきほどの小人が涙をこぼしながらしきりになにか訴えている。そうだ、と思い出す。いろいろ衝撃的すぎて吹っ飛びかけていた。

「そ、その話も気になるがあとにして、先にこれを――母を元に戻してくれ。向こうの豚はイルダか？　なぜ二人をこんな姿にする」

「ちょっとした仕置きだ。あまりに意地悪やわがままがすぎるのでな」

軽い調子で答えるが、小人へ向けた目にはひややかな鋭さがあった。小人がおびえ、ドナートの脚にすがりつく。豚も言葉はわかっているのか、こちらを見て震えていた。

なにかと悩まされ、腹立ちを覚える二人だが、それでもじつの母と妹だ。このままにはしておけないとドナートは頑張る。

「……リーシャの名を出していたな。母たちの仕打ちが原因か」

「知りながら、なぜ見守りだけで放置したと聞きたいが？」

「時期が悪かったからだ。式典前に皇帝と皇太后がもめるわけにはいかないだろう。終わったらちゃんと保護するつもりだった」

「ふーん」

「……森でも特に問題なく暮らし、元気にしているとの報告だったゆえ、急いで対処せずとも大丈夫かと」

聞こえよがしに青年が大きく息を吐く。それだけで人々はぎくりと身をすくませる。今度はなにをするのか——緊張が走ったが、当人は「やれやれ」と言って頭をかいただけだった。

「問題なかったのは、私が保護していたからだ。普通ならば問題だらけだぞ」

「それは……」

「あんなところに一人で放り込まれたら、不安と恐怖で気がおかしくなるかもしれんと思わなかったのか。……まあ、見た目に反してのんびりというか、図太いところのある娘だったが」

ドナートは返す言葉もない。リーシャが元気にしていられたのは、この人物のおかげだったのだ。助けがあったと知らなかったのに、ドナートはあと回しにしてもよいと判断してしまった。もし本当に一人きりだったなら、リーシャはどうなっていたかわからなかったのだ。

「……申し訳ない」

「謝る相手が違う。私はこれで退散するが、あとのことはよろしく頼むぞ。おぬしも親のせいで苦労して気の毒とは思うが、あの娘は他に頼る者がおらんのだ。兄として助けてやってくれ」

言うだけ言って青年はあっさり背を向ける。呼び止めようとした時にはもう姿が消えていた。だから二人を戻してくれと！　叫びかけたが、ふと見れば皇太后は元の姿でへたりこんでいた。向こうでは皇女が目を回して倒れている。どうやら忘れられてはいなかったようだ。ドナートも、周りの人々も、揃ってほっと息をついた。

時間にすればわずかな間のできごとで、悪い夢か幻を見ていた気分だ。

この時になってようやく近衛兵たちが駆けつけた。なにをしていたのだと叱られて、身体が石になったように動けなかったのだと言い訳している。これもあの男のしわざかとドナートは脱力した。

「大神官……本当にあれは、アレッサンドロ帝なのか」

白鬚の老人に問えば、似たような表情でうなずかれる。

「正真正銘、本物の初代様です。あんなんですが」

「あんなのが……」

「代々の皇帝陛下ご即位の折に、ひそかにお姿を現し助言を授けてくださるのです。お父君の時にもお越しだったのですよ」

「あれのどこがひそかだ、おもいきり派手にやらかしてくれたではないか。初代様があんなはっちゃけジジイだったなんて！」

ドナートにも少年の心は残っていて、建国の英雄に対する憧れはあったのだ。現れるなら現れるで、もっとそれらしい威厳をもって登場してほしかった。即位の祝いに授けられたのがじいちゃんパンチってひどすぎないか。今度大神殿の彫像に落書きしてやる。

とんでもない騒動に動揺が収まらぬまま、やがて宴はお開きとなる。祝福どころかとんだ恥をかかされたとドナートは憤っていたが、英雄帝が本当に守護してくれていたという噂はまたたく間に広がり、逆に帝国の繁栄に一役買ったのだった。

と同時に、ちょっと苦笑気味に語られる噂もあった。

「悪いことをしたら叱りにくるって、本当だったんだ……」

わが身で思い知った皇太后と皇女は、しばらく寝込んだという。

そんな一連の大騒動も知らず、どうにか納品を間に合わせて疲れ果てたリーシャは、塔の寝室で心安らかに熟睡していた。

一目見て、なぜ母が執拗《しつよう》に虐待したのか理解した。

はじめて末の異母妹と対面し、ドナートは納得する。古い記憶にある姿とリーシャはよく似ていた。

ひと月あまりの塔での生活において、不足していた栄養をたっぷりとらされ徹夜を禁止され、その甲斐あってリーシャは健康な肉体を取り戻していた。白い頬はふっくらやわらかくなめらかで、唇もみずみずしい果実のよう。スミレ色の瞳は金色の長いまつげに囲まれて、もう不気味さなど微塵《みじん》も感じさせない。宝石のごとき美しさだ。

肌だけでなく傷んでいた髪も、洗うごとにしなやかさと艶《つや》を増し、光のように肩や背中を覆っていた。風呂になにか特殊な薬でも入っていたに違いない。切るしかなかったはずの髪がすっかり元どおりになっていた。

自身の美貌にリーシャは自覚が薄かったが、他人が見ればすぐにわかる。夫の心を奪った女の面影を残し、これからますます美しく成長するであろう娘が、皇太后には怖かったのだ。だからまともな食事を与えなかった。容姿など関係なくなるほど痩せ衰えさせて、醜いとあざ笑うことで安心していたのだろう。

「母やイルダがひどく当たっていたそうで、すまなかった。もっと早く気づけばよかったのに、今頃まで放置していた無神経さを、申し訳なく思う」

皇帝に頭を下げられてリーシャはあわてる。顔を見ることもかなわないと思っていた雲の上の存在に、まさか謝罪される日がくるとは思わなかった。

「いえ、そんな。ど、どうぞおかまいなく」

「いやかまう。かまわねばならん」

血縁上兄となる新しい皇帝は、ずいぶん真面目な人のようだ。難しい顔で言いきる。あの皇太后の息子、などと考えていたことが申し訳なかった。リーシャも聖人君子ではないので、心の中ではちょっぴり悪いことを考える時もある。でもドナートは想像していたような人ではなかった。それを知ってうれしい。

「今後は私がお前の保護者だ。もう母上のところにいる必要はない。ちゃんとした部屋を用意し、侍女や教師もつけて、皇妹にふさわしい暮らしをさせると約束しよう。そしていずれは、よい嫁ぎ先を見つけてやる」

皇帝とさし向かいで座り、お茶とお菓子を供されて。ほんのひと月前まで、こんな状況になるとは予想もしなかった。なんという幸運だろうか。兄の真摯《しんし》な言葉も本当にありがたかったけれど。

でもなぜだろう、少しも気持ちが浮き立たない。

「望みがあれば言ってくれ。親の責任をまったくはたさなかった父にかわり、私がお前の将来に責任を持つつもりだ。母にも二度と手出しさせないから、安心して希望を言ってくれ」

真面目に考えてくれる人に浮かない顔なんて見せられない。せっかくの申し出なのだから、と自分に言い聞かせても、気持ちはどんどん沈んでしまう。

希望、とリーシャは考えた。自分はなにを望んでいるのだろう。いちばんほしいものはなんだろう。以前のように、きれいな部屋できれいな服を着て、侍女にかしずかれて暮らすのは幸せだろう。嫁ぎ先まで考えてもらえ、将来に不安を持つ必要がない。なにもしなくても安泰な生活が保証されている。それは本当に、ありがたいとしか言えないけれど。

でも、ほしいものは違う気がした。リーシャが本当にかなえたい望みは……。

「……あの」

勇気を出してリーシャは口を開いた。

「ど、どんなことでも、申し上げてかまいませんでしょうか」

「ああ、言ってくれ。話の内容によってはかなえられない場合もあるが、できるかぎり希望に沿えるよう善処しよう」

「……ありがとうございます」

ごくり、と知らずつばを飲み込む。言おうとしていることは、とても非常識で恩知らずと叱られるかもしれない。でも黙っていたらきっと後悔する。脳裏に優しい翡翠の瞳が浮かび、頑張れとはげましてくれた。リーシャはぎゅっと手をにぎりしめた。

「では……お願いがございます」

皇宮のはずれにある深い森には魔物が棲むという。おそれる人々は寄りつかず、古い塔があることなどほとんど知られていない。

外につながる細い道も草に埋もれ、そのまま消えていくはずだったのが、ここしばらくの行き来で復活していた。まだ完全な手入れはされていなくて歩きにくいが、服に草の種がつくのもかまわず走る少女の姿があった。

白い額《ひたい》に汗を浮かべ、長い金の髪に小枝をからませたまま、息を乱して懸命に道の先へと急ぐ。

やがて木々の間に建物が見えてきた。古い石造りの四角い建物に、高い塔が付属している。緑の中にたたずむ塔に少女は顔を輝かせた。

「初代様！」

入り口の扉を開き、リーシャは中へ飛び込む。肩で息をしながら奥へ進んだ。

「初代様？　どこにいらっしゃいますか。初代様」

しんとした廊下を急ぎ、仕事部屋を覗き込む。なにもない石の床と冷たい壁に囲まれた空間に、まだ運び出されていない織機だけがぽつんとあった。

「えっ……」

驚きの声が漏《も》れる。胸に満ちていた喜びがすとんと落ちて、かわりに不安の雲がわき上がった。

リーシャは急いで身をひるがえし、今度は塔部分へ向かった。螺旋階段を駆け上がり、憩《いこ》いの時間をすごした居間へ飛び込んだ。

「……そんな」

そこにもなにもなかった。がらんとした空間がリーシャを迎えるばかりだ。ロウソクもないのに明かりを灯した不思議な燭台も、うっかり眠ってしまいそうに心地よい椅子もない。

お気に入りの場所でくつろいでいた、小さいのに頼もしく思えた姿は、もうどこにも見当たらなかった。

リーシャは言葉を失って立ち尽くした。ここで暮らした日々は夢だったのかと思わせる光景に、身体から力が抜けていく。信じたくない——けれど、目の前にはなにもない。

もうすべては終わったと、伝えてくるように。

これ以上の関わりはないと、突きつけるように。

「……っ」

こみ上げたものがあふれ出し、頬を伝って落ちていった。落ち着きかけていた呼吸がまた乱れる。

肩が震え、リーシャは両手で顔を覆った。

「初代様……もう、いらっしゃらないのですか……？」

話をしたいという兄の遣いが迎えに来た時、行ってこいと笑って送り出してくれた。まさかあれが最後になるなんて。どんな話をしたのか報告するつもりだった。リーシャが兄に願ったことを、彼にも聞いてほしかったのに。

　あれがお別れだったなんて。

「う……ううっ……」

　次から次へと涙がこぼれて止まらない。手の間から嗚咽《おえつ》が漏れる。悲しくて、さみしくて、リーシャはその場から動くこともできずにしゃくり上げた。

　その時だ。頭上で「ゴトン」と音がした。

　次いでバタバタとあわただしい音が響く。どこかにぶつけたのか「いでっ」という声が聞こえた気もした。

「お、お帰り……」

　濡《ぬ》れた顔を上げて振り返ったリーシャは、あたふたと階段を下りてくる小さな姿を見つけた。

「初代様！」

　とたんにぱっと顔を輝かせ、彼に駆け寄ろうとしたリーシャは、ふと首をかしげる。

「あら、お髪が長くおなりで……？」

「えっ!?　あっ、しまっ……いいいや、そんなことより！」

　わたわたと手を動かしていた少年は、強引に話を変えてリーシャのもとまで下りてくる。

「なぜ戻ってきた。皇帝と話をしたのだろう？　これからは皇妹として遇すると言ってもらえたのではなかったのか」

「あ、いえ、それは……」

「まさかあやつ、おぬしのことも早々に追い出すつもりか。まだ十五の娘を……他のきょうだいのように身寄りもないというのに非情な！　親と違ってまともなやつかと思ったが、とんだ見込み違いだったたか。すまんリーシャ、私の目が曇っていたためにかわいそうなことをしてしまった。ちと待っていろ、今から行ってあの小僧にも仕置きしてきてやる」

口を挟む暇もなく一人で腹を立て、少年は階下へ向かおうとする。圧倒されてうっかり見送りそうになったリーシャは、それはまずいと気がついた。このまま行かせたらドナートが気の毒なことになってしまう。せっかくリーシャの願いを聞き入れてくれたのに。

「お、お待ちくださいませ！」

追いかけたリーシャは、どうにかローブの端をつかむことに成功した。

「違います！　皇帝陛下は、わたくしを保護すると言ってくださいました。わたくしの将来に、責任を持つと言ってくださいました」

「む……？」

少年が足を止めて振り返る。不思議そうな目がリーシャを見上げた。

「そうなのか。ではなぜここへ戻ってきた？　もう皇宮で暮らせるのだろう？」

「あの……」

「あれか、織機が気になったのか。心配せずとも人が寄越されるだろうに。では私が新しい部屋へ送り届けてやろう」

「ち、違います！」

　はっきり言わないとまた独り合点されそうだ。リーシャは頑張って彼の言葉を遮《さえぎ》り、伝えたいことを口にした。

「わたくしが、ここへ戻ってきたいと願ったのです。これからも、ここで暮らしとうございます」

「……なにを言って」

「だってここは静かで、人の目も気にならなくて、機織りに集中するのにもってこいで、じつはけっこう気に入っているのです。皇宮よりもすごしやすく感じます」

「ええ？」

「それに、それに……」

　いまだ濡れたままの瞳が少年をまっすぐに見つめる。翡翠とスミレが互いを映す。

「わたくし、初代様と一緒にいたいのです。いけませんか……？」

「…………」

　あぜんとしてリーシャを見返していた顔が、眉間《みけん》に深いしわを刻み「ううむ」と考え込んだ。

「なつかせてしまったか……あー、あのな、おぬしが本当はさみしい気持ちを抱えていたことは知っている。たった一人の家族を亡くして、さぞ心細くもあったろうな。だがこれからは皇帝がおぬしの家族だ。友達もできて、いずれ心惹《ひ》かれる男にも出会うだろう。おぬしはもうひとりぼっちではないから心配しなくてよい。ここを出て、明るい場所でたくさんの人に囲まれて暮らしなさい。おぬしならばきっと幸せな人生にできる」

「初代様は、もう一緒にはいてくださらないのですか」

短く問い返されて、彼は口を閉ざす。困っている顔に、迷惑がられているのだろうかと弱気が襲う。リーシャも黙り込みそうになったが、このまま別れたくはないと踏みとどまった。だめだったとしても、せめて気持ちはちゃんと伝えたい。

「ご迷惑ならばあきらめます。優しくしていただいたご恩に甘えて、いつまでもしがみついてはいけませんでしょうか。もうこれ以上はだめだとおっしゃるのでしたら、あきらめて出ていきます……でも、もし許されるのでしたら、わたくしは初代様と一緒にいとうございます」

「…………」

訴えてくる娘の懸命さに、少年は額に手を当てて天を仰いだ。そのまましばらくなにかうなっていて、ため息をつきながら顔を戻す。戻す動作とともに輪郭がにじんだと思ったら、一瞬でリーシャの目の前は服だけになった。え、と目をまたたく。子供の小さな身体ではなく、大人の身体がそこにある。下にあったはずの頭がずいぶん高くなっていた。

驚いて見上げるリーシャに少年は――もう青年の姿になった人は、ばつが悪そうな顔で「どうだ」と言った。

「こっちが本当の姿だ」

「まあ……」

「こんな人のいない森の中で男と二人きりなど怖かろう？　そう思って子供の姿をとっていた」

「まああ……」

「いっときのことと思ってだましていたが、今後もずっととなるとな……なあ？　どう思う？」

はい、とリーシャはうなずいた。

「とてもかっこいいと思います」

「ではなくてだな」

「姿が変えられるなんてすごいですね。どうやって変えるのですか」

「気になるのはそこか。このやりとりなんか覚えがあるな!?」

彼の不思議な力は何度も目にしてきた。もうあまり驚きもない。もともと見た目どおりの存在だとは思っていなかったから、じつは子供ではないと聞かされても「ですよね」としか思わない。

うんと見上げなければいけなくなった瞳は、深い泉のような翡翠色だ。小さいままでも大きくなっても、それは変わらない。優しいまなざしも変わらない。この瞳が大好きだという気持ちも変わらなかった。でもちょっとだけ胸が騒ぐような気もする。不思議に思いながらリーシャはもう一度尋ねた。

「初代様は、わたくしがおそばにいてはご迷惑ですか？」

そう言われて困ってしまう男だ。嘘でも迷惑だなどと言えなかった。この娘に悲しい顔はさせたくない。大人として、ここは突き放すべきかと思っても、冷たい言葉を口にできない。

「迷惑ではない。おぬしを疎《うと》んじているわけではない。むしろ可愛くて好きだぞ。だがおぬしはこんなところにジジイと引きこもるべきではない。もっとたくさんの人と出会って世界を広げていかねばならんのだ。ジジイとは、時々会って茶飲み話をするくらいでよいのではないか？」

ジジイ、ジジイと連呼して、わざと年寄りぶってみせる人にリーシャは笑ってしまう。とてもそんなふうには見えなくて、もっと違う呼び方をしたいと思う。

「初代様と一緒にいて、時々他の人とも会う暮らしがしとうございます」

だめですか？　と訴えかける瞳に男はもうたじたじだ。そこへ、

「心配なさらずとも二人暮らしなどさせん。ちゃんと使用人は置くゆえ安堵《あんど》なされよ」

あてつけがましい笑顔でドナートまでが姿を現した。

「あ、言い忘れておりました。陛下もご挨拶をしたいとおっしゃって」

「未婚の娘を男と二人きりにはさせぬゆえ、お気になさらず」

「小僧……馬に変えられたいか」

「兄として助けてやれとおっしゃったのはあなただろう」

「わたくし、今度は初代様のための布を織りとうございます。そのお召し物もお似合いですが、もっと華やかにしても素敵だと思うのです。ぜひおまかせくださいませ！」

「話を進めるな。あとジジイよりまず自分を飾れ。飾らんでも可愛いがな、飾ればもっと――」

古い塔には今日も機の音が響く。楽しげな音に惹かれて森の生き物たちが集まってくる。

塔には妖精のような姫君がいて、毎日機織りに精を出していた。白い手が巧《たく》みに糸をあやつり、美しい布を作り出していく。

幸せそうに働く彼女のそばには白銀の髪に翡翠の瞳の守護者がいて、毎日お茶とお菓子をさし入れする。のんびり語らいながら休憩する時間を、二人はなにより愛し楽しんだ。

身代わり王女は滅びの国で彼を待つ

やしろ慧《けい》
ill. 椎名咲月《しいなさつき》

「寒いのって嫌いだわ！　痛いし、大嫌いっ！」

大陸の北にあるノックス王国はその年も厳しい冬を迎えていた。

十数年続く王族たちの過度な浪費に加えて今夏《こんか》の水害が穀物の収穫に深刻な被害をもたらしていたからだ。民は飢え、さらに寒さに凍えていた。王都の北に住む貧しい民、さらに言うなら最下層の民たちがねぐらにする山茶花《さざんか》通りの隅で小さな少女は毒づき、何か服や食料が落ちていないかと教会のあたりをうろついていた。だから、その少年と会ったのは本当にただの偶然だったのだ。

「フィオレット……？」

少年はサラを視界に入れると呆然《ぼうぜん》として聞き覚えのない女の子の名前を呼んだ。

少年の髪も、体を覆《おお》う上質な毛皮も真っ黒。

貴族の子だろうか。とサラは思った。

だって、こんな寒くてひもじい路地裏にいてなお、少年はあったかそうだった。雪のしんしんと降り積もる路地裏で、青い瞳だけが冬に似つかわしくない晴れ間の色でサラは見惚《みと》れる。

「違うわ、あたしはサラよ」

少年の瞳があまりに綺麗《きれい》だったから、サラはつい口を滑らせた。知らない人に名前を名乗ることなんかないのに。

「そうだな。彼女がここにいるわけがない。赤い目……君の目は生まれつきか？」

「そうよ。あたしの目はお母さんと同じなの！　サリーシャ母さんは、すごく美人だったんだ！」

サリーシャ、と少年はなぜか苦し気に繰り返した。

「綺麗な目だな」

「そう？　あんたの目もすっごくきれい。晴れた夏の色ね」

イグニスと名乗った黒髪に青い目の少年は、ほんの少し笑い、サラに手持ちの食料といくばくかの銀貨を握らせた。それから、ここには二度と近づくな、とサラの肩をそっと押して、追い払う。

「……どうして？」

「悪い奴らが……俺も含めて。君を利用しに来るからだ」

イグニスは一方的に告げるとあっという間に路地裏から消えた。

仲間の一人が「最近教会近くには人さらいが出るらしい。特に小さな女の子が狙われるって」と言い始めたのはその翌日からだった。

教会に近づくのは危ない気もしたけれどサラは、その忠告を忘れたふりをした。

人さらいに会ったって、その時は走って逃げたらいいだけだ。

――それよりも、またあの少年に会いたかった。少年は優しかったし、綺麗だった。あの晴れ間をもう一度見たいと思ったのだ。サラはうろうろと路地裏を彷徨《さまよ》い、一時間もすると疲れ果てて、古びた教会の前に座り込む。

疲れたサラの耳に、ざくざくと軽やかに雪を踏む音が聞こえてきた。警戒するにはあまりに軽い足音だったので、逃げださずに、サラはむしろ期待を込めて顔を上げた。

果たして、少年は以前と同じようにそこにいた。

違うのは彼が何故だか焦《あせ》っているということだった。

サラは少年を見つめ、少年もまじまじとサラを見つめ返す。

彼は右手をすいっとあげて南を示すと、サラに向かって言った。

「逃げろ、はやく。ここは危ない。――僕の仲間の、いいや……人さらいが来る」

「え？　なあに？」

不気味な単語にサラが目を丸くした時、少年の背後から慌《あわ》ただしい足音が聞こえてきた。

「いたぞ！　白髪に赤い瞳。あの娘だ。間違いない。イグニス、おまえが見つけたのか。お手柄だ――ああ、なんと似ていることか」

どういうことか、とサラが疑問を口にする前に大人たちがザクザクと新雪を汚しながらサラに近づいてきて、囲む。先頭にいた老人が忌々《いまいま》し気にサラを見下ろした。

「捕らえろ、そして連れていけ！」

サラはたちまちに男たちに囚《とら》われる。

目隠しで視界が闇に覆われる寸前、ひどく悲し気なイグニスの瞳だけが見えた。


「この、役立たずの偽者！　余計なことをするなと言ったでしょう！」

豪奢《ごうしゃ》な部屋の真ん中で、ガシャン！　と、高価なグラスがいくつもテーブルから叩《たた》き落とされて、床にぶつかって粉々に砕けた。

砕けたグラスの値段はいかほどか。いい値段で売れそうなのに、あれひとつで平民はひと月働かずに暮らせるのに……。と内心苦々しくサラは眺める。

だが、破片がとんで来て怪我《けが》をしなかったのは幸いだった。サラがのろのろと顔をあげると、今しがたグラスを叩き割ったばかりの素晴らしい美少女が目を吊《つ》り上げてサラを睨《にら》んでいる。

「——私の代わりに教会に行けとは命じたけれど、どうして寄進なんかするのっ」

「……寄進用の予算だと国から支給されたものでしたから……」

「お黙りっ！　私はあれで銀ギツネの毛皮を買う予定だったのよ。夜会に行けないじゃないの」

口答えが気に入らなかったのか、美少女は思いきりサラの右頬を打った。

——サラは床に倒れこむ。内心で深くため息をつきながらまるで己と鏡写しのようにそっくりな美少女、フィオレット・ガルア・ディ・ノクセンダル——ノックス王国の唯一の王女を見上げた。

「……申し訳、ございませんでした。王女殿下」

サラは項垂《うなだ》れて視線を床に落とした。

十年前。

山茶花通りでさらわれたサラが連れて来られたのは王宮だった。

浴槽で体をピカピカに磨かれ、ご飯をたらふく食べさせられたサラは、人さらい——王女の外祖父たるヨトゥン公爵に命じられた。

（おまえは王女に恐ろしいほど似ている。いいか。これからお前は王女の身代わりをするのだ）

——と。

（逃亡したり逆らったりした場合は、お前がいた山茶花通りの民を全員殺す）

そう脅《おど》され震えあがったサラが了承してからずっと、サラは我儘《わがまま》な王女の体《てい》のいい身代わりを務める羽目になった。

王女として振る舞うために同じことを学び、同じスタイルを維持し、同じ仕草をし、彼女がするようになるのが義務だった。己のいない場所で王女が話したことを侍女から聞いて頭に叩き込み、王女が得意なことはダンスでも刺繍《ししゅう》でも歌でも詩の朗読でもその癖の細部に至るまで模倣しなければならず、逆に彼女が苦手とする語学や楽器の演奏は苦手なフリをしなければならなかった。

王女が行きたがらない教会や公務や戦場近くでの慰問に赴くのはもっぱらサラの役目で、夜会やお茶会と言った王女にとって大切な楽しい「お役目」にはフィオレットが直接顔を出すのだった。

本日、慰問先の教会で偽者王女にすぎないサラはしくじった。慰問先の教会で保護されていたのは長引く戦争の余波で親を亡くした子供たちと飢えた平民たちで……、寄付を懇願する教会長と信徒たち。彼らの縋《すが》るような視線を見捨てることができずに寄進をしたのだ。

王女が――毛皮欲しさに寄進用の予算を出し渋っていることは知っていたけれど。

「この、役立たずの愚か者っ！　偽者のくせにっ！」

扇子で、何度も肩を叩かれる。扇子は軽く威力はないものの何度も打ち据えられると痛む。あとで傷になっているだろうから、しばらくは肩の出るドレスは選べない。

サラは無言で耐えた。

「フィオレット王女殿下。――そろそろ音楽の勉強の時間でございます」

それまで無言で王女の暴力を眺めていた侍女がちらりと時計を確認し、単調な声で告げた。

――王女の偽者であるサラが何かしてもあるいはしなくても興味を持たない侍女だ。意図的ではないだろうが救われた。サラは痛む肩をおさえつつこれ以上王女の興味をひかないように目を伏せる。

「あら？　もうそんな時間？　子爵を待たせたらいけないわ」

――金色の髪をした子爵は、最近の王女のお気に入りだ。

王女は途端にサラのことなど忘れて、軽やかにドレスの裾を翻《ひるがえ》した。外側からガチリと鍵が掛けられる。……偽者のサラは、王女の任務の代行をする時か、王女の後見人であるヨトゥン公爵の許可を得なければ広い部屋の外に出ることさえ許されない。飢えることもないけれど、ここは、豪華な檻《おり》だ。

侍女が無言で部屋の床に散らばったガラスを片付ける横で、サラはため息をついてのろのろと立ち上がり、ソファに身を沈め、痛む肩に指を添えた。

ほんの半月前、サラの目つきが気に食わないと言って王女から鞭《むち》打たれた背中の痛みがようやく消えたところだったのに。――これ以上、見えないところへの傷は増やしたくない。

ぐったりとしていると、いつも、サラがひとりで部屋にいる時は放置する侍女が現れて、深々と頭を下げた。

「フィオレット王女殿下、お客様がお見えでございます」

「……王女は具合が悪いと伝えてくれない？」

「どうしても、とのことでございます。ご準備を」

「わかっているわ。偽者に拒否権なんかないのでしょう。お客人は誰？」

鏡ですばやく己の身なりをチェックする。

どこからどう見てもフィオレットだわ、とサラはため息をついた。

白い髪を王女と同じ銀色に染めた以外は赤い目の色まで一緒だ。瓜二《うりふた》つと言っていい。

侍女は無言で頭を下げる。

「王女殿下の婚約者、イグニス・デアネル・ヨトゥン小公爵様でございます」

訪問者の名を聞いて、サラはしばし動きを止めた。イグニス……。

――サラをかどわかしたヨトゥン公爵の孫にして亡き父親の代わりに後継者指名されている青年。

フィオレットの従兄《いとこ》にして、さらに言えば王女の婚約者だ。

サラを路地裏で見つけたのは少年時代の彼で、逃げろ、と苦々し気に言ったのも彼だった。

――文武に優れ、またその立場から若くして軍を任されているイグニスは隣国との国境で小競り合いをしているのではなかったか。王都に戻《もど》ってきたとは知らなかった。

「婚約者殿の訪問を断っては具合が悪いでしょうね。王女が音楽教師と仲良くなっている、だなんてイグニスは知らないだろうし……。いいわ。行くわ」

侍女は深々と頭を下げた。サラは王女の部屋へ移動し、客人を部屋に招きいれるよう命じる。

サラは息を整えて胸に手を当て、王女の愛《いと》しき婚約者を出迎えた。

「ああ、私のイグニス！　どうして王都へ？　あなたは東の戦線に行っているものだとばかり」

サラはイグニスの胸に飛び込んだ。背の高い彼の胸のあたりに顔をうずめる形になる。これみよがしに思いきり体当たりしたつもりだったのに、細身に見える彼はびくともしない。

「昨夜、戻ってきたばかりです、殿下」

黒髪に青い目をした青年はフィオレットを抱きしめた。

「やめて、フィーと呼んで。あなたの婚約者よ」

フィオレットのふりをしたまま、つま先をあげて口づける。

王女なら、そうしただろうから。決してサラの意思ではない。イグニスに常に従う赤毛の護衛騎士から非難めいた視線を受けたが、サラは気づかないふりをした。

王女の怒りを恐れて常に静まり返っているこの宮も、イグニスが現れると華やぐ。――隣国との戦争で負け続きのノックスにおいて、唯一負けなし、善戦しているのが彼の指揮する軍だからだ。

王都の守護神、ノックスの最後の砦《とりで》。民衆たちはそう彼を呼んで英雄視し、イグニスがいなければこの国はとっくに滅んでいるに違いないと噂《うわさ》する。

サラもそれには同意する。

彼は美しい青い目を細めてフィオレットを愛しそうに見つめると、腕を掴《つか》んだ。

侍女と護衛騎士は恋人たちが人目も憚《はばか》らず抱擁《ほうよう》していると思ったかもしれない。だが、イグニスはサラを引き寄せると、甘い声で、サラにしか聞こえない声で囁《ささや》いた。

「減点だ、サラ。――王女は俺の赤毛の護衛騎士が同じ部屋に入るのを嫌がる。彼女は赤毛の男をひどく嫌っているから」

「……っ」

サラは慌《あわ》てて周囲を見渡す。

扉のすぐそばに無表情の侍女と、不服を隠しもしない騎士が並んで立っている。

「あなたたち、下がりなさい……。邪魔よ」

「そうしてくれ。――久々に王女殿下と会ったのだ。積もる話もある」

二人きりになった部屋で、サラはイグニスを睨み、横目で鏡を確認する。鏡の中には、ノックスの花と称《たた》えられる美しく禍々《まがまが》しいフィオレットがいて、完璧に装っていたはずだったのに。

「貴方《あなた》が気づくか試したのよ。小公爵様。英雄殿はずいぶんと目利《き》きでいらっしゃること」

ヨトゥン公爵だけではなく、実の父親の国王でさえ二人の区別がつかないがイグニスがフィオレットとサラを間違えたことはない。イグニスは肩を竦《すく》めた。

「婚約者を見間違えはしない」

さらりと言われた台詞《せりふ》に、サラの胸がちくりと痛む。痛みをやりすごしたくて口を尖《とが》らせた。

嘘《うそ》でも、サラとフィオレットの違いがわかると言って欲しかったのに。

「……王女殿下は午前中、教会に慰問に行ったと聞いて追いかけたが行き違いだった。……殿下は――教会の活動にいたく感じ入られて金貨百枚を寄進された、と？」

「王女の慈悲を示すための指示だったのよ。だから私は請《こ》われたままに寄進しただけ」

「殿下が寄進をされるとは珍しいな。そのせいで君は叱責《しっせき》されたのか？　頬が腫《は》れている」

サラは慌てて右頬を押さえた。腫れていないと思っていたのに。

その様子にイグニスは苦笑する。

「嘘だよ。サラ。そうなんじゃないか、と思っただけだ」

「私を試すような真似は止めて」

お返しだ、とイグニスは肩を竦めた。

サラが椅子をすすめると彼は部屋の主のように優雅に座る。それから、穏やかな声で切り出した。

「殿下が寄進する予定の金貨百枚は、俺がその場で払っておいた。――怒りはおさまるだろう」

何でもないことのように言われてサラは目を丸くした。

「金貨百枚なんて太っ腹ね。次期公爵様」

ヨトゥン公爵家は裕福な家門だが今は戦争続きで財政が楽ということではないだろう。イグニスは小さくため息をつく。

「先ほど、陛下から戦勝記念にと下賜《かし》されたものをそのまま贈った」

「戦争に勝ったの？」

「負けてはいない。が、それだけだ。東国の王太子と会談して、冬に備えてお互い休戦することにした。――だから先ほどの金貨は、本来、俺がもらえるものじゃない。国から不当にもらったものを国に正当に返しただけ」

屁理屈《へりくつ》にサラは肩を竦めた。その様子に微笑《ほほえ》んで、イグニスはサラの右耳に手を伸ばした。

「真珠のイヤリングをどうした？」

「イヤリング……！」

サラは慌てて左耳だけになったイヤリングを外し、後ろ手に隠した。

すっかり忘れていた。

――慰問先の教会で王女の身代わりをしていた時に少年が抱き着いてきた。妹が死にそうだ、薬を買う金がない。どうか恵んでくださいとサラに縋りつくので、サラは「汚い手で触らないで！」と少年を突き飛ばして……けれど、そっと少年にイヤリングを握らせたのだった。

「王女殿下は平民に施したりはしない。――少年が拾ったのだ、盗んではいない許してくれ、と俺に返しに来たぞ。それは返さなくていいと告げたが。施すなら上手くやれ」

「イヤリングは、王女のものじゃないわ。あなたが以前『私に』くれたものよ。フィオレットに聞かれたら落としたっていうわ。彼女は真珠が嫌いだからきっと気づかない……」

イグニスはサラをチラリと見たが、それ以上は何も言わなかった。

その横顔にサラは見惚れた。いつ見ても非の打ちどころがなくて逆に腹が立つわ、と悪態をつく。

見目よく、文武にすぐれ人格までも兼ね備えたこの従兄にして婚約者に王女はひどく執着している。面倒ごとは全て偽者のサラに押し付けるくせにイグニスとの夜会にだけはどんなに体調が悪かろうと、厚い化粧を施して参加する。

貴族の令嬢たちがイグニスとダンスを踊ることとさえ許さない嫉妬深さは有名だ。

己がサラに命じた慰問でさえ、サラがイグニスと二人きりになったと知れば烈火の如く怒って、頬をぶたれたり、夕食を許されなかったり、足裏や背中を鞭打たれるのが常だった。

「お小言を聞くのは私の職務じゃないわ、小公爵様」

「小言ではなく君の友人としての忠告だ。素直に受け取って感謝してくれていい」

「遠慮するわ。そもそもあなたと二人きりで会話したとバレたら、私は酷《ひど》い目に遭うんだもの」

「心配するな、誰も殿下に告げ口はしない。――なんなら侍女も買収済みだ」

サラは呆気《あっけ》にとられた。あの侍女も買収されたりするのか。

「しれっと、すごいこと言うのね、イグニス」

「君は知らないかもしれないが、俺は国の英雄で、実は人気がある」

笑うところかしら？　とサラは眉間に皺《しわ》を寄せる。

「それで、人気者の小公爵様はいつまで偽者と会話を楽しむの？　王女殿下はお散歩に出かけられたわ。偽者の私に何か用などおありになる？」

わざと嫌味な言い方をしたサラをイグニスはじっと見つめ、銀色に染められた髪を手に取った。

サラとフィオレットの唯一の違い。それは髪の色だ。

王女の髪は美しい銀だが、サラは老婆のような白髪。定期的に染めなければならない。

「黙って立っていれば、王女殿下と見間違えただろう。君はよく王女を模倣できている。だけど、王女殿下は最近背中が大きく開いたドレスを好まれる。それを着ていないのは、王女にはない傷があるからだ。――だから君は、君だ。簡単な推理だろう。……傷はひどいのか？」

急にまじめな口調になったイグニスに戸惑ってサラがぎこちなく視線を逸《そ》らすと、隣に座ってきたイグニスがサラを引き寄せた。何か、と言うまでもなく、背中に触れられる。

「また、酷くされたのか？」

「たいした傷じゃないし、殿下の怒りを買ったのは何日も前よ。もう治りかけなの」

国の英雄は王女の偽者にも優しい。それは王女のサラに対する仕打ちを知っているからでもあるし、彼がサラを王宮に誘拐《ゆうかい》したヨトゥン公爵の身内だからでもある。

（――俺が最初に、君を見つけた。王女と瓜二つの君を。見つけてしまったんだ。祖父が王女によく似た女の子を探していると知って嫌な予感はしたのに、止められなかった）

いつだったか、ため息交じりにイグニスが漏《も》らしたことがある。――その時、少年だったイグニスに公爵を止めることができたとは思わないが……彼はずっと責任を感じているのだ。

イグニスはサラが逃げないように細い手首を掴み、重ねて尋ねた。

「傷は？」

「本当に、ひどくないのよ。イグニス」

サラの抗議など聞かずにイグニスは慣れた手つきでドレスの襟首を緩めた。いつものように。

抗《あらが》う間もなく肩にイグニスの指が……、いつの間にか手袋を外していた指が素肌に触れる。

「痕《あと》が、新しいな？」

「さっき打たれたの。けれど扇で叩かれただけだし、たいして痛くはないの……」

サラは渋々認めた。

「打ち身になっている」

言いながらイグニスの氷のようにひんやりとした指が傷を辿《たど》る。肩だけでなく、背中まで。

なぞる先からじわりと素肌が熱を帯びてサラは泣きそうになった。

痛みとは全く別の感覚がつま先から湧《わ》き上がる。羞恥《しゅうち》で唇を噛《か》んでいたサラを意に介さず指は満遍《まんべん》なく傷に触れていく。触れた箇所だけを癒すことができる、治癒の力。イグニスはそれを持っていた。

そして、打擲《ちょうちゃく》されたサラを誰にも言わずにこうして癒してくれる。

「他に痛むところは？」

全身よ、と言いそうになるのを堪《こら》える。

手も頬も足も体も全部痛い、と訴えたなら、あなたは私の全てを暴いて青い美しい瞳から視線をあますところなく注いでくれるだろうか、と愚かしいことを考える。

「……ないわ」

イグニスはサラの背中の傷が癒えたのをもう一度確認し手早くサラの衣服の乱れをただした。

「……唇を噛むな。傷がつく」

イグニスの青い瞳を、挑戦的にサラは見上げた。

「わざと噛んでいると言ったら治癒してくださる？　婚約者殿」

イグニスは眉を顰《ひそ》めたがサラの顎《あご》を引き寄せると恭《うやうや》しく唇を重ねた。柔らかなそれが触れる箇所から痛みが消えていく。……熱が離れるのを惜しいと思いながらサラは唇を離した。

「それで、公爵様。王女の偽者を誘惑しておいて何が聞きたいの？」

「……次の新月の夜、フィオレット王女は何をする予定なのか、知りたい」

サラは内心で再度落胆した。イグニスはサラに聞きたいことがあったから優しくしたのだと思い知らされて辛い。特別な感情が……同情であれ何であれ、サラに対してあればいいのに。

「誰に会うかなんて知らないわ」

「誰か、には会うんだな？」

しまった、とサラは口元を押さえた。己の迂闊《うかつ》な舌を呪う。

「本当に知らないの。けれど彼女は最近音楽家に夢中だから、新月の夜に彼と会うつもりかも」

フィオレットはイグニスに執着するくせに、彼が不在の際には火遊びをする悪い癖がある。

新妻を亡くしたばかりの男爵を誘惑するにはじまり、けぶるような金髪の近衛騎士、裕福な商人、旅一座の役者や芸術家に熱を上げてひとときの逢瀬《おうせ》を楽しむ。

火遊びに飽きた王女の代わりに彼らに別れを告げて金貨をつきつけるのはサラの役目だったからサラは男たちの顔を全て知っていた。大抵の男は姫君より金貨に目移りしてさっさと退散したが、近衛騎士だけは悲し気に微笑み、「これは、あなたに」と金貨をサラに押し付けて、翌日に命を絶った。

近衛騎士を捨てたはずの王女は彼の訃報《ふほう》を嘆き、サラのせいだと責め立てて地下牢《ろう》に閉じ込めて、折檻《せっかん》させた。足の爪の間に針を刺され、痛みのあまりサラは絶叫した。

泣き喚《わめ》いて無様に懇願したサラに溜飲《りゅういん》をさげた王女は寛大にサラを許し、——次の日にはあっさりと近衛騎士のことも忘れた。

「では、新月の夜はサラが王女の部屋にいるんだな？」

「たぶん」

イグニスは顎に手を当てた。

綺麗な男。王女の従兄。次期公爵。国の英雄。

目の前にいる男は肩書に似合わず威圧感はなく、むしろ優しい。けれど、どこか得体の知れないところもあった。……何を考えているのか、時々わからない。

「新月の夜、王女殿下の部屋の東の窓を開けておいてくれ」

「だから、忍んできても王女はいないわよ。私が王女のふりをして寝ているだけで」

「構わない、君に会いに行くんだ、サラ。俺をひそかに君の部屋に迎えてくれ」

いつになく、真剣な目にどきり、とする。

経験上、恋愛めいた要件ではないのだろうと思う。服を脱がせてサラの背中や足を治癒してくれた時でさえ、イグニスは顔色一つ変えない。

王女のふりをして口づけている時でさえ熱くなるのはサラだけだ。

——何の用があるんだろう。そんな真剣な顔をして。

けれどイグニスは答えてくれない。わかったわ、と答えてそれきり二人は無言になる。

イグニスはサラの額《ひたい》に軽く口づけるとサッと姿を消した。


——新月の夜。

東の窓を開けたまま、サラはベッドの上に座り込んでいた。

びゅう、と横殴りの風が吹きつけてカーテンを揺らす。王宮に生息するほぼ全ての者たちが声を潜める長い夜、音もなくイグニスは王女の部屋に滑り込んでベッドの上で座り込んだサラの前に跪《ひざまず》いた。サラはほんの少し微笑んだ。

「貴方は盗賊にだってなれるわね、英雄様……どんな用があってきたの？」

「サラ」

イグニスは押し殺した声で、静かに、と言い、サラにずしりと重い布袋を渡す。

金貨だとわかって、サラは声を失った。

「……これは……何？」

「慰労金だ。サラ。これを持って今夜のうちに遠くへ逃げろ。新月の夜に紛《まぎ》れて王宮を出れば、北門に控《ひか》えた俺の仲間が君を保護する。東の国境まで案内して、信頼がおける人に君を託す手はずになっている」

サラは絶句したが、それには構わずイグニスは続けた。

「この国の寿命は尽きた。俺はこの国と王家を滅ぼす。そのために、今夜、俺も国を出る」

ひゅっ、と知らずにサラの喉が鳴った。

完全に静止したサラの様子を窺《うかが》って、イグニスは僅《わず》かに笑う。

「……東国の王太子と休戦の条約を結んだと言っただろう？」

「ええ」

「東国との休戦には条件がある。俺が彼らにこの国を売り飛ばし、王家を滅ぼすことだ」

イグニスは淡々と自身の祖国への裏切りを告げた。

国境で東国の王族と会っていたこと、そこでこの国を東国の庇護《ひご》下に置くようにしたこと。国王ならびに宰相たる公爵は——とらえ次第、斬首《ざんしゅ》とすること。

「貴方は、……そのあと、貴方はどうなるの？　イグニス？」

「東国にくだったあとは、俺もそのままとはいかないだろう。よくて財産没収後にひそかに暗殺。もしくは——俺を恨んだノックスの国民に殺されるかもな」

「……なんでそんなこと……」

蒼褪《あおざ》めたサラを引き寄せて、イグニスはその額に優しく口づける。

「この国はもう限界だ。王家や貴族はともに亡べばいいが、国民はそうじゃない。——東国の王太子は、俺の裏切りの対価としてノックスの民を害さない、と誓ってくれた」

——震えるサラの肩をイグニスは優しく宥《なだ》めた。

「王家への謀反《むほん》が各地で続けば、王女の怒りの矛先は君に向かう。そして君の安全を、俺はもう守れない。……王女も王もそれから公爵も王宮に不在の、今夜が最後の機会だ。さあ、行こう」

促《うなが》されてサラは頷《うなず》きそうになり、イグニスの肩をそっと押した。

彼の甘い束縛から逃れる。

屈強な騎士であるイグニスは予想外のことだったのか、目を見開き、たたらを踏んでよろめいた。

「行けないよ」

サラは弱弱しく首を振る。

「……サラ……」

「私が逃げたら山茶花通りの皆が死ぬの。ヨトゥン公爵がそう言っていたわ」

脅しではない。現に過去、一度だけサラが王宮から脱走を図った時、怒り狂ったヨトゥン公爵は若い女の手首を持ってきて、サラに投げつけたのだ。

「おまえの幼馴染《おさななじみ》のものだ」

そう告げられてサラは悲鳴をあげた。真偽のほどはわからない。

わからないが、血の気を失った細い手には特徴的な痣《あざ》があって、それは確かに彼女のものだった。

「私が逃げればきっと皆、腹いせに殺されるわ。侍女も今夜の見張りの騎士も！」

いけすかない侍女だが死んでいいわけでは決して、ない。

彼女は実直に淡々と、サラに仕えているだけだ。いつも仕事は完璧で非の打ちどころがない。

「残れば殺されるかもしれないんだぞ？　俺は君をここに引き込んだ責任があるっ！」

珍しく声を荒げたイグニスにサラは不自然に明るく笑う。

「馬鹿ね。そんな昔のこと、根に持ったりしないわ。王宮に来て悪いことばっかりじゃなかったわ。飢えなかったし、綺麗なドレスも着れた」

「……サラ」

「貴方が謀反人になって、東国と一緒に攻めてくるなら。これから王宮はもっと危険になるんでしょう？　だったら私はかえって安全よ。あのフィオレットが命の危険に遭う場所に自ら姿を現すはずがない……王女にとって、私は利用価値がある」

「確証はない」

イグニスの声に焦りが生じる。

「山茶花通りの人々にも逃げるように促す。もし……、君が逃げたせいで祖父が誰かを殺したとしても、それは、君の咎《とが》じゃない。君が背負うべきものでは……」

サラは笑った。そんなことをしていたらイグニスが逃げるのが遅れる。本末転倒だ。

「私の行動が何を引き起こすか知っていて、知らないふりをするのは卑怯者《ひきょうもの》よ。楽しいこと以外からは目を逸らすフィオレットと同じ。私は王女の影だけれど。心の中まで同じになるのは嫌。……だから、逃げないわ」

今日は、月が隠れていてよかった、とサラは涙を拭《ぬぐ》わずにイグニスに近づいた。

きっとクシャクシャで変な顔をしている。壁にひとつきり掲げられた燭台《しょくだい》のおぼろげな灯りを頼りに彼に近づいて背伸びをする。

「……だから、あんたが私を救いに来てよ。この国を助けて。私ごと」

口づけは、いつもよりずっと甘く柔らかで。いっとき二人の影は重なって、やがて離れた……。

庭先が何やら騒がしくなる。

「行って。イグニス。私はここで生き延びて。あなたを待っているから」

王も王女もついでにヨトゥン公爵もいない夜。それはサラだけではなくてイグニスが逃げるのにも最適なのだろう。この機会を逃せば彼にも王都を去ることは難しく、そんな中忘れずに会いに来てくれたのが嬉《うれ》しい。

「東国から救いにきてくれるなら、ドラゴンに騎乗してきてほしいわ」

「ドラゴン？」

「ええ。東国にはドラゴンがいるんでしょう？　子供の頃絵本で見てからずっと騎乗したいと思っていたの」

おどけた口調にしばらくイグニスは沈黙していたが、やがてわかった、と青い目が伏せられた。

「きっと、君を助けに来る。……今度こそは絶対だ」

「期待しないで待っているわ……。嘘つきさん」

出会った時と同じく黒い装束をまとったイグニスは闇に紛れて羽ばたいて消えていく。

その背中が見えなくなったのを確認してサラは目を閉じた。

馬鹿なことをしてしまったとの確信があった。この王宮でかろうじて息ができていたのはイグニスがいたから。彼を失ってもう、サラにはこの先、生き延びていく術《すべ》がない。

「イグニスがきっと、迎えに来てくれる」

自分に言い聞かせたサラは馬鹿ね、と自嘲して首を振った。

「いいえ……私のための約束なんか信じないわ。いつも裏切られるもの。……でもきっと。あなたなら、この国の人たちを救ってくれると信じる。イグニス……」

湧き上がる様々な思いを押し殺して、サラは、ばたん、と窓を閉じる。

窓の外。王宮の庭で吹きすさんでいた風が一瞬嘘のように止んだ……。


イグニスがいなくなった最初の数か月、王宮は平和だった。

次期公爵たるイグニス・デアネル・ヨトゥンは重篤《じゅうとく》な病を得て療養中だと発表され、王女はけなげに悲しんで見せたし、サラはそのことについては通り一遍《いっぺん》の心配をしてみせた。彼が去り際にサラの部屋を訪れたことなど王女は予想だにしないだろうし、気づいたはずの侍女は、翌朝、サラを一瞥《いちべつ》しただけで、イグニスの痕跡を王女の部屋から跡形もなく消して見せた。

――王宮は一見平和だった。

だが、半年も経《た》つと東国の支援を受けた反乱軍が国軍を撃破し始め、にわかに王宮が騒がしくなってきた。さらに謀反軍の首魁《しゅかい》がどうやらイグニス・デアネルその人らしい、という噂が広まり、一年も経つうちにそれは、周知の事実になった。

孫に裏切られた公爵。婚約者に棄《す》てられた美貌の王女。英雄に国を去られた国王。

彼らはイグニスの裏切りに烈火のごとく怒り、周囲に当たり散らした。――王女の怒りはもっぱらサラに向かったが、予測通り彼女は身の安全確保のために盾であるサラを殺すことはできなかった。

東国とイグニスが率いる反乱軍の勢いは、日ごとにいや増して、王と共に利権を貪っていた貴族たちは忍び足で王都を去り始めていた。守りが手薄になった今反乱軍はいつ王都に攻め入ってくるか、わからない。そしてその時にこそ、サラは必要になる。

王女が無事、逃げおおせるために。

「役立たずな下賤《げせん》な女。喜びなさい。おまえがようやく役に立つ日が来たわ。私の役に立って死ぬことを、せいぜい感謝するのね」

ドォン……、と遠くに砲撃の音が聞こえる。

「その時」はあまりにも呆気なく訪れた。

冬の寒い——雪が吹きすさぶ日だった。ちょうど、サラがさらわれてきた時のような。

国王の急死により、王都の守護をしていた軍は散り散りに逃げ、一部はイグニスの反乱軍に寝返り、王都は恐怖に陥《おとしい》れられた。

フィオレットは純白の銀ギツネの毛皮に身をくるんで近衛騎士を数人引きつれ、地下牢に押し込まれた、綿の粗末なドレスのみをまとっているサラを見下ろした。

「おまえはここで死ぬの。国を追われた哀れな王女は、将来に絶望して死ぬ。皆が悲しんでいる間に、私は安全に脱出することができる。——いい筋書きでしょう？」

「……あんたはどうするの？」

「お祖父《じい》様と一緒に南へ逃げるのよ。——南国の王家は伯母《おば》様が嫁いだ家だもの。ノックスの貴族たちとは違って、私をあたたかく迎えてくれるわ。時期王妃として」

サラはつやつやとしたフィオレットの薔薇《ばら》色の頬と女性らしく美しい丸みをおびた肢体《したい》を眺めた。

はたして、今、サラの死体を差し出したところで、反乱軍はサラを王女だと信じてくれるだろうか。

この数か月極端に食料の配給を減らされたせいでサラは痩《や》せ、王女と鏡写しとは言い難《がた》い。

——王女は相も変わらずに贅沢《ぜいたく》をして逆にその量を増したようだが。

「……最後まで、責任をとらないのね。あなたなんか王女じゃない。ただの恥知らずよ」

無言で頬を打たれ、サラはその場に崩れ落ちた。口内が切れたのか、鉄錆《てつさび》の味がする。

「さあ、早く殺しなさいよ」

サラはうつろに笑って王女に命じられた騎士を見た。騎士は無言で眉間《みけん》に皺《しわ》をよせ沈黙している。

近くで怒号と砲撃の音が聞こえる。——ならば、イグニスが近づいてきている。

手が届く位置にいるはずなのに、もう、逢《あ》えない。

この冬を終わらせる男は国を滅ぼし、平民を救うのには間に合ったようだが、やっぱりサラにまで手は届かないようだ。路地裏で初めてあった時のように。

青い目から、せめて一粒なりとも涙が零《こぼ》れ落ちたらいいな、とサラはぼんやり考える。きっとそれは綺麗な光景に違いない。サラはもう、見ることがかなわないけれど。

大好きよ。ずっと。はじめから。

最後の瞬間まで。

騎士が躊躇《ためら》いがちに剣の柄《つか》に手をかけサラが覚悟を決めた時、空から信じられないような大音声がおちてきた。

「フィオレット王女っ！　王宮にいるんだろうっ出てこいっ！　貴様が出てこなければ、この王都はやきつくすっ！　——王女が死体であっても替え玉の可能性がある。その場合も——王都の民をせん滅するっ！」

「……なんなの？」

城を攻めていた砲撃と怒号が一瞬止む。大きな声は空から落ちてきているのだった。

殺されるために拘束を解かれていたサラも、ふらつく足取りでフィオレットの隣に並んで、狭い窓から空を見上げた。

鳥に似た大きな生き物。ドラゴンが頭上を三頭、飛んでいる。

「あれがドラゴン！　私……絵本以外で初めて見たわ」

こんな状況なのに、サラは小さく歓声をあげた。ドラゴンは東国にしかいないのだ。

騎乗している男が遠目に見える。

見事な赤い髪をなびかせているので、誰なのかサラにはわかったし、両国の関係がここまでこじれていなかった頃に夜会で会ったことがあるフィオレットには猶更《なおさら》わかっただろう。

――東国の王太子、ジェラルド殿下だ。

「性悪の売女《ばいた》め、出てこいっ！　俺は貴様が逃げることなど許さんぞっ！　自ら引き裂いてやる」

蒼褪めた王女の横顔に、サラは笑いたくなった。

鍛えた体躯《たいく》に精悍《せいかん》な顔立ち。武勇に優れ、義に厚い。素敵な方だとサラは好感を持っているが、フィオレットは王太子を嫌いなはずだ。既婚者の王太子を誘惑して手酷くふられたのを恨みに思い、以降、赤毛の男を毛嫌いするようになったほどには。

「王女が出て来なければ、王都の民を皆殺しにする……！　手始めはこいつらだ」

王太子が石弓をつがえ、地上に放つ。

整然と並ばされた騎士たち――鎧《よろい》の上に纏《まと》ったマントの色からすると、どうやらあれは近衛騎士たちだ――の、すぐそばに刺さった。剣豪と知られる王太子は弓の腕前も素晴らしい。

「さあ！　出てこい！」

フィオレットの護衛をしていた騎士たちが、お互いに顔を見合わせる。

「殿下、投降をなさいますか？　あちらには、騎士団長がいらっしゃいます……」

彼女は金切り声をあげた。

「冗談じゃないわよっ、誰がっ！　騎士は私のために命を捧《ささ》げればいいのっ！」

「しかし、殿下がいかねば王都はせん滅されると……」

「だからこの女を殺して差し出せと言っているじゃない！」

「しかし、死体では納得しないとジェラルド殿下は仰《おっしゃ》っています」

騎士たちの声は明らかに王女に呆《あき》れているが王女は気づく様子もない。

なんだか、サラはおかしくなった。なんだ、貴方たちも王女が嫌いだったんじゃない、と妙な親近感さえ覚えてしまう。笑顔のままサラは王女に近づき——と、思いっきりその頬を打った。

ぎゃ、とカエルをつぶしたような無様な声を発して、フィオレットの体が吹っ飛ぶ。

騎士たちは、白々とそれを眺めたが、誰ひとりサラを咎めなかった。

「フィオレット。服を脱いで」

「な、なにを」

王女は目をぱちくりと瞬いた。

「ついでだもの。最後まであなたの身代わりをやってあげる——ここであんたに殺されるくらいなら、王都の皆を守って死んだ方がマシ。私の命の使い道はそこよ」

フィオレットから服を剥《は》ぐと、サラは手早く着替えた。その間にも外からは「出てこい！」と怒り狂ったジェラルド殿下の声が聞こえ、そのたびに王女は耳をふさいで怯《おび》えた。

その恐怖を忘れずに、虐《しいた》げられる人間の痛みを知ってほしいと王女に願うが無理だろうか？　サラはかすかに苦笑した。

――フィオレットに自分が纏っていたぼろのドレスをお仕着せ、肩を小突く。

「行くといいわ、フィオレット。――南の国で、貴女《あなた》が今度は失敗をせずに、多少は民を愛して多少は民に愛される支配者になることを願っているわ」

「偽者風情が、私に指示をしないで」

王女は鋭く舌打ちし、騎士を引き連れて瞬く間に去っていき、あまりの早さに笑ってしまう。

窓の外、頭上で旋回するドラゴンを見ながらサラは震えた。

ジェラルドはドラゴンに敵を引き裂かせるのだとフィオレットがいつか言っていたことを思い出して、足が竦む。怖い。

けれど、仕方ない。ぱんっ、と両手で自らの頬を打って、サラは足を踏み出した。凍った石畳が足を突き刺しそうなほどに冷たいのに眉をしかめながら塔を駆け上がって、屋上に顔を出す。

すぅっと大きく息を吸って――、吐いた。

「東の蛮族よ、私はここにいます！　さあ私を引き裂いて、いますぐ皆を解放しなさいっ！」

お腹《なか》が減っていても、大きな声って出せるものなんだわと自身に感心しながらサラは声を張り上げた。地上にいる民衆がどよめき、頭上でドラゴンたちが旋回をやめる。

「――お前はだれだ、女」

ドラゴンの背で赤い髪をなびかせながらジェラルドは朗々《ろうろう》たる声でサラに問う。

「お久しぶりね、ジェラルド。東国の王太子は外見だけでなく、記憶力までお粗末になったのね」

「そういう貴女の容色もずいぶん衰えた。あの見事な銀髪を失ったとは。惜しいことだ！」

「……軽口はもはや結構よ。さあ、騎士たちを解放しなさい。そして、王太子の名において誓いなさい。私の命と引き換えに、王都の民へはこれ以上危害を加えないと！」

王太子は何が楽しいのか、くつくつとしばらく笑いの発作と戦ってから地上の民に問いかけた。

「王女殿下のお出ましだ！　この女を処刑する。——この細い首ひとつで貴公らは自由だ。王都の民に自由も保証しよう。異論がある者はそこにいるか？」

沈黙が広場を支配する。

サラは恐怖でがちがち震える歯を抑えるために食いしばり。ぎゅっと目をつぶった。一瞬で終わる、一瞬で済む。怖くなんか、ない。

けれどせめて、最後の瞬間にイグニスがいたらよかったのに。私を忘れないでと伝えたかった。

「民の平穏を誓ってくれるのならば構わないわ。——処刑も不要よ。死に方くらいは自分で選ぶ」

サラは塔の端に立って——優雅に一礼してみせた。国に、国民に、産声をあげた路地裏に。それから、脳裏に浮かぶ瞳に。見上げた冬空を覆う重々しい雲から覗《のぞ》く、一瞬の晴れ間。——その、色。

目を閉じて、瞼《まぶた》の裏にそれを焼き付けて。一歩、踏み出す。

王女が靴をくれなかったせいで裸足の足が、宙を歩く。

落下の直前、一瞬、浮遊したサラの体はそのまま重力に従い地面に一直線に叩きつけられる——はず、だった。

「――な、に？」

サラが薄目を開ける。彼女は何か硬いものの背の上に在った。

……ドラゴン！　王太子とは別のドラゴンの背に乗って、確かに上空を舞っているのだった。

混乱したサラを背後から優しく誰かが抱きしめる。

「……あなた」

「しっ……黙って、舌を噛んでしまう」

聞き覚えのある、懐《なつ》かしく慕わしい声が耳元でそっと優しく囁く。

「下に降りる。レディ。――揺れるが、しばし我慢されよ」

サラは大事に広場までおろされ、――衆目の前に引き出された。サラたちと同じく広場に舞い降りてきた王太子は、白刃《はくじん》をシャラリと音を立てて抜くと、サラの首筋に突きつけて、楽しそうに笑った。

「さて、自死は許さないぞ。レディ……さあ、ノックスの民よ、もう一度聞こうか。この女を殺すことに、異論があるものはあるか！」

静まり返った広場、誰もが固唾《かたず》を飲む中で楚々《そそ》とした風情で歩み出たのは一人の女だった。

「異論がございます。殿下」

……サラ付の侍女だ。

静かに進み出た彼女はサラと王太子の前に割り込むと深々と頭を下げた。

「彼女は王女ではありません。――私が仕えた、王女に虐げられ続けた、ただの影です。ですから、彼女を殺しても意味はありません」

サラは首を振って悲鳴をあげた。かばってくれるのは泣きたいほど嬉しいが、それでは意味がない。

「違うわ！　私が王女よ、でたらめを言わないでっ！」

侍女はくすりと笑う。微笑んだまま王太子に向かってなおも続けた。

「ある意味では彼女の言葉は正しいのです、殿下」

「どういうことだ？」

その問いには拘束されたままの騎士団長が答えた。

「……王女の責務を果たしていたのは彼女です。前線に慰問に訪れたのも、議会で陳情を聞いたのも、熱心に救貧院を支援していたのも、彼女です。私はそのいずれも側近くで護衛をいたしました」

大人たちの証言に呼応するように、一人の少年が、進み出た。

「——僕は彼女の処刑を望みません。妹の薬代だと言って、僕に真珠のイヤリングをくれました。高価すぎて、換金できなかったけれど」

以前教会であった少年だとわかってサラが目を瞠《みは》り、少年とその隣にいた少女が微笑んだ。

少年の言葉に勇気づけられたかのように、次々に、我先に、と人々が王太子の前へ出た。

「私が花瓶《かびん》を割った時、そっと追い払って自分が王女から折檻をうけていました」

「ドレスを売って寄付をしたのを知っています。本人はばれていないと思っていたけれど」

口々に言いつのる人々を前に王太子ジェラルドはにやにやと笑っている。

「……さて、困ったな。皆があなたを王女ではないという。——王女がいない以上、俺は、俺の恨みを晴らすために、やはり騎士たちを殺すべきだろうか」

サラは憤然と立ち上がった、よろけた体を背後から彼が支えてくれる。その手を振り払い叫ぶ。

「あんた、馬鹿じゃないのっ！　私が王女だって言っているでしょ！　騎士を殺してどうするの、国民を殺してどうするのっ！　私が死んでやるんだから、それでいいじゃない！　東国の王族もこの国の奴らとおなじくらい、馬鹿よっ！　これ以上誰かを傷つけたら、許さないんだから！」

「はは。口が悪いなあ。王女殿下の口ぶりとは思えない。さて、ご令嬢どうして出てきた？　殺されるとわかっていて」

サラは喚いた。

「義務だからよっ！」

「義務？」

「あたしは、……私はずっと王女だった。この十数年間、ずっと！　嘘じゃない！　皆が飢えているのにご飯をいっぱい食べて、きれいな服を着て、だけど何にもできなくて、フィオレットの考えだって少しも変えられない、最悪の王女だったもの。できる位置にいたのに、何もできなかった……だから、せめて、最後くらいは役に立たせてよ！　その狂暴なドラゴンに私を喰らわせたらいい！」

泣き崩れたサラを温かい手が支えている。

「サラ……サラ」

優しい声で懇願するように名を呼ばれ、とうとう根負けして振り返る。振り返りたくはなかった。

だって、会いたくてたまらなかった人がそこにいる。——顔を見たら、決心が鈍《にぶ》ってしまうから。

——イグニス……。

「どうして、ここにいるの……」

サラは涙声で聞いた。

「約束したからだ。君を救いに来ると」

「そんな約束、信じてなかったわ……」

「ちゃんと君の要望通り、ドラゴンに乗ってきた」

「……馬鹿ね……」

「馬鹿げた約束でも、俺には、その誓いが生きる支えだった。――守らせてくれ」

イグニスは腰の剣を抜いて王太子の足元に差し出す。

「王太子殿下」

「なんだろうか、イグニス卿《きょう》」

「我が剣に誓って証言します。彼女もまた、王女です。――亡き王妹、サリーシャ殿下が謀反の咎で殺された伯爵の子として、秘密裏に産んだ方だ。不遇にも我が祖父に拉致《らち》され、民と同じく国王に搾《さく》取《しゅ》されながらも、耐えて生き延び、いま、国のために命を投げ出そうとしています」

訳知り顔の騎士や廷臣たちが幾人か苦々しい表情を浮かべ、イグニスたちから視線を逸らす。

「どうか、彼女をお許しください。国王を止められなかった咎を背負わせるならそれは、私の方が、罪が重い。――私が代わりに死にます」

前半の意味はわからなかったが、後半の言葉にサラは悲鳴をあげた。

「やめて。あなたがいなかったらこの国はどうなるの！　皆、絶望しちゃうじゃない！」

「民を治めるのは誰かができる。だが、君が死ねば俺が絶望する。とても生きてはいけない」

きっぱりと言い切ったイグニスにサラは呆気にとられ、そんなサラを守るように抱きしめて、イグニスは言いつのる。

「殿下。この身を捧げます。彼女の命が助かるのならば、この場で命を失っても惜しくはありません。どうかお慈悲を」

深々と頭を下げた反乱軍の首魁の後ろ、人々が次々に倣《なら》う。自らの部下でさえ跪いた中、一人立ち尽くした王太子の背後で、のんきにあくびをしたドラゴンが大きな口をあんぐりと開けて、あむあむと、主の頭を食《は》む。人間たちのやりとりが退屈だったのだろう。

さてどうするかな、とのんびりと笑った王太子の視線の先で、若い女の金切り声が聞こえた。

「――放しなさいっ放してよ！　違うと言っているでしょうっ！　私はっ……！」

広場がざわめく。何事かと視線をやれば王太子の部下が銀色の髪に赤い瞳をした美女を引っ立ててきたところだった。

「不審な動きをしていたので連れてまいりました。金貨を盗もうとしていました。――容貌からすれば、フィオレット王女殿下ではないか、と――」

「ち、違うわっ！　私はそんな高貴な方じゃないわっ！　決して！」

美女が……フィオレットが叫ぶ。王太子の命令で、フィオレットはサラの前に無様に転がされた。

サラは無感動で怯えている王女を眺めた。王太子が微笑みかける。

「……もう一度聞こうか、ご令嬢。王女はここで死なねばならない――あなたが、王女か？」

「違いますっ！　王女はその女よ！　こんな時にまで豪奢なドレスをまとっている恥知らず！」

広場の人間はあからさまな言い草に眉を顰めたし、イグニスはサイズのあっていないサラのドレスの上からマントをかけて、彼女の痩せた首筋を衆目から隠す。

「なるほど。では王女。そこにいる女はどこの馬の骨ともしれない平民で、君が王女で……いいんだな？」

「ええ」

　王太子がサラに尋ねる。サラは悲しくフィオレットを見つめ、頷いた。

――恐ろしいほどの静寂の後、王太子ジェラルドはやれやれ、と肩を竦めた。

安堵《あんど》した様子のフィオレットを指さす。

「その女を地下牢に」

「どうしてっ！」

「俺の軍から金貨を盗んだからだよ、お嬢さん。軍用品の盗難は縛り首だ。――平民の場合はな」

「やめて！　違う！　違うのよっ！　助けて、助けてよ、イグニスっ！　サラっ！　王女は私よ！私なのっ。誰か、助けなさいっ騎士団長っ！　……どうして誰も私を見ないのっ！」

　自ら王女ではなくなった女の叫びを、民衆は無視した。引きずられていく彼女に広場にいる誰ひとりとして声をかけず、助命のために動こうとはしない。

　サラは視線だけを動かして、哀れみの目でフィオレットを見つめた。

「あなたが自分で、王女の名を捨てたのよ」

王太子はフィオレットを見送ると「さあ立て」と笑い、イグニスに剣を返した。

「この場で俺が卿《けい》を殺したら、俺は大陸中の笑いものだ。王女殿。俺はイグニス卿も殺さないし、ノックスの民は俺の民だ。傷つけないと約束しよう……。君たち二人が、そう望むなら」

イグニスがもちろんです、と言って立ち上がる。

そして、サラを一層強く、抱きしめた。

「……ようやく、間に合った。サラ」

「あなたは……、遅すぎるのよっ」

「悪かった。どうか、許してくれ」

サラは首を振った。

イグニスが触れるそばから温かい熱が伝わって、傷が癒えていく。

お互いしか目に入らない恋人たちは熱い抱擁を交わし。

あむあむと髪の毛を食まれ続けている王太子は、それを半眼で見つめながら拗《す》ねたように呟《つぶや》いた。

「ああ、そうだ。一つだけ訂正しておこう、レディ。ドラゴンは草食だから肉は食わんのだ」

俺の存在を忘れてはいないか、と多少拗ねて発した王太子の言葉など微塵《みじん》も耳に入らない様子で口づけを交わす二人を、広場中の人間が祝福する――。

二人は強くお互いを抱きしめる。

「いやよ。許さないから、一生。――一生側にいてくれなきゃ許さない」

「――君が望む限り、ずっとだ」

「会いたかったの。イグニス。偽者としてじゃなく、貴方に私として触れたかったの……」

「俺もだ、サラ。君に触れたかった」

その日。

ノックス王国の王都は他国に攻められて陥落したにも関わらず、この二十数年で一番の歓喜の渦に包まれた――。


――戦勝国である東の王国に併合されたノックス王国は、休戦以後、公国として扱われた。

同じ頃、ひとりの女がノックス王国の地下牢に収監された。我こそは正統な王女だと主張し続けたが信じてもらえずにヨトゥン公爵と共に処刑されたとの噂が流れたが、ノックス王国の誰もがその王女を「偽者だ」と断じた。よって、歴史書では彼女は動乱期に度々現れる詐欺師《さぎし》として記された。

初代ノックス大公イグニス卿はその妻にしてノックス王国最後の王女、サラと公国をよく治め疲弊した公国を回復させたことで知られる。

夫妻はいつまでも仲睦《むつ》まじく暮らしていたという――。

仮面の魔女の恋占い

中《なか》村《むら》朱《しゅ》里《り》
ill. まち

絢爛《けんらん》たる王国サルヴァドールの王都、その中でもあまり治安がいいとは言いがたい下町の一角。そこにひっそりと居を構える占い小屋にて、ラエティティアは一人の少女と向かい合っていた。二人の間に挟まれたテーブルの上には、複数のカードが並んでいる。その中心には、淑女のたおやかな両手が描かれたカードが鎮座する。その手の爪は、すべて、痛々しく割れていた。

ラエティティアが占いに用いるカードの中でももっとも不吉とされるそれを前にして、目の前に座っている少女の身体《からだ》がぶるぶると震え出す。こちらを射殺さんばかりににらみ付けてくる少女の姿は今や、ラエティティアが仮面で隠した瞳にははっきりと、不吉な黒いもやとして映った。そのもやがぶわりと大きくなった瞬間、某男爵家の生まれであるという彼女は、椅子から立ち上がった。すさまじい勢いのままに、占いのおともにと用意したティーカップを手に取り、その中身を思い切りこちらへとぶちまけてくる。

こういう客人の所業はさして目新しくもない。平然としているこちらの反応が面白くなかったのだろう。身にまとう黒いもやの闇をさらに色濃くし、男爵令嬢は怒鳴った。

「わたっ私こそがあの方にふさわしいのよ！　もういいわ、私はだまされないんだから‼」

肩を怒らせて男爵令嬢は狭い占い小屋から飛び出していった。こういう時、料金を前払い制にしておいてよかったとしみじみ思うのだ。

「でも、ばばさまには怒られちゃうわね」

ラエティティアは、占いの師匠であるばばさまに背を押され、十六歳で占い師として独り立ちした。それから、もう三年になる。こっそりひっそり、日々の暮らしに困らない程度の日銭さえ稼げればそれでいいと思っていたのに、ラエティティアの占い師としての名前は世間で既《すで》に知れ渡っている。

——不吉を招く仮面の魔女。

それが、不幸な占いの結果ばかりを見事なまでに的中させる、ラエティティアの占い師としての呼び名だ。占い小屋をそれらしく演出する小道具として飾られている鏡に映り込む自分の姿に、いつものことながらつい笑ってしまった。

長く伸ばした黒髪はすっかり濡《ぬ》れて見苦しいが、何よりも異質な雰囲気を放つのは、この顔の上半分を覆《おお》う、黒猫を模した仮面だろう。紅茶をぶちまけられたことでその仮面もすっかり濡れてしまった。仮面を外すと、鏡の中で情けなく自嘲の笑みを浮かべている自分と目が合った。忌《い》まわしい瞳だ。昏《くら》い青にちらちらと金色が瞬《またた》く、薄気味悪い瞳。それから目を背けて、気付けば当たり前になりつつある紅茶の洗礼への対策として常備してある布巾《ふきん》で濡れた仮面を磨く。

ばばさまが独り立ちの餞別《せんべつ》として用意してくれたこの黒猫《ペテン師》の仮面は、今となってはラエティティアを唯一守ってくれる、大切なお守りだ。これを着けていれば、訪れる客人が身にまとうあの黒いもやにだって、なんとか立ち向かうことができる。

この目には、物心つく頃には既に、あれが見えていた。あれがなんなのかを、ラエティティアは知らない。ただ恐ろしくてならなくて、幼かった自分は何度も両親にそれを訴え続けた。愚かな真似だったと今ならば解《わか》る。黒いもやなんて見えない両親は自分を気味悪がり、遠ざけた。両親ですらそうなのだから、周囲の他人については言うまでもない。

そうやって気付けばラエティティアは独りになり、やがて、おぞましい黒いもやを捉え、さらに不吉を招くこの瞳を、誰かが〝邪視〟と呼び始めた。悪いのは黒いもやではなく、それを引き寄せるラエティティアの瞳であると。恐ろしいのはそんな邪視を持つラエティティアこそであると。気付けば誰もが陰に日向《ひなた》にささやくようになっていた。

　そうやって、両親もまた黒いもやをまとうようになったのはいつだっただろう。そのおぞましい姿に心の底からぞっとしたものだ。それでも一人に笑いかけてほしくて、あれこれと努力した、つもりだった。けれど両親は、そんな自分に振り向きもせず、一つ年下の妹を大層かわいがった。そう、唯一の味方だと思っていた、婚約者だった幼馴染《おさななじみ》すらも。

　彼が黒いもやをまとい、婚約の破棄と妹との新たなる婚約を望んだ時、ラエティティアは絶望した。妹は彼との婚約の話に可憐《かれん》に頬を染め、両親はこれこそが誠の良縁であると喜んだ。

　良家の子息である幼馴染と婚約していたからこそ、自分は生家に存在することができたのだ。妹がその役目を背負うならば、もう自分は不要だった。着の身着のままで放逐され、途方に暮れていたところを拾ってくれたのがばばさまだ。それが四年前、ラエティティアが十五歳の時のことだった。

　占い師として生計を立てるばばさまは、ただ邪視により不吉を招くことしかできないおぞましい自分に、占いはもちろんのこと、下町での生き方を教えてくれた。「うまくやりな」と彼女はいつも言っていた。だが、しかし。

「だって、見えてしまうんだもの……」

　占い小屋にやってくる客人はさまざまだ。けれどその多くが、あの黒いもやをその身にまとっている。その黒いもやがありがたくもご親切に教えてくれるのだ。占いの結果が示す、客人にとって不幸な行く末を。そのせいで、気付けばラエティティアこそが不吉を招く魔女と呼ばれることになった。

　ならば客足は途絶えるのでは、と問われるかもしれないが、人間とは奇妙なもので、誰もが「自分こそは」と思うものなのだ。先程の男爵令嬢もそのクチだった。依頼の内容は、ラエティティアがもっとも得意とする恋占い。彼女の想い人は、この国の王太子殿下だった。その美貌、才覚、立ち振る舞い、どれをとっても彼以上に次代の王にふさわしい王子はいないだろうと評判のお方だ。

「まあ、私には関係のないこと、の、はずなのだけれど」

溜息《ためいき》を吐かずにはいられない。そろそろ「やっていられないわ」と嘆いてもいい頃だろう。

　王太子との幸福な未来を求めて、ラエティティアの元にやってくる貴族の令嬢達が最近増加しているのだ。先程の男爵令嬢がいい例だ。彼女は自信満々に占いを依頼し、その結果が〝割れた爪〟のカード。意味するところはつまり、〝望みなし〟。ラエティティアの占いで必ずと言っていいほど出てくるそのカードに、彼女は怒り狂ったというわけである。

「王太子殿下が、早くお相手を決めてくださったら話が早いのに」

　一国の王太子ともあればそうそう簡単に決められる問題ではないと解っているが、ラエティティアとしては日々の安寧《あんねい》のために一刻も早くさっさと決めていただきたいものである。

「もう今日は店じまいね。ふふ、今日はあたたかいスープが食べられそう」

　本日も活躍してくれた仮面に労《ねぎら》いを込めて、その鼻先に口付け、一旦テーブルに置く。仮面を拭《ふ》いた布巾で濡れた髪も片手で拭《ぬぐ》いつつ、テーブルの上に並ぶカードをもう一方の手で寄せ集める。

　その拍子に、片手で、だなんて横着をしたのが悪かったのか、うっかり一枚、ひらりとテーブルの下にカードが落ちた。そのカードが何たるかを見て、あら、と思わず呟《つぶや》く。

「〝星の瞳〟なんて、随分久しぶりね」

ぱっちりと睫毛《まつげ》が跳ね上がる瞳の中に、きらめく星が描かれたカード。それを拾い上げた次の瞬間、この占い小屋の薄い扉をノックする音が聞こえてきた。

「――失礼。まだ占っていただけるだろうか」

耳に心地よい男性の声だ。条件反射でテーブルの上の仮面を装着した次の瞬間、こちらの答えを待つことなく、扉が開かれる。

――っ!!

ひゅっと喉が奇妙な音を立てた。

全身が粟立《あわだ》ったのは、扉が開かれた拍子に吹き込んできた夜風のせいではない。扉の向こうに立つ、外套《がいとう》のフードを深く被《かぶ》った、その声から察するならば若々しい青年のせいだ。

――な、なに、この人……!?

許されるならば今すぐ彼を突き飛ばして逃げ出してしまいたい。そう思ってしまうほどに、青年は、いまだかつてない黒いもやをその身にまとわりつかせていた。闇、とでも呼ぶのがふさわしいもやだ。

あまりの恐ろしさに硬直するこちらの沈黙を、青年は勝手に同意と受け取ってしまったらしい。さっさと小屋に入ってくるなり、客人の椅子に腰を下ろしてしまった。

「よく当たると聞いてね。ぜひ僕を占ってほしくてきたんだ。よかった、まだ店が開いていて」

フードの下で彼は笑ったようだった。気を抜けば腰を抜かして座り込んでしまいそうだ。けれどここでそんな真似をしたら、この恐ろしい闇をまとう人物は何をしでかすか解らない。いつもそうだ。黒いもやをまとう人物は、そのもやが色濃ければ色濃いほど、大抵《たいてい》自分を手酷《てひど》く傷付けてきた。

——っだったら！

もはや選択肢《し》はない。笑う膝《ひざ》を叱咤《しった》して、定位置である椅子に座る。ずれた仮面をそっと直して、ラエティティアは占い師としての微笑《ほほえ》みを口元に浮かべてみせた。

「失礼いたしました。どんな占いをお望みでしょうか？」

「おや、恋占いが有名だと聞いているのだけれど、それ以外でも？」

「一通りの占術は師から受け継いでおりますわ。恋占いはもちろん、失《う》せもの探しや職業診断も……」

「へえ、職業診断？」

食いつかれた、と思った。こちらの言葉尻を捕らえて繰り返す青年に、仮面の下で冷や汗をかきながらも頷《うなず》きを返す。青年は何やら面白げにくつくつと喉を鳴らして、「ならば」と身を乗り出してきた。

「ぜひ、職業診断を頼もうか。今の職が、僕にふさわしいかどうかを」

「かしこまりました」

粛々《しゅくしゅく》と頷き、先程集めたカードを切る。目の前の闇のどす黒さは深く、目を逸《そ》らさずにはいられない。それでもカードは、青年の運命を導き出した。彼の現在を示す位置に出てきたカードは、予想通りのものだった。

「こちらのカード……〝割れた爪〟は、不吉を意味するものでございます」

心臓がどくどくとうるさい。こんな恐ろしい人物相手に、下手な発言など決してするべきではないと解っているのに、占い師としてのラエティティアは、ペテン師の仮面とは裏腹に、自身と客人に嘘《うそ》がつけない。口が勝手に、診断結果を朗々《ろうろう》と紡ぐ。

「お客様のご職業が何たるかを私は存じ上げませんが、失礼ながら、今のご職業は向いていらっしゃらないかと」

そもそもここまでどす黒い闇をまとわりつかせているのだ。わざわざ占うまでもなく、この青年の現状、そして未来は、お世辞でも明るいものではない。

すると、テーブルの向こうの青年の肩が震え出す。怒りに打ち震えているのか。ああどうしよう、とラエティティアもまた恐怖に身体を震わせた。どうしよう、どうしよう、また前の客みたいに殴りかかってきたら……と、そっと椅子から腰を浮かせたその瞬間、ふ、と。突然、目の前の闇が薄れた。え、と驚愕《きょうがく》に瞳を見開くラエティティアの前で、不思議なほどに身にまとう闇のせいでおぼろげですらあった青年の姿が、唐突に鮮明になる。

「ふふ、は、ははははははっ！」

そうして、それまでの穏やかな、いっそ優雅とも言える所作から打って変わって、青年は腹を抱えて豪快に笑い出した。闇が、どす黒かったもやが、その笑い声とともにますます晴れていく。

戸惑うこちらを置き去りにして、青年は大きく笑い続け、そのうち引き笑いになり、最終的に苦しげに呼吸を求め始める。それでも笑いが収まらないらしい彼のフードが、するりと滑り落ちた。

「っ⁉」

そこにあったのは、闇を祓《はら》うような美しさだった。輝かしい金の髪、極上の宝石のような紫の瞳。年の頃はラエティティアと同じくらいか、少し上と言ったところだろう。老若男女《ろうにゃくなんにょ》問わずに彼に見惚《みほ》れるに違いない、圧倒的なその美貌。

盛大に笑い続ける彼の手が、助けを求めるように宙をさまよったので、思わず反射的に個人的な水筒を差し出した。彼はためらうことなくそれを思い切りあおる。そのまま一気に飲み干して、やっと麗《うるわ》しい青年は、落ち着きを取り戻《もど》して溜息を吐いた。

「いやはや、助かった。ありがとう、礼を言うよ、仮面の魔女殿」

「……いえ」

ラエティティアが〝割れた爪〟のカードを引いた客人の多くは「ふざけるな！」と怒鳴りつけてくるのが常だったが、まさかここで爆笑する人物がいるとは思わなかった。しかもここまで黒いもやをまとっておきながら、だ。とはいえ、不思議なことに気付けば当初よりも随分とその闇は晴れている。

やがて、青年は改めて姿勢を正し、こちらに向き直ってきた。あら、とまた意外に思うこちらに構わず、魅惑的なまなじりに笑いすぎたせいによる涙をにじませて、「それで？」と彼は首を傾《かし》げる。

「それで、対策は？　残念ながら転職は難しくてね。現職を続けられる方法はないものだろうか」

「え」

「ん？　助言を求めるのは料金外かい？」

「い、いえ。大抵のお客様は、結果だけ聞かれて、そのまま出ていかれてしまうので……」

わざわざ未来に向けての助言を求めてくる客人なんて、初めてかもしれない。「ふぅん、もったいないね」と笑う青年に、ラエティティアは戸惑いながらも、まだ伏せられているカードへと視線を向けた。最近はついぞめくったことのない、未来に繋《つな》がるカードだ。それを、そっとめくる。

「……〝星の瞳〟にございます」

「おや、それは？」

「〝星〟は希望を意味します。また、こちらはカードの位置に関わらず、このように描かれた跳ね上がる睫毛はすなわち、伴侶となられる方の魅力も意味するのです。お客様が現在のご職業をお続けになられたいのならば、公私ともに支えてくださるお相手を見つけられるべきかと」

――〝不吉を招く仮面の魔女〟が、希望、だなんて。

この自分が〝星の瞳〟を引き当てるなど、この目の前の青年は、実はとんでもない強運の持ち主なのかもしれない。でなくてはあれだけの闇をまとっておきながら、今日まで彼が五体満足の様子で無事でいられた理由にならない。「以上でございます」と礼を取る。青年はじぃとこちらを見つめてきた。

あでやかな紫の瞳が、こちらの心を見透かそうとしているかのようで落ち着かない。それは占い師《私》の役目なのに、とかろうじて微笑み返すと、彼はにっこりと笑った。

「魔女殿の名前は？」

「え？」

「ああ、すまない、先にこちらが名乗るべきだったか。僕のことはウィズと呼んでくれ。さ、きみの名前は？」

「え、あ、ら、ラエティティア、と、申します」

「解った。じゃあティティ、また来るよ」

ウィズ。それは旧《ふる》い時代に存在したのだという魔法使いの総称だ。どう考えても個人の名前ではない。にも関わらず、反射的に自分はしっかり本名を名乗ってしまったことを後悔するよりも先に、ウィズと名乗った彼は立ち上がる。

止める間もなく、そのままウィズはテーブルの上に小さな革袋を置いて、さっさと占い小屋から出ていってしまった。

「ティティって……私のこと？」

そんな愛称で自分のことを呼んでくれた人なんて、誰もいなかった。

また来る、と、彼は言っていた。また来るのか。アレが。

「うそでしょ……」

勘弁してほしいと思いながら、またしても震え始めた手で、とりあえず置き土産《みやげ》となった革袋を確認する。そしてずっしりと重いその中身が、占い一つにはあまりある大量の金貨であることを知ったラエティティアは、今度こそ悲鳴を上げる羽目になったのだった。

――かくして、ラエティティアと、ウィズの交流は始まった。

宣言通り、ウィズは最初の一件以来、足繁くラエティティアの占い小屋にやってくるようになったのである。そのたびに毎回とんでもない闇をまとっているのだから、ラエティティアとしては本当にたまったものではないのだが、彼がそんなこちらの事情を知る由《よし》もない。

「こちらと、それからこちら。どちらがいいかな」

にこにことびきり麗しい笑顔で示されたのは、まったく同じ二通の封筒だ。いつも通りであるならば、彼……ウィズは、ラエティティアが中身を知ることを許してはくれないに違いない。

相変わらずウィズは今日も今日とてすさまじい闇をまとっている。無事でいられるのが不思議なくらいに深い闇だ。とはいえ彼がこちらを害する気がないことはいい加減理解している。今日もご無事で何よりですね、と嫌味とも感心ともつかない感想を抱《いだ》くくらいだ。

カードを切り、そして二枚引いて、それぞれ一枚ずつ封筒の上に重ね、それからめくる。

「右のこちら。〝商人の妻の右顔〟にございます。左のこちらは、〝芸術家の娘の左顔〟。より厳しい結果を求められるならば右を、寛大な結果を求められるならば左をお選びになるとよろしいかと」

「そう。おすすめは？」

「……芸術家の娘は、その目は肥えておりますが、甘やかされることに慣れているとも言われます。そして商人の妻は、守銭奴であるとなじられますが、同時に的確な助言をもたらしてくれる存在であると。左のお手紙は、ウィズ様にはその場においては確かに益をもたらしてくださるでしょうが、長くは続きません。現状として即物的なものは得られなくても、長きを見通すならば、右のお手紙をおすすめいたします」

そう、カードと、この邪視と呼ばれる瞳は、そう教えてくれていた。

左の封筒から立ち上るのは薄暗いもやだ。まだあわいもやだが、このもやはいずれより深く濃く黒くなるに違いない。左はきっと、ウィズに破滅を招くだろう。対して右からは一切もやの気配がなく、綺麗《きれい》なものである。こちらを選べば、現状としては何も変わらないかもしれなくても、少なくとも悪くなることもない。

「以上にございます」と定型句を口にすれば、その薄い唇に指先を寄せて何やら考え込んでいた様子のウィズは、やがて納得したように頷いた。

「なるほど、参考にさせていただくよ。感謝する」

「いいえ、それが私の生業《なりわい》ですから。それにしても、悪名高き〝仮面の魔女〟に助言を求められる物好きなお方など、ウィズ様くらいなものですよ」

つい苦笑を浮かべてそう続けると、ニヤリと口の端をつり上げた麗しき青年は、身を乗り出してこちらの顔を覗《のぞ》き込んできた。仮面越しであるとはいえ、間近にあるその美貌にどきりとしてしまう。

「じゃあその物好きに、そろそろその顔を見せてくれてもいいんじゃないかな？」

「またそれですか？」

「ティティ。僕はね、とても諦《あきら》めが悪いんだ」

「……存じ上げておりますわ」

したり顔で頷くウィズにげんなりする。そう、これがまた彼の困ったところだ。

何度目かの来訪の際だったか、気付けば彼はこうしてラエティティアに乞《こ》うようになっていた。仮面を外し、その顔を、瞳を、ぜひとも直接見せてくれと。

忌まわしい邪視をおいそれとさらせるわけもなく、今日もラエティティアはかぶりを振る。

「申し訳ございませんが、お断りいたします」

「残念。でも、諦めないよ」

いえここはそろそろ諦めてほしいところなのですが。そう思っても、生憎《あいにく》ウィズは聞く耳を持ってくれなさそうなので、おとなしく口をつぐむ。

封筒の上からカードを取ると、ウィズはそれを待っていたかのようにさっさと封筒を懐《ふところ》にしまう。

――あ。

まただ。また彼のまとっていた闇が薄くなっている。

この占い小屋を訪れるたびに、彼はとんでもない闇をまとっているが、その色濃さは、徐々に薄くなってきているような気がする。今までこんな風に感じた客人などいなかった。再来する客人など皆無なのでそれも当然なのだが、それにしても、ウィズのまとう闇は、そろそろ普通に黒いもやと表してもいいのではないかと思われる程度には、薄くなっている。

どうしてかしら、と内心で首を傾げるラエティティアに、彼はいつものようにきらびやかに微笑んで去っていった。

それからもまた、いつも通りの日常だ。ウィズがやってきて。目的の掴《つか》めない占いを依頼し、ラエティティアはそれを占う、ただそれだけ。

けれど、いつしか、彼の来訪を今か今かと待ち望むようになっている自分に、ある日不意に気付いてしまった。

「うそ、でしょう？」

鏡に映り込む自分に問いかけても、黒猫の仮面《ペテン師》は何も答えてはくれない。なんてことだ。信じられなかった。勘違いなんてしたくないのに。どうせ物珍しがられているだけだ。勘違いしてはいけない。期待してはいけない。彼の来訪を楽しみになんてしてはいけないのだ。

「……まだ、かしら」

それでもなお望む心の、なんて厄介なことか。彼の来訪を待ちわびて、そわそわと落ち着かなくすごす自分がどうしようもなく滑稽《こっけい》に思えて、それでもそんな自分が嫌いではなくて。

そう、少しだけ、こんな忌まわしい邪視を持つ自分でも、というすぎた望みすら……と、そこまで考えたラエティティアは、次の瞬間、大きく音を立てて開け放たれた扉にびくりと身体を竦《すく》ませた。ウィズであればこんな風にはやってこない。彼はいつだって礼儀正しくノックを重ねてから扉を開けてくれる。

いったい誰が、と思う間もなく、びくりと身体が大きく震え上がるのを感じた。ウィズが当初まとっていた闇のようなもやほどではないものの、それにしても近頃稀《まれ》に見るほどすさまじい黒いもやが、一気に小屋の中に流れ込んできたからだ。

肌を粟立たせて震えることしかできなくなるラエティティアの目には、黒いもやを全身から立ち上らせる男の姿が映った。男はそのままずかずかと歩み寄ってくると、容赦《ようしゃ》なくラエティティアを床に叩《たた》きつけるように押し倒してきた。あまりの衝撃に声が出ない。

「皆馬鹿にしやがって……！　俺のせいじゃない、勝手なこと言いやがって、ちくしょう……！」

苛立《いらだ》ちを隠さずに、誰にともなく男がしゃべるたび、その黒いもやはより色濃くなる。わざと吐きかけられる生臭い息が仮面越しであっても、あまりにも気持ち悪くて仕方がない。

ラエティティアの占いのせい、と男は熱に浮かされたようにぶつぶつと繰り返している。

――私の、せい？

窮地に陥《おちい》った挙句《あげく》にラエティティアの占いに救いを求め、結局うまくいかなかったからその報復という訳か。どうやらこの男はいよいよ人生の最底辺に到達してしまったようである。

冗談ではなかった。このまま男にいいようになぶられてたまるものか。なんとか隙《すき》を見て逃げ出そうにも、男はその腕と足によって、あらゆる逃げ道を封じてしまう。

だんだん、は、は、と、黒いもやのせいで呼吸すらままならなくなるこちらをどう思ったのか、にやぁ、と、男は笑みを深め、ラエティティアのあごを片手で鷲掴《わしづか》みにした。

「お前のせいで、俺の人生はさんざんだよ。その責任、取ってもらわなきゃなぁ」

仮面が、奪われる。ばばさまが贈ってくれた、大切なラエティティアのお守りが。

あまりのことに呆然とするラエティティアの顔を覗き込んできた男が、下品な口笛をヒュウと吹く。

「へえ、魔女にしてはかわいい顔をしてるじゃねぇか。楽しませてくれよ」

「っいや！　放して！」

「薄気味悪い目だなぁ！　はは、こりゃいい、ここで俺が不吉な魔女を退治してやったら、きっと俺はまたやり直せる！　そうだ、俺はまだやれるんだ！」

勝手なことを喚《わめ》き散らしながら、男の手がラエティティアのワンピースの裾の下に伸びた。そのおぞましい手が肌に触れた瞬間、ざあっと全身から血の気が引くのを感じた。

――やっぱり私の占いの……ううん、邪視の、せいなんだわ。

こんな目にあうのは、だからきっと、仕方のないことなのだ。こんなにも強大な黒いもやに、どうして独りで太刀打《たちう》ちできるだろう。ならばせめておとなしくして、一刻でも早くこの悪夢のような時間が過ぎ去るのを待とう。

そうラエティティアが、涙でにじむ瞳を閉じようとした、その時だった。

「どけ、下郎」

――ダァンッ!!

すさまじい勢いの蹴《け》りが、ラエティティアのうなじに顔を埋めようとしていた男を襲った。男は悲鳴を上げることもできずに蹴り飛ばされ、そのまま横の壁に叩き付けられる。

え、え？　と呆然《ぼうぜん》とするラエティティアの元にそっと気遣わしげにやってきてくれたのはウィズだ。

薄暗い占い小屋の中でもなお輝かしく美しい彼が、自分をそっと助け起こしてくれる。

「怪我《けが》は？」

「い、いいえ……」

「そうか。よかった。じゃあ少し待っていてくれるかな」

「は、はい？」

無表情であり、平坦《へいたん》な声。いつもの黒いもやをまとっているわけでもないのに何故か逆らいがたい何かを感じてこくこくと頷く。すると彼もまた一つ頷き、再び立ち上がって、今度は自身が蹴り飛ばした男の元へと向かう。何を、とラエティティアが思ったのもつかの間、彼はその拳《こぶし》を振り上げた。

そして始まったのは、極めて一方的な暴力だった。既に最初の蹴りでほとんど意識を飛ばしていた男に対し、容赦なくウィズは拳を振るう。男の顔がどんどん当初の見る影もなく歪《ゆが》み、血まみれになっていくのを見て、ようやくラエティティアはウィズがとんでもなく怒り狂っていることを知った。

「だめっ！　だめです！　それ以上は死んでしまいます！」

「そのつもりでやっているのだけれど、何か問題が？」

「問題大ありに決まっているでしょう!!」

今までにない大声で、ほとんど涙声になってすがりつきながら怒鳴りつけると、ようやくウィズはその拳を下ろしてくれた。男がよたよたとほうほうのていで小屋から逃げ去っていく。

とにかく嵐が去ったことにほっとして、そうして遅れてやってきた全身の震えに、へなへなと改めて座り込むと、ウィズの両腕がこちらの背へと回された。

「すまない、ティティ。助けるのが、遅くなってしまって」

彼らしくもなく、後悔がにじむ声だった。けれど同時にそこには安堵《あんど》も込められていたから、自分もまた改めて、自身が窮地に陥ったこと、そしてそこから救われたことを思い知らされる。

「ウィズ様……ありが……っ!?」

ようやく落ち着いて礼が言えると、そう思ったのだが、そうはいかなかった。ラエティティアは遅ればせながらにして、仮面が、この瞳を隠してくれていないことを、やっと思い出したのだ。

抱き締めてくれている彼のことを反射的に突き飛ばし、懸命に仮面を探す。だが、見つからない。どうしようと思う間もなく、ラエティティアは両手で顔ごと目を覆った。

「ティティ？」

「み、見な、いで。見ないで、ください」

こんな薄気味悪い、邪視と呼ばれるような忌まわしい瞳を。たとえウィズが相手であっても……いいや、彼が相手であるからこそ、この瞳を見られたくなかった。

彼にまで拒絶されてしまったら。それは先程の男に襲われた一件よりもよほど恐ろしい想像だった。

「ティティ。大丈夫、怖がらないで」

「ごめ、んなさい、ごめんなさい。お願い、今日はどうかお帰りになって……」

「ティティ」

優しく、甘い声だった。先程とはまた異なる、逆らいがたいものがあった。それでもなお顔を覆ったまま動けずにいるラエティティアのその手に、そっとぬくもりが重なる。ウィズの手だ。彼の手が、そっと、この手を、驚くほど簡単に下ろさせてしまう。

初めて素顔で目にする彼の瞳は、何よりも美しかった。

「……今日から、占い料は、現物にしようと思って。だから、遅くなってしまったんだ」

どこかためらいがちにそう続ける彼の手が、懐から何かを取り出して、そのままラエティティアの髪に触れる。は、と息を飲んで壁の鏡を見た。黒髪の中で、美しい髪飾りが輝いていた。

我知らず鏡に見惚れていると、ウィズの紫の瞳が、うっとりと細められる。あ、と息を飲んだその時、彼の両手が、驚くほど優しく、丁寧《ていねい》に、ラエティティアの両頬を包み込んだ。

「ああ、やっぱり、とても綺麗だ。髪飾りもよく似合うけれど……何より、この瞳」

――え？

甘やかなささやきにぽかんとするラエティティアの瞳を、ためらうことなく、吐息すら触れ合いそうな間近から覗き込んで、ふふと嬉《うれ》しそうにウィズは微笑んだ。

「宵闇《よいやみ》の空にあまたの星々が輝く瞳だね。なんて……ああ、本当になんて美しいんだろう」

その言葉に、お世辞や偽りは感じられなかった。ただ純粋に感嘆し、見惚れてくれているのが解る声であり、まなざしだった。

――あ、ああ……！

ぶわりと涙が込み上げてくる。そして同時に、身体の奥底から湧《わ》き上がってくる初めての衝動に飲み込まれそうになる。こんなにも幸せな気持ちを、これまでの人生で味わったことなどない。

「ティティ？　すまない、嫌がっているのに無理を強《し》いて……」

「いいえ、いいえ。違うんです。わた、し、嬉しくて」

このままこの涙に酔いしれていたかったけれど、それではウィズが困ってしまうだろうから、懸命に笑顔を浮かべてみせた。無理矢理作り上げた笑みではなく、確かに、心からの笑みだった。

ウィズはまぶしげにその瞳を細めたかと思うと、不意に、その唇をラエティティアのまなじりに寄せた。彼の舌が、そのままぺろりと涙を舐《な》め取っていく。

ボンッと一気に顔を赤くするラエティティアに、ウィズはぱちんと片目を閉じて笑った。

「涙を止めるまじないさ。よく効くだろう？」

「ウィ、ウィズ様！」

「ははっ！　ほら、止まったじゃないか」

「〜〜〜〜っ!!」

悔しいことに本当に涙が引っ込んでしまった。ウィズは楽しそうに笑っている。その笑い声に、やがていつしかラエティティアの笑い声も重なり、その夜は更《ふ》けていくのだった。

それからもウィズとの関係は、基本的には変わらなかった。決定的に変わったのは、彼からの占い料は現物支給であること、そしてラエティティアが仮面を外すようになったということだろう。

本音を言えばどうあってもやはりこの邪視のことを好きにはなれないし、素顔をさらすのは気恥ずかしくてならなかったけれど、ウィズが大層嬉しそうにしてくれるものだから、結局仮面を着ける気にはなれなかったのだ。ウィズの前では、〝仮面の魔女〟ではない、本当の自分でいたかった。

そして今日も、ウィズはやってきた。今日の〝現物〟は、大きな薔薇《ばら》の花束らしい。色とりどりの香り高い薔薇の花束を、自分に有無を言わせずに押し付けるなり、にっこりと美しく彼は笑った。

彼がまとっていた闇はもうない。黒いもやすらもすっかり晴れて、ただただ輝かしい姿がそこにある。花束を両腕で抱き留めるように受け取って、その姿と薔薇の香りに陶然《とうぜん》としていたラエティティアは、「今日はね」と続いたウィズの言葉に、凍り付くこととなる。

「恋占いを頼みたいんだ」

――花束で、顔が隠れていてよかった。そう他人事のようにやけに冷静に思った。

だってそうでなければ、仮面で隠れていないこの顔が、衝撃に強張《こわば》るのを見せ付ける羽目になってしまっていただろうから。

「恋占い、ですか」

「そう。この想いが、遂げられるかどうかを、名高い〝仮面の魔女〟殿に占ってもらいたい」

こちらの衝撃など気付かない様子で、にこにことウィズは笑っている。その笑顔を見ただけで解る。占うまでもない。黒いもやが綺麗に晴れているその姿が、何もかもを教えてくれる。

ウィズの恋は、必ず成就するだろう。そして。

――私の恋も、終わり。

今、この瞬間に理解した。自分が、いつしかウィズに恋焦《こ》がれていたということに。そしてその恋が、決して叶《かな》わないものであるということもまた、理解せずにはいられなかった。

ぎゅ、と唇を一度だけ噛《か》み締めて、それからラエティティアは仮面を着けた。いつもの黒猫の仮面ではなく、今この場においてだけ有効な、全身全霊をかけて取り繕《つくろ》った、ラエティティア自身の微笑みという仮面を。

「……では、さっそく」

「うん、よろしく頼むよ」

花束を一旦わきに置いて、カードを切る。一番得意とするのが恋占いだ。どれだけこの心が傷付いていたって、その手順は間違えない。そしてカードは、ウィズという青年の恋の行方《ゆくえ》を指し示す。

「〝星の瞳〟にございます」

ほら、やっぱり。ひっそりと内心で諦めの溜息を吐きながら、表面上は微笑みを深めてみせる。そういえば恋占いでこのカードを引き当てたのは初めてだわ、などという自嘲がその微笑みに混じってしまったことに、幸いなことにウィズは気付かなかったらしい。彼の表情に喜色が浮かぶ。

「初めて占ってもらった時にもらった助言と同じカードだね」

「おっしゃる通りです。希望を意味するこのカードは、伴侶の魅力も意味するとは先に申し上げた通りです。ウィズ様はお互いにとって魅力的であると思える、素敵なお相手を見つけられたのですね」

「ああ、そうなんだ。僕にとって彼女はとても魅力的で……でも、そうか。彼女も、そう思ってくれているのか」

「はい。ですが」

ずきん、と大きく胸に痛みが走る。その痛みが、勝手にこの口を、この手を、動かしてしまった。

「うん？」

首を傾げるウィズの顔を見ないようにしながら、未来を暗示する位置のカードをめくる。赦《ゆる》されない罪であると解っていながらラエティティアがこの位置に招いた、そのカード。

「こちらの位置に、〝割れた爪〟が出ております。近い未来、ウィズ様のお相手となられるお方が、危機に陥られるやもしれません」

「危機？」

「さようにございます」

粛々として頷きを返し、そしてラエティティアは微笑みを深めた。自嘲と嫉妬に圧《お》し潰されてしまいそうだけれど、それでも微笑みという仮面を被ったまま、占い師としての職務をまっとうしようと。

「その危機を乗り越えられたならば、ウィズ様の恋は、必ずうまくいくでしょう」

それがこの占いのすべてだった。ウィズはやはり嬉しそうに笑って、ありがとう、という言葉とともに、初めてこの占い小屋を訪れた時よりももっとたくさんの金貨を置いて去っていった。

その後ろ姿を最後まで見送ってから、誰にともなく溜息を吐く。ひとりぼっちの狭い占い小屋は、なんだかやたらと広く思えた。てっきり薔薇の花束が占い料であるとばかり思っていたのに、どうやら花束は本当にただの土産のつもりであったらしい。薔薇という花を異性に渡すその行為の意味を知らないのだろうか。本当にウィズが愛を捧《ささ》げたい相手はラエティティアではないのに、ラエティティアにその愛《薔薇》を渡してくるなんて、彼はなんて酷い人なのだろう。

けれど、違う。解っている。本当に酷いのは。最低なのは。

「……私、だわ」

テーブルの上に並べられたままになっているカード、その中の〝割れた爪〟から、黒いもやが立ち上っている。それはラエティティアの醜い嫉妬の表れだ。

そう、〝割れた爪〟が出たのは、偶然ではない。ラエティティアがそういう風にカードを操った。ようはイカサマだ。どうあってもウィズの恋はうまくいく以外の未来がないと解っていたからこそ、犯してしまった罪だ。占い師として失格だ。

――私は、〝不吉を招く仮面の魔女〟。

けれどきっとウィズは、ラエティティアが招こうとした不吉すら跳ね除《の》けて、想い人との恋を成就させる。優しい微笑み、穏やかな声、時折くれるしゃれた冗談、差し伸べられる手のあたたかさ。例を挙げればキリがない。ウィズの仕草一つ一つに、ウィズが見せてくれるすべてに、気付けば恋に落ちていた。気付くと同時に潰《つい》えた恋だ。最初から叶うはずがないと解っている恋だった。

「ウィズ、様」

自分は、彼の本当の名前すら知らないのに。すぎた望みを抱いた自分が、鏡の中で醜く泣きながら笑っている。ウィズがほめてくれたこの瞳。目が合うだけで呪われるとすら言われた瞳だ。その瞳が、他ならぬラエティティアに呪いをかける。

「――ウィズ様。お慕いして、おりました」

そうして、それからというもの、ラエティティアは最後にウィズが残していった金貨が法外の報酬であったのをいいことに、占い稼業を休業している。占い小屋の奥に設けた住居空間の一角のベッドにただ寝そべって、日が暮れるのを待つばかりの生活だ。

不思議と腹は減らなくて、気を抜くとぽろりと涙があふれる。ばばさまからの仮面は外しているのに、ウィズからの髪飾りは外すことができない、そんな滑稽な自分がおかしくて仕方なくて、でも髪を飾るそれに触れるのをやめられない。

そのウィズは、あれ以来音沙汰《おとさた》がない。きっと想い人とうまくいって、わざわざここにやってくる必要もなくなったのだろう。最初の占いの通りだ。公私ともに彼を支えるお相手が見つかれば、彼は何もかもうまくいく。

「……なんだ。〝魔女《私》〟でも、幸運を招けるのね」

それが自身の不幸に繋がるなんて、皮肉以外の何物でもないのだけれど。

大丈夫、大丈夫。失恋くらいなんてことはない。初めてのことでもないのだから。今、どれだけ辛《つら》くたって、いずれ時が解決してくれる。だから大丈夫なのだ。そう幾度となく自分に言い聞かせる。

「そろそろ、占い師業も再開させなきゃ」

いつまでもこのままではいられない。仮面を手に取ってそれを改めてまじまじと見つめていた、その時だった。

「――――いたぞ!」

「つきゃあ!?」

店舗空間と住居空間を分ける間仕切りが、盛大な音を立てて倒れてきた。家主の許可もなく住居空間にまで乱入してきた者達は、ずらりとベッドを囲むようにわざわざ並んでくれた。身なりの整った兵士達だ。その甲冑《かっちゅう》の胸に刻まれた、彼らが仕《つか》える家を示す紋章に、ひゅっと喉が鳴る。

「ラエティティア・アデレイド様。お父君方がお待ちです。ご同行願います」

アデレイド。それはラエティティアが捨てた、ラエティティアを捨てた、生家の名だ。そんな、と目を見開いても、先頭の騎士のその命令に、逆らうすべはなかった。周りを囲む兵士達によって、まるで罪人のようにラエティティアは馬車に乗せられ、占い小屋を後にすることになった。

仮面を着けることも叶わず、あらわになったこの顔を、この瞳を、直視しようとする者はいない。馬車は王都を駆け、そのままとある屋敷の前で停車する。無理矢理馬車から引きずり出されたラエティティアの目の前にそびえるその屋敷のことを、どうして忘れることができるだろうか。

二度と足を踏み入れることなどないと思ったアデレイド子爵家の屋敷のその、広い入口の間に踏み入った瞬間、ラエティティアは思ってもみなかった花の香りに包まれることになった。

「――お姉様！」

甘ったるく甲高い声音に、全身が強張るのを感じた。屋敷に入るなり飛びついてきた、むせかえるような花の香りのかたまりを抱き締め返すことなんて到底できずに硬直する。

「……キャスリィン」

「はい、お姉様。あなたの妹、キャスリィン・アデレイドですわ。お久しゅうございますこと」

ラエティティアの邪視を前にしても臆することなく、にっこりと彼女は、誰よりも何よりも愛らしく微笑んだ。四年前よりもその美しさにさらに磨きをかけた、見事な赤の巻き毛と、瑞々《みずみず》しい緑の瞳を持つ、誰もが認める美貌を誇る少女。キャスリィン・アデレイド。かつてラエティティアからすべてをさらっていった、たった一人の妹だ。

「キャスリィン、待ちなさい。ラエティティアが驚いているだろう」

「そうよ、あたくし達のかわいいキャリィ。こちらに戻っていらっしゃい」

「はぁい。ごめんなさい、お父様、お母様」

キャスリィンがラエティティアの胸から離れて、蝶《ちょう》が舞うような駆け足で、この屋敷の主であるアデレイド子爵夫妻の元へと駆けていく。二人は優しくキャスリィンを見つめ、そうして四年前と同じ忌々《いまいま》しげなまなざしをラエティティアへと向ける。

父とも、母とも、もう呼びかけることはできないはずだった。それなのに両親は、全身に黒いもやをまとわりつかせて、ねっとりと笑いかけてくる。

「久しいな、ラエティティア。会いたかったぞ」

「心配していたのよ。無事にあなたが見つかって本当によかったわ」

父と母のこんなにも優しげな声を聞いたのは何年ぶりだろう。どうして今になって、二人はこんな風に穏やかに自分に笑いかけてくれるのか。

――でも。

その笑顔が偽りであることに気付けないほど、もうラエティティアは子供ではなかった。この邪視が教えてくれる。両親にまとわりつく黒いもやはかつてよりももっとずっと色濃くなっていて、どれだけ彼らが優しいそぶりを見せてくれたとしても、何もかもが偽りであるのだと解ってしまう。

震えるこちらをどう思ったのか、キャスリィンがにっこりと笑って、「お姉様に朗報があるんですのよ」と声を弾ませた。

朗報。それは、なんだというのだろう。嫌な予感がぞわりと背筋を駆け巡っていく。恐る恐るキャスリィンを見つめると、彼女はうっとりと緑の瞳をうるませた。

「わたくし、王太子殿下と結婚するんです」

「……そう」

「まあ、それだけですの？」

こちらの薄い反応に、妹は不満げに唇を尖《とが》らせる。だが、そう言われても、という話である。

「ですからお姉様に、ウィリアム様を返してさしあげますね」

「……え？」

いったい何を言われたのか。その場では理解できずに立ち竦むラエティティアのことになど構わず、キャスリィンは愛らしく声を張り上げる。

「ウィリアム様、ウィル様！　お姉様がお帰りですわ！　早くいらしてくださいまし」

「ああ、キャリィ。ありがとう」

そうして現れた青年の姿に、ラエティティアは息を飲んだ。呆然とその場に立ち竦むラエティティアではなく、キャスリィンだけを切なげに見つめる青年は、いかにも良家出身であると知れる騎士の出で立ちだ。淡いとび色の髪に青い瞳を持つ端正な青年は、当たり前のようにキャスリィンの手を持ち上げて、その甲に唇を寄せる。くすぐったそうに、ころころと鈴が転がるように笑った妹は、そうして再びラエティティアへと視線を向けてきた。

「んもう！　お姉様ったら、ほら、愛《いと》しの婚約者様のお迎えですよ！　ほらほら、ウィル様、早くおそばに行ってさしあげて？」

「……そう、だな」

キャスリィンに促《うなが》され、青年がこちらへと歩み寄ってくる。知らず知らずのうちに後退《あとずさ》りしそうになるけれど、ぎりぎりのところで踏みとどまった。ここで後ろに下がったとしても、逃げ場など、どこにもない。

「……ウィリアム、様」

「久しぶりだな、ラエティティア」

ウィリアム・カーター伯爵令息。幼馴染であり、かつての婚約者。王宮に仕える騎士である彼は、やわらかく微笑みかけてきた。けれど彼にまとわりつく黒いもやもまた記憶のそれよりももっとずっと色濃くなっていて、いっそ吐き気すら感じる。

は、は、と、短く呼吸を荒げるラエティティアを案じるようにウィリアムが手を伸ばしてくるが、反射的にその手を跳ね除けてしまった。ウィリアムは舌打ちせんばかりにこちらをにらみ付けてくる。キャスリィンが「まあ！」と声を張り上げた。

「お姉様ったら、照れていらっしゃるのね。でもね、ご夫婦になられるんですもの、これからは慣れていかなくちゃ。ねえお父様、お母様、そうでしょう？」

「ええ、そうよ、かわいいキャリィ」

「お前は本当によくできた娘だ。それに比べ……」

父であるアデレイド子爵の視線が突き刺さる。我知らずうつむくラエティティアを小馬鹿にするように鼻を鳴らしたアデレイド子爵は、そして口火を切った。

「ラエティティア。此度《こたび》、キャスリィンと王太子殿下の婚約が内密に決定したことを踏まえ、お前にはウィリアム殿と復縁してもらう」

「!?」

信じられない言葉に、顔を勢いよく持ち上げる。うつむいている場合ではなかった。キャスリィンと王太子殿下の婚約は解るが、それでどうして自分がウィリアムと復縁することになるのだ。そう問いただそうとして、結局ラエティティアにはできなかった。両親の欲にまみれた表情と、まとわりつく黒いもやが、問いかけるまでもないことだと教えてくれていたからだ。

――王家とのご縁ばかりではなく、カーター伯爵家とのご縁も、手放さないつもりなのね。

　今回の王太子殿下とのご縁により、アデレイド家とカーター家の婚約は白紙に戻った。それを新たに、というつもりで、両親はこうしてラエティティアを連れ戻したのだろう。そこにラエティティアの意思なんて、一切関係なく。

「ラエティティア。一度は分かたれてしまった私達の縁だが、もう一度、私の手を取ってくれ」

　ウィリアムが殊勝な態度で手を差し伸べてくる。その手にまとわりつく、ねばついた黒いもやにひゅっと喉が奇妙な音を立てた。彼もまた、自分との婚約を真実望んでいるわけではないのだ。は、は、は、は。息が苦しい。誰でもいいから助けてほしかった。けれど。

　――ばちが、当たったんだわ。

　ウィズに、「想い人が危機になるかも」なんて言ったばちが当たったのだ。たとえイカサマであったとしても、占い師として、人として、言ってはいけないことだった。ウィズならばきっと、想い人のことを見事に助け出すことだろう。けれど自分には。〝仮面の魔女〟には、誰も、助けなんて。

　絶望の淵《ふち》に取り残され、黙りこくり震えるラエティティアの周囲で、両親から、そしてウィリアムから放たれる黒いもやが一層大きく色濃くなる。

　もう何も見えない。何も聞こえない。そう、何もかもが闇に飲み込まれ、世界は真っ暗だ。これが〝仮面の魔女〟にとってお似合いの最期《さいご》なのだろうと、ラエティティアが自嘲した、その時だ。

「――――ティティ」

　この場で、聞けるはずがなかった声が耳朶《じだ》を打った。同時に、ざあっと音を立てて闇が、黒いもやが晴れていく。気付けば涙で濡れていた視界に飛び込んできたその輝かしい光の名を、ラエティティアは我知らず呟いた。

「ウィズ、様」

そう、ウィズだ。気付けば彼が、その背後に大勢の騎士を引き連れて、玄関からこちらへと歩み寄ってくるところだった。突然の乱入者に対し、両親がおののき、ウィリアムがぎょっとする中、構うことなく彼はラエティティアの元まで歩み寄ってくる。

自然な形でウィリアムをラエティティアから遠ざけて、どうして、と音なく唇をわななかせるこちらに対し、ウィズはぱちんと片目を閉じた。

「きみが言ったんじゃないか。僕の想い人に危機が訪れると」

「え……？」

どういうことかとラエティティアが戸惑ったその次の瞬間、「まあ！」という甲高い歓声が耳朶を打つ。キャスリィンだ。彼女は喜びを愛らしい花のかんばせに描いて、その場でぴょんと飛び跳ねる。

「殿下！　ああ、嬉しい！　わたくしのことを迎えに来てくださったのね！」

キャスリィンのその言葉に、ラエティティアはしばし思考が停止した。

「…………まさか、王太子、殿下？」

恐る恐るそう問いかけると、ウィズはにこりと笑った。

「オズワルド・ミカエリ・サルヴァドール。それが僕の、本当の名前だ」

「……！」

ウィズ様が、王太子殿下？　突如《とつじょ》知らされた真実に呆然とするラエティティアに、ウィズは……オズワルド殿下と呼ばれるべきお方は、困ったように笑っている。きゃあっとキャスリィンがさらなる歓声を上げた。息を飲んでそちらを見遣《みや》ると、キャスリィンが駆け寄ってくるところだった。

「オズ殿下、今、あなたのキャリィがおそばに参りますわ……きゃあ!?」

オズワルドにその華奢《きゃしゃ》な手が触れる寸前で、キャスリィンは彼の後ろから出てきた騎士の手で取り押さえられた。悲鳴を上げる愛娘《まなむすめ》の姿にアデレイド子爵夫妻が血相を変えるが、オズワルドの手前動けずにいるらしい。ラエティティアも驚きを隠せずにいると、オズワルドはしれっと肩を竦めた。

「すまないね。僕の部下は、僕以上に僕の心に敏感でいてくれるものだから」

「なっなんですの!?　わたくしはオズ殿下の婚約者なのよ、無礼者！　放しなさい!!」

「……うん？　婚約者？　まさか、キャスリィン嬢。自分が僕の婚約者だと思っているだなんて、そこまできみは馬鹿ではないだろう？」

「なっ!?」

露骨すぎる皮肉に、誰もが目をむいた。キャスリィンの顔が真っ赤になり、その身体から初めて黒いもやが立ち上るのを、ラエティティアは確かに見た。

「だって、だって、殿下は当家に……我がアデレイド子爵家の令嬢を婚約者にすると……！　だから、わたくしがっ！　このキャスリィン・アデレイドが、あなたの、オズ殿下の婚約者だって！」

どうやらそういう通達が、既に公のものとして、王家からアデレイド家に伝えられているらしい。なるほど、ならばキャスリィンがオズワルドの婚約者となるのだと誰もが思うのは当たり前だ。

——あの占いの通り、なのよね？

それなのにどうしてそのキャスリィンが、こんな風に手酷く取り押さえられているのだろう。訳が解らない。ラエティティアの戸惑いをよそに、オズワルドはにっこりと笑って頷いた。

「ああ、そう伝えたとも。だから迎えに来たんじゃないか。いずれ僕の花嫁となるアデレイド子爵令嬢……ラエティティア・アデレイド嬢を」

――――え？

我が耳を疑うとはこのことだった。バッとオズワルドを見遣ると、彼はにこりと頷きを返してくる。

両親とウィリアムの顔に驚愕が広がり、そして。

「……うそ」

愛らしい声が、気付けば静まり返っていた空気を震わせた。

「嘘よ、嘘！　お姉様……邪視の魔女なんかより、わたくしの方が殿下にふさわしいのよ！　美しくもない、薄気味悪い目の魔女なんかに、わたくしが負けるはずがないじゃない！　殿下は魔女に惑わされていらっしゃるんだわ！」

どす黒いもやを全身から立ち上らせて、キャスリィンが叫ぶ。お世辞にも愛らしいとは言いがたい、見苦しく醜い姿だ。誰もに愛される妹の信じられない姿から目を逸らすことができずにいると、そんなラエティティアを支えるように抱き寄せてくれたオズワルドは笑った。明らかな冷笑だった。

「ほう。善良な姉を魔女と呼び蔑《さげす》む、それがきみの本性か。しかも僕の目がもうろくしたとの物言いとは、なるほどなるほど、アデレイド子爵のご教育の賜物《たまもの》だね。どちらが本物の〝魔女〟なのか、これではっきりしたな」

「なっ！　なっ!!　魔女なんかじゃないわ！　わたくしは殿下にふさわしい淑女なの!!　ねえ殿下、わたくしは、キャリィは……っうむぅっ！」

　微笑を浮かべながらも氷のようなまなざしを向けてくるオズワルドに対し、キャスリィンはなおも言葉を重ねようとしたが、すべてを語る前に、その口が彼女を取り押さえる騎士によって猿ぐつわという形で塞《ふさ》がれる。愛娘への狼藉《ろうぜき》にアデレイド子爵と子爵夫人が気色ばみそうになるが、オズワルドの圧倒的な迫力を前にしては何一つ言葉にできないらしい。ウィリアムも同様だ。ラエティティアはラエティティアで、ただ呆然と事の成り行きを見守るより他はない。

　そんなこちらに、キャスリィンに向ける冷たいまなざしとは打って変わったあたたかなそれを向けてから、オズワルドはにっこりとアデレイド子爵に笑いかけた。

「アデレイド子爵、この件……きみのご息女との婚約についてなんだが、やはり反故《ほご》にさせてもらえないだろうか」

　その言葉にぎくりとした。いまだに頭は混乱しているけれど、オズワルドの言葉をそのまま受け止めるとすると、彼はラエティティアと婚約するためにこのアデレイド邸にやってきたという。その話を反故にする、というならば、すなわちやはりラエティティアと婚約を結ぶつもりはなくなったということか。当たり前と解っていながら落胆してしまう自分が恥ずかしくて、自然とうつむいてしまう。

　父であるアデレイド子爵は、溺愛《できあい》するキャスリィンではなくとも、ラエティティアという〝娘〟と王太子との婚約をそれでもなお望んでいるらしい。真《ま》っ青《さお》だった父の顔色が真っ赤に変わるのを、うつむきながらでも肌で感じた。

「な、なんですと？　娘の無礼はお詫《わ》び申し上げます。ですが、まさか、国王陛下からも正式な承認を頂いているこの件を、殿下のご一存で反故になど……」

「ああ、いや、キャスリィン嬢はともかく、ラエティティア嬢には何の不満もないよ。問題は彼女ではなく、アデレイド子爵。あなただ」

え？　とラエティティアは顔を持ち上げた。ひたり、と、オズワルドの紫の瞳が、アデレイド子爵へと向けられている。そのまなざしに、父、そしてその隣の母が、見るからにうろたえだした。

「なっ⁉　何をおっしゃって……っ⁉」

「いやなに、ラエティティア嬢を娶《めと》るにあたって、その身辺、ひいては貴家《きか》を調べさせてもらったんだが……これで少々きな臭いものを見つけてね」

オズワルドが片手を挙げると、その傍《かたわ》らから歩み出てきた彼の騎士の一人が、書類の束をアデレイド子爵の元まで運ぶ。それを受け取り、目を通し始めたアデレイド子爵夫妻が、真っ青になって膝から崩れ落ちる。二人から、ぶわりと黒いもやが吹きあがり、そして消え失せるのを、ラエティティアは確かに見た。

「ラエティティア嬢には、ユージェニアス侯爵家の養女となってもらう。アデレイド子爵家は即刻取り潰し、ついでにそこの……ああ、カーター伯爵家のご令息だったかな。アデレイド子爵家に加担したきみにも、相応の償いが求められることになると思ってもらおう」

連れていけ、とオズワルドが告げると同時に、王太子付きの優秀なる騎士達が素早く動き、アデレイド子爵と子爵夫人、愕然《がくぜん》と固まるウィリアム、そしてキャスリィンを引っ立てていく。

そしてオズワルドの目配せにより、残っていた騎士達も消え、アデレイド邸の入口の間に残されたのは、ラエティティアと、オズワルドのみとなる。

「その髪飾り。今日も着けてくれているんだね」

「え、あっ」

指摘されて恥ずかしくなる。この黒髪を飾る髪飾りだけが気付けばよすがになっていただなんて。そんな気持ちを隠すために、懸命に表情を取り繕って、口を開く。

「あなた様は、王太子殿下でいらしたのですね」

当然ながら、ウィズ様、とは、もう呼べなかった。その配慮に気付いたのだろう、オズワルドは少しばかりさびしげに笑った。

「そう。オズワルドという名前が、かつて魔導王と呼ばれた魔法使い、オズにあやかったとは知っているだろう。そこから偽名としてウィズと名乗っていたんだ。そのうち気付かれるかなと思っていたのだけれど……はは、まさかそこまできみに興味を持たれていないとはね」

「そん、なことは」

「ない？」

「……解りません」

何一つ、解らなかった。名前の由来は理解できるけれど、だから何だという話だ。どうしてラエティティアが彼の、オズワルド・ミカエリ・サルヴァドール王太子殿下の婚約者なんてものになるのか、意味が解らない。けれど構わずにオズワルドは続けるのだ。

「ユージェニアス侯爵は、非常に厳格だけれど、信頼のおける方だ。彼の元ならば、誰もきみに手が出せない。僕の婚約者として公表しても、だ」

「私が、ウィズ様の……オズワルド王太子殿下の、婚約者、に？」

「……不満かい？」

「ち、ちが……っ！　でも、だめ、だめなんです、私、こんな、邪視と呼ばれる目では、あなた様にふさわしくない……っ！」

　信じられるはずがなかった。信じたい気持ちは山とあれど、ここでおいそれと簡単に受け入れられる話ではない。ふるふるとこうべを振るラエティティアに、また困ったようにオズワルドは笑い、「それだけれど」と間近から顔を覗き込んでくる。そこに、今にも泣き出しそうな自分の顔が映っていた。

「きみの瞳は邪視なんかじゃない。〝星眼《せいがん》〟だ」

「せい、がん？」

　聞き覚えのない言葉だ。そのまま繰り返すと、オズワルドは「そう」と深く頷きを返してくる。

「ティティ、きみの占いのカードにもあるだろう。〝星の瞳〟と呼ばれるカードがね。あれの起原となった瞳のことだ。星眼とは、真実を見抜き、邪悪なるものを祓う、聖なる瞳だ。それこそ、魔導王オズが持っていたとされるものだよ」

「それが、私？」

「うん。僕もてっきり魔導王の神聖性を高めるために捏造《ねつぞう》された話だと思っていたのだけれどね。きみに会って、きみの占いを前にしたら、そうとも言っていられなくなった」

オズワルド曰《いわ》く、最初はただの興味本位だったと。市井《しせい》で話題の〝仮面の魔女〟を、物見遊山で冷やかすだけのつもりだったらしい。だが、しかし。

「いやぁ、まさかこの僕に『王太子は向いていない』とはね！」

「も、申し訳ありません……！」

知らなかったとはいえとんでもないことを言ってしまったものだ。慌《あわ》てて頭を下げると、オズワルドはからからと笑って、「そこから興味が湧いた」と不思議なことを言い出した。

これまでラエティティアに彼が依頼してきた内容のあれそれは、どれもこれも政《まつりごと》的にそれなりに重要な意味を持つものであったそうだ。ラエティティアは知らぬうちに、勝手に王太子であるオズワルドに反目する貴族達の不正を暴く手伝いをさせられていたらしい。

そんな、と口をぽかんと開けると、オズワルドは「おかげで助かったよ」と悪びれもしない。

嘘でしょう、と呆然としていると、やっと彼は申し訳なさそうに、その整った眉尻を下げてみせた。

「悪いけれど調べさせてもらったんだ。きみ……ラエティティア・アデレイド子爵令嬢が、幼少期から黒いもやが見えると言って、周囲を困らせていたとね。それが原因で、最終的にアデレイド家を追われることになったとも」

「……はい。その通りにございます」

「それだよ」

「…………はい？」

「きみの瞳が〝黒いもや〟として見てきたものは、一般的には〝他者の悪意〟と呼ばれるものだ。本人の悪意であったり、他者から向けられる悪意であったりと、まあ意味合いは変わるらしいけれどね。当時から、きみが指摘することで、その悪意を基とする悪事は次々に失敗に終わっていたらしい。アデレイド子爵夫妻がきみを放逐《ほうちく》した一番の理由は、キャスリィン嬢がきみと代わってあの伯爵家子息と婚約したからではなく、きみの指摘により、不正を働き続けてきた事業が破綻《はたん》したことがきっかけだったようだよ」

「……！」

知らなかった。そんなつもりはなかった。ただ、あの黒いもやが恐ろしくてならなくて、それを心のままに訴えていただけだ。悪事を暴く、なんてつもりはなかったのに。

「きみが〝不吉を招く仮面の魔女〟と呼ばれていたのもそのせいだ。きみの占いと、きみの瞳が見抜く真実は、後ろ暗いものがある者達にとっては都合が悪いものでしかなかった。そういう意味では確かに、『不吉』というのは正しいのかもしれないね。けれど世間的に見れば、それは『不吉』ではなく、悪党どもにとって正しい末路でしかない。ティティ、きみはね、それを逆恨みした奴らによって、あらぬうわさを立てられていたんだよ」

「そん、な」

「まったく。この美しい瞳を、どうして邪視だなんて思えるのかな」

あなたがそれをおっしゃるのですか、と言おうとして失敗した。ラエティティアの瞳よりもよほど美しい紫の瞳から、目が離せない。

とても嬉しいことを言われている気がした。けれど、キャスリィンの台詞《せりふ》が耳朶によみがえる。

――殿下は魔女に惑わされていらっしゃるんだわ！

そう、この瞳に、オズワルドは惑わされているのかもしれない。でなければこんなにも都合のいい話があるはずがない。

そう思ってしまったらまた恐怖が込み上げてきて、後退りしそうになる。けれど実際に一歩引く前に、よりオズワルドはこちらとの距離を詰めてきて、逃げられないように腰に腕を回してきた。

「たとえこの瞳を知らなくても、僕は、ティティ、きみが好きだと断言できる」

どうして。そう声なく問いかければ、彼は照れ臭そうに笑う。

「初めてだった。王太子としての僕を否定してくれた存在は。そして、それでもなお、僕に道を示してくれたのは、きみだけだった」

だってそれは、あなた様のことを何も知らなかったから。そう言ったら納得してくれるかしら、なんて思っても、言葉はやはり出てこなくて。

「星のように輝くきみよ。その輝きが闇の中でも導いてくれるからこそ、僕は決して道を見誤らない。僕には公私ともに支えてくれる存在が必要だと、きみが言ったんだろう。責任を取って、ティティ……ラエティティア。きみに、その役目を引き受けてもらいたい」

「でん……」

「オズワルドと。殿下でもなく、オズでもなく、ウィズでもなく。ただのオズワルドと呼んで。そして、どうかこのオズワルド・ミカエリ・サルヴァドールの、妻になってほしい」

やけどしそうなほど確かな熱がそこにある。ラエティティアはまた視界が歪むのを感じた。差し伸べられた手に、気付けば自分の手を重ねていた。目を閉じた瞬間、頬を熱い大粒の涙が伝っていくのを感じる。どうか目を開けて、と願うようにぎゅうと手を握り返されたから、同じように自身の手に力を込めて、ラエティティアは星が瞬くようにまばゆく微笑んだ。

「はい、オズワルド様。喜んで、お受けいたします」

そうして交わした初めての口付けは、何よりも甘く熱く、まるで輝かしき星に触れるかのようなものであったと、後々二人は語ったのだとか。

――――絢爛たる王国、サルヴァドール。

その最高の栄華を誇った時代における、魔導王オズの再来と謳《うた》われたオズワルド王と、その妃《きさき》にして『星眼の聖女』と呼ばれたラエティティア妃の仲睦《むつ》まじさは、長く民草《たみくさ》に伝えられることになる。

中でも特に、この一件はそのすべての逸話《いつわ》の、はじまりの物語であるとして、広く知れ渡ることになったそうだ。

怪物と虐げられた公爵令嬢、妹の元婚約者にさらわれて隣国で幸せを掴む

伊《い》賀《が》海《う》栗《に》

ill. なま

「ヴェル、ここへ」

私の醜い顔を隠すため細かく編まれたベール越しに、婚約者であるヘズ王太子殿下がとてもとても冷たい瞳でこちらを見下ろしているのが見えます。

いつかこんな日が来るかもしれないと、考えたことがないわけではありません。このパーティーにパートナーとしてお誘いいただけなかったことで、もしかしたらとも思いました。けれど、魔石が淡い光を放ちキラキラ輝くシャンデリアの下で、殿下の隣に立つのがまさか妹のスコラだとは。

「ヴェル。そなたが俺の婚約者という立場にあったのは、深く広い知識と教養、高い魔力、そして幼少の頃より身につけた洗練された振る舞いのためだ」

「承知しております」

俯《うつむ》くと私の顔を隠す柔らかなレースが揺れました。少しでも他者からの視線を遮《さえぎ》るよう、濃紺のシルクで編まれたベールはいつだって葬儀のように陰鬱《いんうつ》な印象を与えます。

けれどもここは王城のホールで、社交期《シーズン》の始まりの合図である建国記念パーティーの真っただ中。参加する全ての貴族の好奇の目が、私たちに集まっています。

「忠臣たちの進言を振り切って、病を患《わずら》ったそなたとの婚約を据え置いたのは家のため、国のため、そしてそなたのためであった」

「……はい」

反論はいたしません。殿下のお言葉に間違いはありませんから。

幼き日に恐れ多くも殿下の婚約者としてご挨拶《あいさつ》して以降、私が病を患った後も、毎年の誕生日には必ずお花をくださいました。

　七年ほど前に肌を固い鱗様《うろこよう》のものが覆《おお》い、二目と見られぬ姿になったとき、当レギン公爵家を除く全てのお家が婚約の解消をご進言なさいました。それでも殿下は、私を婚約者のまま置いてくださったのです。いえ、正しくはこの病が一過性のものであると考えて、婚約解消を保留していただけなのですが。加えて、両親が病状を正しく報告していなかったせいもあるでしょう。

　しかしどれだけ言い繕《つくろ》っても、病を得てから昨年の私のデビューまで、直《じか》にお会いできなかったのが答えだと思います。話には聞いても、実際に会わなければわからないことも多いですから。

「それがよもや実の妹を虐《しいた》げていようとは」

「えっ」

「日頃より鬱憤《うっぷん》を晴らすようにスコラへ折檻《せっかん》し、持ち物を盗んだりもしていると聞く」

「そんな、それは何かの間違いで――」

　首を横に振りますが、殿下の瞳は冷たいままです。全く身に覚えがございませんが、殿下の横へ侍《はべ》るスコラの表情を見て合点がいきました。薄く笑っているのです。それは冷え冷えとした美しい微笑《ほほえ》みですが、ぞっとするほどの酷薄さを感じさせるものでした。

「侍医の話によれば、身体《からだ》の成長も見られないとか。もはやそなたを王家へ迎え入れる理由は何もない。スコラを新たな婚約者とすれば、考え得る問題の多くは解決できるであろう。よって、俺はいまこの時をもってヴェル・ド・レギンとの婚約を破棄する」

「――承知いたしました」

居合わせた人々がざわめきますが、この展開に疑問を持つ方はいらっしゃらないようです。それどころか、「レギンの忌《い》み子」という言葉まで聞こえてきました。

私も反論を試みて口を開きましたが、言葉は出ないままでした。私の身体がまだ女性としての作りになっていないのも、ベールをとれば他者へ嫌悪感を与える見目であることも確か。王家へ迎え入れる理由がない、という言葉のどこに反論できましょうか。婚約者の座を妹に挿《す》げ替えれば、婚約破棄によって生じる多くの問題が解決されることも間違いありません。

スコラへの折檻を真《まこと》の話と信じ、周囲の方々の視線も嘲笑から侮蔑《ぶべつ》へと変じました。かつては憐憫《れんびん》の情を乗せてくださった方も少なくありませんでしたが、このお話のあとではさすがに……。このような視線には慣れているつもりでしたが、やはり少々、こたえますね。

この場を辞そうと殿下へ淑女の礼《カーテシー》をとると、静かな、しかし力強い声がホールに響き渡りました。

「おや。アスガリー王国では言葉のみを本証として認め、反証の機会は与えないのですか」

「君は……」

殿下の声は問いかけるというよりも、確認するようにこぼれ落ちます。

それもそのはず、現れた男性の纏《まと》う長いマントはヘイムル共和国民の証《あかし》です。かの国ではなんでも幼少の時分に、外見で優劣を決めぬためにローブを羽織っていたのが、大人になってからも文化として続くようになったのだとか。大人が顔を隠さないのは、容姿だけでは判断せぬとの分別を身につけたからと聞きます。ですから、彼がヘイムルからの客人であることは一目瞭然《いちもくりょうぜん》でした。

けれども会場中の視線を集めたのは、その飛び抜けた容姿のせいでしょう。太陽のような鮮やかなブロンドと健康的なオリーブ色の肌。澄んだ青空色の理知的な瞳に、引き結んだ薄い唇もすらりとした鼻も、全てが絶妙なバランスで並んでいます。彼を前にすると、王国一の美女とうたわれる妹スコラの美貌でさえ霞《かす》んでしまうようです。

「ヘイムルより北楼《ほくろう》アルビズの名代《みょうだい》として参りましたクワスル・オラ・ロズリト・セ・スヴェルタルと申します。ヘズ殿下におかれましては――」

「クワスル様ですって？」

無礼にもご挨拶の途中でスコラが声をあげました。

とはいえクワスル様といえばスコラの婚約者ですから、それも仕方のないことかもしれません。先方のご都合で、直接お顔を合わせるのは初めてですが。

北楼とはヘイムルにおいて国の裁定を司《つかさど》る立場。国の代表としていらしたということですね。

「挨拶はよい。先ほどの問いだが、俺は決して証言だけで言っているのではない。これを見よ」

私の隣に立ったクワスル様へ、殿下はスコラの腰をとって一歩前へ進ませました。頬を赤らめたスコラはちらちらとクワスル様へ熱い視線を送りながら、控《ひか》えめな仕草でグローブを外します。

そういえば宝飾品で着飾るのを好むスコラですが、自宅でさえ肌を晒《さら》すことはありませんでした。それが慎み深いと父が自慢げに呟《つぶや》いていたのを思い出します。

グローブの下からは、私のかさついた肌とは違う白く滑らかな肌が現れるはずでした。しかし予想に反し、彼女の腕には無数のみみず腫《ば》れがあったのです。

「なんて酷《ひど》い……！」

「なるほど」

息を呑《の》んだ私の声は誰にも聞こえなかったことでしょう。クワスル様が一言だけ発して頷《うなず》くと、殿下はスコラに手袋をするよう命じました。スコラは悲しげに目を伏せます。

「お姉さまは、自由に肌を出せるわたくしが恨めしいと。そのドレスだってわたくしの――」

「そんな！」

「これでもまだ僕には、彼女が犯人だと断定する証拠はどこにもないように思えるのですが……。まぁいいでしょう、状況は大体承知しました。僕はレギン公爵と話をする必要があるようですね」

淡々と発せられるクワスル様の言葉に、私も口を噤《つぐ》みます。

折檻をしたり物を盗んだりという話は身に覚えがありません。けれど彼の言葉は逆説的に、私がいかにここで訴えても意味がないと教えてくれましたから。

「両親は……本日は屋敷に」

恐れながらそうお伝えすると、クワスル様は考えにふけるように顎《あご》へ長い指をあてがいました。

社交の場を愛し、権威ある方の主催するパーティーにはどこへなり出席する両親が、本日は珍しく私を名代としてここへ向かわせたのです。だからもしかすると、このような恐ろしい事態が起こると事前にご存じだったのかもしれません。

「それでは屋敷までご案内いただけますか、レディ？」

「わ、わたくしが！」

クワスル様が私に手を差し伸べると同時に、スコラがさらに一歩踏み出しました。今夜、彼女は殿下のパートナーです。にもかかわらず殿下の許可も得ずにパーティーの中座を申し出たばかりか、他の殿方と連れ立って帰宅することを公言するとは。

もちろん、スコラとクワスル様は未《いま》だ書類上の婚約関係にあり、問題ないとも言えます。ただそれは、殿下との婚約のお話が出ていなければの話です。私が妹の挙動にハラハラしていると、クワスル様は洗練された所作で殿下とスコラへ紳士の礼《ボウアンドスクレープ》をなさいました。

「今夜はどうぞ、お楽しみください」

会場中の全ての人がクワスル様に見惚《みと》れているうちに、彼は私の手をとってごく自然に王城をあとにしたのでした。

「せっかくおいでくださいましたのに、なんとお詫《わ》び申し上げたらよいか」

馬車が動き出してすぐ、私は頭を下げました。婚約破棄の騒動でパーティーが中断されただけでなく、クワスル様の婚約者であるスコラが殿下の新たな婚約者として指名されたのです。きっと両親はふたりの婚約を白紙に戻《もど》すでしょうし、申し訳なさでいっぱいで……。

にもかかわらず、はす向かいに座る彼は柔らかく微笑んでくださり、私は恐縮するばかりです。

そう言えばクワスル様のこのようなお気遣いは、馬車止めでのご対応にも表れていました。

今夜、私のために用意された馬車は、公爵家のものとは思えないほど小さく古い作りです。お乗りいただいてよいものか躊躇《ためら》う私に、彼は「馬車を帰してしまったので助かります」とさりげないフォローまでくださったのです。ああ、なんて素敵な方なのでしょうか。

「レディが謝ることではありません。それに僕は、ここへ来て正解だったと考えているのです」

それは確かにその通りかもしれません。もしおいでになっていなければ、全て書面でやり取りをすることになっていたでしょう。その書面の中で、真実は語られなかったでしょうから。

　クワスル様のお気遣いに謝意を伝えようとして、私はハッとしました。先ほどからクワスル様は私のことを「レディ」と呼んでいらっしゃるのです。

「まぁ！　私、名乗っておりませんでした。とんだご無礼を……！」

「いいえ、構いませんよ。改めて、お名前をお伺いできますか？」

「ヴェル・ド・レギンと申します。どうぞお見知りおきください」

　彼は狭い馬車の中でも驚くほど丁寧《ていねい》な仕草で、私の手を取りました。指先に触れるかどうかのキスをいただき、心臓が小さく跳ねます。たとえ手袋越しでも、誰も私に触れたがらないというのに。

「クワスル・オラ・ロズリト・セ・スヴェルタルです。こちらこそ、よろしく」

「近隣諸国については少し学びましたが、ヘイムル共和国の文化には特に心を奪われました。完全能力主義であり、他者を尊重し対話によってのみ問題を解決する国民性というのでしょうか。天空や地底に居住可能な空間を造り出す技術も素晴らしいですし、魔法生物の研究ですとか——」

　いつの間にか彼の青色の美しい瞳に、私の濃紺のベールが映っていることに気づいて私は口元を両手で覆いました。ついつい、喋《しゃべ》り過ぎてしまったみたい。

「こんなにも興味を持っていただけるとは大変光栄です。島国なのをいいことに、我が国は他国とあまり密な関係を築いてきませんでしたから。海をひとつ挟んで最も近いアスガリーでさえ、ね」

　クワスル様の心からの笑顔は、私には眩《まぶ》し過ぎるということがよくわかりました。教会の天井画に描かれる天使様を前にしたような緊張感で、動悸《どうき》と息切れが。ゆっくりと深呼吸することで、命を繋《つな》ぎとめることに成功しました。

　楽しい時間というのは魔法の矢のように速いもの。自宅であるレギン公爵邸へ到着するなり、クワスル様は応接室へと案内されました。ご挨拶できなかったのが少々残念ですが、仕方ありません。

　私はエントランスには入らず、屋敷の外壁沿いにぐるりと裏手へ回ります。侍従たちの使う出入口から中へ入り、同じく侍従用の階段で二階へ。

　本来なら物置きとして利用される小さな部屋、それが私の個室です。部屋を移るよう命じられた五年前、私はついに両親に見切りをつけられたのだと悟ったのでした。

　窓がなく暗い部屋の中、勘を頼りに旧式のランプに明かりをつけて室内をチェックします。というのも、侍従たちは嫌なことがあると私の部屋に悪戯《いたずら》をするのです。ベッドに鼠《ねずみ》の死骸が置いてあったときにはさすがに腰を抜かしてしまいました。

　幸いなことに今夜は特に何もないようです。ホッとしたところで、お腹《なか》がグウと鳴きました。考えてもみれば、あんな事件があったおかげでクッキー一枚でさえ食べ損ねていたのです。

　何か余った食べ物がないかと、キッチンへ向かうことに。

「えー！　嘘《うそ》でしょ！」

　侍従用の階段を降りたところで、若い女性の声が聞こえました。メイドたちが集まって話に花を咲かせているようです。

「婚約を勧めてらっしゃるの？　あのトカゲの怪物と？　クワスル様の？」

いつもなら私の噂《うわさ》話をしていようと構わないのですが、話題が話題なだけに足が止まりました。盗み聞きは褒《ほ》められた行為ではないとわかっていても、どうしても気になってしまいます。

「そうよ。ヴェルもレギン家の娘には違いないからって旦那様が」

「あり得ない！　クワスル様がお可哀想。スコラ様とのお話がなくなってきっと傷ついてるのに」

「アタシがお慰《なぐさ》めしたーい！」

「心配しなくたって、どうせ断るわよ」

声を出さぬように必死で息を止めて耐え、弾《はじ》けるように階段を駆け上がって部屋へ戻りました。

ええ、彼女たちの言う通りクワスル様はきっとお断りになるでしょう。でも彼が私を怪物ではなく人として扱ってくださったのも確か。心臓は「もしかして」とばかりにバクバクと跳ねています。

一方で、メイドたちの注意が私に集まってしまいました。今夜はもう、食べ物も湯浴《ゆあ》みも諦《あきら》めたほうがいいでしょう。準備しようとしても、邪魔されるのが目に見えていますから。

ベールを外し、いつものようにひとりでドレスを脱ぐと、鏡にみすぼらしい身体が映りました。ほんのり紫色に変じたガサガサの肌と金色の瞳は確かにトカゲ。平坦《へいたん》な胸や凹凸《おうとつ》のない腰まわりはお世辞にも女性らしいとは言えません。高鳴る心臓がシンと静かになっていくのがわかります。

「……夢なんて見ないほうがマシね」

独りごちて、ナイトドレスを被《かぶ》ります。板のように固く小さなベッドへ潜り込むと、先ほどのメイドたちの言葉が繰り返し私の耳を打ちました。

——あのトカゲの怪物と？

――クワスル様がお可哀想だわ。

――心配しなくたって、どうせ断るわよ。

胸がきゅっと締め付けられました。私を受け入れてくれる人などいないとわかっています。勘違いしないように、距離を見誤らないように。淡い期待を抱《いだ》くことさえ失礼なのだと自覚しなくては。

激動の一夜が明け、日課である身の回りの掃除と洗濯をするうちに平常心を取り戻しました。

シーツが風にはためく音を聞きながら、木陰で本を読むことにいたします。もう何度も読み返したヘイムル共和国の歴史書。

私にとってヘイムルは憧れの国です。見た目で人を判断しないというだけでも夢のようですのに、有り余る魔力によって生活様式が我々とはまるで違うのだとか。私も他の人より魔力に恵まれてはいますが、ヘイムル人とは比較になりません。魔石に頼らない生活とは一体どんなものなのかしら。

「おはようございます、レディ・ヴェル」

「あっあっあっ、お、おはようござ……います」

突然声を掛けられ、驚いて振り向くとクワスル様が微笑んでいらっしゃいました。立ち上がりながら急いで上にあげていたベールを下ろし、グローブをつけていない手を後ろに隠します。

「もし、ご予定などがないようでしたら街を歩きませんか？　案内をお願いしたいのですが」

「へぁっ？　わ、私ですか？」

予想外のお申し出に、変な声が出てしまいました。いえ、心臓が猛スピードで胸を叩《たた》くせいだと思います。いつだって顔色を変えないよう、幼い頃から訓練してきましたのに！

「ええ。もちろん、お嫌でなければ」

「いやだなんて！　ええ、ええ！　私などでよければご案内させていただきますわ！」

そう言ってエプロンを外したところで、私はまだ乾ききっていないシーツ類の存在を思い出しました。日が落ちる前には戻って来るでしょうから、それは心配ないのですが……。メイドたちの関心がまだ私にあるかもしれないと考えると、ここを離れるのは些《いささ》か不安です。

「陽《ひ》の光を浴びた寝具は気持ちのいいものですが、本日は僕のために我慢してください」

クワスル様がシーツに手をかざすと、キラキラと輝く光の粒が現れて洗濯物に降り注ぎました。すると、シーツが全く重さを感じさせずにふわりと揺らいだのです。

「乾いて……ます」

「ええ、乾かしました」

魔法、すごい……。イタズラをした少年のように笑うクワスル様に、見惚れてしまいました。

アスガリーの民も魔法に慣れ親しんでいるとはいえ、魔力の総量はヘイムル人と比べてごく僅《わず》か。光や熱の多くはヘイムルから輸入した魔石に頼らざるを得ないのが実情です。このような日々の作業に魔法を使うことはありませんし、ここまで細やかな魔力制御ができる人など存在しないのです。

しかし誰かにこんなにも親切にしていただいたのは、一体いつぶりでしょうか。そう思ったら自然と涙が込み上げて来て、慌《あわ》ててシーツを取り込みます。

「で、では片付けて準備をして参りますので、十分ほどあとでエントランスに！」

「はい、時間は気にせずごゆっくりどうぞ」

籠に洗濯物と本を放り込んで駆け出します。嬉《うれ》しいやら恥ずかしいやらで、クワスル様とまともに目を合わせられません。ベールのおかげで、彼に私の顔など見えやしないとわかっているのに。

部屋に戻ってクローゼット代わりの箱の中から衣類を引っ張り出し、鏡で合わせて確認します。

私は社交用のドレスも外出着も、それぞれ数える程度しか持っていません。

どちらもスコラのお古を仕立て直したものなので、もし過去の肖像画を持ち出されれば窃盗容疑を完全に払しょくすることは難しいでしょう。けれども私の目下の悩みは窃盗の罪で収監されることではありません。今日という日をどちらの外出着で過ごすか、です。

「いつも思うけど、どれも同じだわ」

ベールで顔を隠しグローブで肌を隠す私は、どんな衣装を纏っても代わり映えしません。それに手元にあるのはスコラがすぐに飽きた地味な色のドレスばかりで、選ぶほどの違いもないのです。

ただ、青色のコサージュがついた帽子にほんの少しだけ、私の気持ちを乗せることにしました。

「お待たせいたしました」

「ちょうど、馬車も用意ができたところです。行きましょうか」

エントランスのソファーで待つクワスル様が立ち上がり、マントを翻《ひるがえ》しながら右手を差し出します。左手を乗せることを許されたのが本当に誇らしくて、メイドたちの鋭い視線も気になりません。

公爵家の紋章のついた馬車に乗るのも随分と久しぶりな気がいたします。公爵令嬢という立場でありながら、質のいい馬車の乗り心地に驚いてしまいました。

少しでも緊張を抑えるため、できるだけクワスル様のお顔を視界に入れないよう心掛けます。苦し紛《まぎ》れに窓の外を見れば、当公爵家の紋章を掲げた大きな店の前に差し掛かったところでした。

「これは当家の運営する美顔用品店です」

「美顔、ですか」

「はい。お化粧品やお肌、髪の毛のお手入れをするためのいろいろな商品を取り扱っています。もちろんお値段も安価というわけではありませんから、マーケットではなくこちらに……」

と、説明しながら大切なことを思い出しました。この店の商品の多くは、ヘイムルから輸入しているのです。スコラの婚約者で、かつヘイムル人のクワスル様ならすでにご存じのことでしょう。

申し訳ないことをしてしまったとクワスル様を仰ぎ見ると、彼は首を傾《かし》げつつ私を見つめていらっしゃいました。

「レディ・ヴェルはこちらの品をお使いになったことは？」

「と、とんでもありません！　スコラは愛用していますけれど、今の私には必要のないものですわ。私の肌なんかに使ったら、商品に失礼なくらい。両親も勿体《もったい》ないと」

「そうですか」

クワスル様の言葉の裏側にどんな感情があったのか、私にはわかりません。ただ何か呆《あき》れたような怒りのようなものが感じられて、私は口を閉じました。

マーケットのそばで馬車を降り、クワスル様とともに散策を始めました。社交期は各地から集まった貴族の侍従たちも利用しますから、いつも賑《にぎ》わっています。

この王都のマーケットには、常春《とこはる》の島国であるヘイムル共和国では手に入りづらい食材や料理が並びます。普段は口にできないものをふたりで食べ歩くこの時間を、きっと生涯忘れないでしょう。

クワスル様はマーケットの端にある大きな教会――ナルファー大聖堂の前で足を止めました。

「こちらの教会に立ち寄ってもよろしいでしょうか？」

「もちろんです」

一歩足を踏み入れれば外の喧噪《けんそう》が嘘のように静まり返り、ベンチでは熱心にお祈りする方がいらっしゃいます。

クワスル様はベンチの脇に並ぶ柱のさらに外側の側廊《そくろう》を進み、小さな扉から外へと出られました。

一体どちらへ向かうおつもりなのか、私には想像もつかないまま後をついて行くことに。

「僕は昔、父にくっついてここへ来たことがあるのです」

「まぁ！」

「父の仕事が終わるのを、この木陰で休みながら待っていました。いや懐《なつ》かしいですね」

扉の外は大聖堂の中庭です。修道院や孤児院も併設されているため、中庭では子供から大人まで様々な方が思い思いに過ごしていらっしゃいます。

ふたり並んで大きな木の根元へ腰かけると、日差しが遮られて涼やかな風が通り抜けました。

「私もこの木の下に思い出があるのです。確か第二王子殿下の三歳の式典でした。家族でこちらへ来たものの、当時の私はお転婆《てんば》でおとなしく待っていられず」

「今では考えられませんね」

「ふふ、根っこの部分は変わっていませんわ。そうしたら、ここで居眠りしている男の子を見つけたのです。手の甲や頬に火傷《やけど》のような痕があったので、保湿のクリームを塗りました。今思えば、患部を悪化させる可能性だってあったのですから恐ろしいことです」

「それで、どうなったのですか？」

「男の子は私が触れたことで目を覚ましたのですが、ちょうどスコラが私を追ってどこかへ行ってしまったのです。スコラを探す母の声が聞こえたので、ご挨拶もせず慌てて母の元へ戻りました。あの男の子が何事もなく過ごしていらっしゃるといいのですけど」

　当時はまだ、私は両親にも愛されていました。幼い私にも、お肌を手入れするための道具やドレスを惜しみなく与えてくださいましたし、家族でお出かけすることも多くありました。

　代々、容姿に恵まれてきたレギン家において、怪物になってしまった私はまさしく忌み子です。まさかこんな姿になるなど誰も思わないからこそ、王家も縁談を望んでくださったのでしょうに。

「その少年はきっと元気にしています。レディの真心に感謝してね」

「あ……。ありがとうございます。もし元気ならこの上なく嬉しいことだわ」

　クワスル様がそうおっしゃると本当のことのように思えてしまいます。昔を思い出して少し感傷的になりましたが、私のほうこそ元気をもらったような気分です。

　何か言いかけて口を開いたクワスル様でしたが、近くで扉の開く音が響き私たちの意識はそちらに向かいました。孤児院から多くの人が出ていらっしゃったようです。院長先生と十歳になるかどうかくらいの男の子、それに貴族の男性とお付きの方々ですね。

興味津々《しんしん》で眺めるクワスル様に、どのようにご説明すべきか悩んでしまいました。彼は……。

「あの方は宮中伯アリオル・ド・シャーチー卿《きょう》です。たまにああして身寄りのない子どもを引き取っていらっしゃいます。きっと慈善事業に積極的でいらっしゃるんだわ」

「そうでしたか、慈善家だったとは。昨夜のパーティーでは彼についてあまりいい話が聞こえてきませんでしたが、やはり噂は噂ということでしょうか」

頷くクワスル様に、私は曖昧《あいまい》に微笑みました。まさか彼の話をご存じだったなんて。

シャーチー伯爵にはなぜか恐ろしい噂が絶えないのです。引き取った孤児を他国へ売っているのだとか、中には食べてしまうだなんて酷いことをおっしゃる方も。

けれど噂というのはいつだって尾ひれがたくさんつくもの。私は滅多に社交の場に出ませんから、彼と直接お話ししたこともありません。いくつものお口を渡ってきたお話しか知らないのです。

「どうでしょう。確かに口さがないことをおっしゃる方もいらっしゃいますが、逆に言えば伯爵が誰にも媚《こ》びていないということ、かもしれません」

「なるほど……。いくつかの異なる視点を持ち、柔軟な思考ができる方を僕は尊重、尊敬します」

尊重も尊敬も、私の人生においていただいた覚えのない言葉です。驚いて見上げたクワスル様の青い瞳は、春のように温かく柔らかでした。

しかしその瞳はすぐに逸《そ》らされ、ため息交じりに「実は」と話を切り出されました。

「昨夜、貴女《あなた》のご両親に婚約に関する、ある提案をもらいました」

「もしかして、スコラではなく私と、ではありませんか？」

「ご存じでしたか。昨夜レディ・スコラとの婚約は正式に解消されたのですが、良かったら、と」

「いえ、知っていたというかメイドが話しているのが聞こえてしまって。重ね重ねお詫び申し上げますわ。こちらのことはお気になさらず、どうぞ――」

断ってくれと、そう言うつもりでした。けれどクワスル様は目にかかるブロンドを左手でかきあげ、困ったように眉を下げます。

「レギン公爵には僕たちふたりに考える時間がほしいと、お伝えしました。突然のことで、僕らはお互いに動揺していますから」

「お優しいのですね、ありがとうございます」

「いえ、僕ほど優しいという言葉から遠い人間もいませんよ」

呟くように発せられた言葉に、私は思わず笑ってしまいました。こんなに素敵で気遣いのできる方が、優しくないなんて一体どんな冗談でしょう。

私たちはもう少しだけお喋りを楽しんでから、ナルファー大聖堂を出発。少し歩いたところで、クワスル様は用事を済ませたいとのことでしたので別行動になりました。

私はマーケットの活気をもう少し味わおうと、散策を続けます。

だってすぐに屋敷へ帰るには勿体ないほど、柄にもなく心がふわふわしているんですもの。彼は私と、普通にお話をしてくださるのですよ？　だからこんな私でももしかしてと、淡い期待をしてしまったり。一方で、あんなにも美しい人がわざわざ怪物を娶《めと》るはずなどないこともわかっています。

夢を見てはいけない。でも今だけ、少しだけ。

いつもより軽い足取りで王都を散策していると、男女の言い争う声が。目の前の角を曲がった先の細道から聞こえるようです。どこか聞き覚えのある声に、思わず足を止めてしまいました。

「だから、ああいうのは困るんだよ！」

「でもっ」

角からそっと覗《のぞ》き見ると、それは当レギン家に勤めるハウスメイドでした。確か最近ではスコラの宝飾品の管理を任されるなど、侍女にも似た仕事をしていたような。

お相手の男性は商人のような風体ではありますが、その声にもお顔立ちにも覚えがあります。

「昨日はたまたま妻が欠席だったからよかったが、二度とあんなことはするなと言っておけ！」

「……はい」

メイドが力なく頷くと、男性はフンと威嚇《いかく》しながら赤い髪をなびかせ、細道から出ていらっしゃいました。私は慌ててその場を離れ、商店の陰に隠れます。

「ナルヴィネリ子爵だわ」

ザック・ル・ナルヴィネリ様です。彼のことを人々は陰で「成り上がりのナルヴィネリ」と呼ぶそうです。目立ったお家ではないのに、彼が当主となってから不思議と社交の場に招待されることが増えたから、だとか。そのご縁がどこからなのか、また、支度にかかる費用をどこから捻出《ねんしゅつ》しているのか等々、人々の興味は尽きません。

人当たりがいい方なのだろうと思っていましたが、先ほどの威圧的な物言いからするとイメージの訂正が必要かもしれませんね。

なんてボヤボヤしている場合ではありません。気が付けば空に赤みがさしてきました。早く帰って湯浴みの準備をしなければ。クワスル様が戻られたらメイドたちも忙しくなるでしょうし、そうすれば私が作業スペースに入ることを厭《いと》うでしょうから。

　クワスル様を伴わないまま馬車へひとりで戻った私へ、御者が嘲《あざけ》るような笑みを浮かべます。一気に現実へ引き戻されたような心地で、私は俯いて目を閉じました。

　自宅へ戻ると屋敷の中は異様な雰囲気に包まれていました。いえ、敷地に足を踏み入れたところからもう、とげとげしい空気が私の肌を刺していたのですが。

　馬車を降り、いつものように屋敷の裏手へ回ろうとした私を、家令が呼びとめエントランス内へ誘《いざな》ったのです。彼が私に声を掛けるのは、医師が匙《さじ》を投げてから初めてのことかもしれません。

「遅かったのね、お姉さま」

　二階からスコラが降りて来て、中央の階段の中ほどで足を止めました。

　当家の護《まも》りを務める兵士が三名、階段の下でスコラを守るように立ちます。私の護衛についてくださったことはないので、それぞれのお名前は存じ上げないのですが。

「お出迎えという雰囲気ではありませんわね」

「つまんないジョークやめてくれる？　ねぇ、まさかとは思うけどクワスル様と結婚するつもりじゃないでしょうね。見え見えなコサージュなんてつけて」

　スコラは馬鹿にするような笑みを浮かべて腕を組みました。私を貶《おとし》めたいという意図については理解しますが、わざわざエントランスへ招き入れるほどのこととは思えません。

「私の決めることではないでしょう」

「そうね、あたしが決めることだもの。彼はあたし専属の護衛として、城へお呼びするつもりよ」

「どういうこと？」

私が驚いて一歩前へ出ると、護衛の兵士たちが各々の武器に手を伸ばしました。

いかに修復不可能なほど関係が悪化していても、血の繋がった妹へ何かしようとは思いません。けれど、そんな最低限の信用さえ私は得ることができていないようです。

スコラは整った顔に醜悪な笑みを浮かべ、信じがたい論を展開しました。

「ヘズ殿下はあたしのために、クワスル様を呼び寄せていいとおっしゃってくださったのよ。ヘイムル人だし、王国魔導士に匹敵《ひってき》するほど強いに違いないから構わないと。でもたとえお強くなくたっていいの。彼のあの美貌が常にそばにある生活って素敵だと思わない？　ヘズ殿下はほら、どちらかといえば凡庸《ぼんよう》なお顔立ちでしょ？　だから――」

「待って、待ちなさい。クワスル様にもヘイムルでのお立場があるわ。それを一介の護衛などと」

「大丈夫よ、殿下は叙爵《じょしゃく》についても陛下へ進言してくださるって。彼、貴族ではないでしょ。こんないいお話はないじゃない。みんなが幸せになれるのよ」

開いた口が塞《ふさ》がらないとはこういうことを言うのでしょうか。どこから指摘すればよいのか、私にはもうわかりません。

完全能力主義のヘイムル共和国には、貴族とカテゴライズされる階級がありません。そんな中で「北楼」の名代としていらしたクワスル様が超エリートであることは明白。

「あなた、今まで一体何を学んできたの。そんなことをヘイムルへ伝えてご覧なさい、注意や警告を受ける程度では済まなくてよ」

スコラも私と同等の教育を受けていました。だからこそ、婚約者の交代劇がスムーズにいったのです。でなければ貴族の多くが、婚約破棄には賛成してもスコラとの婚約には難色を示したはず。

思わず口をついて出た言葉に、スコラは深い溜《た》め息をついてみせました。

「はー、つっまんな！　説教できる立場？　もっと怒ったり泣いたりして笑わせてくれなきゃ興醒《きょうざ》めなんだけど。もういいわ、出ていらして」

「はい、レディ・スコラ」

スコラの呼びかけで、サロンから男たちが数名出てきました。中央に立つ方には見覚えが。

「シャーチー伯爵……？」

先のナルファー大聖堂でもお見掛けした、アリオル・ド・シャーチー卿です。平均的な身長ですが横にはほんの少しだけ大きな彼が、こちらを見て大仰《おおぎょう》に頭を下げました。

「ごきげんよう、レディ・ヴェル。公女の依頼で貴女をお迎えにあがりました」

「迎え、ですか」

今までに聞いたことのある、シャーチー伯爵に関する数多《あまた》の噂が思い起こされました。人身売買ですとか、食人趣味ですとか、嗜虐《しぎゃく》趣味ですとか。それにお屋敷から毎晩悲鳴が聞こえるとか、引き取った孤児は二度と出て来ないとか、死んだ孤児たちの霊が屋敷内を彷徨《さまよ》っているとか。

足元からぞわぞわと這《は》い上がる恐怖とは対照的に、私のような怪物も対象になるなら少なくとも食人趣味ではないのだ、なんて妙に冷静な考えが浮かびます。これも現実逃避というのでしょうか？

「悪いようにはしません。おとなしくしていてください」

伯爵の指示で、彼のそばに控えていた男性たちが私をあっという間に拘束してしまいました。当家の護衛の兵士も武器を構えて、私が暴れないよう見張っています。

「今夜の王都では、失踪《しっそう》した公爵令嬢を探す兵士の姿が多く見られるでしょうね。明日のパーティーではお姉さまが話題の中心になるわ」

スコラがゆっくりと私のほうへ近づいて来ました。目の前に立ち、手を伸ばして帽子についたコサージュを外します。

「そして数日後、これがどこかの水辺から発見されるの。婚約を解消されたお姉さまは失意のうちに命を絶ってしまわれたから」

レギン家の未来に私は邪魔だということなのでしょう。こんなことをせずとも、ただ「出て行け」と言えばいいのに。美しい顔をしたこの女性は、もはや妹でもなんでもありません。

ただただ残念な気持ちのまま屋敷から引きずり出され、そして不意に意識が遠くなったのです。

◇　◇

気が付くと私は温かくふわふわのベッドの中にいました。これだけ上質なベッドは幼少の頃以来ですから、もう一度目を閉じて惰眠《だみん》を貪《むさぼ》りたいところ。ですが。

寝心地は堪能《たんのう》しつつも、状況の整理が第一ですね。私はスコラの策略で、人身売買の疑いのあるシャーチー伯爵の手に落ちました。屋敷を出たところで眠らされたため、ここがどこなのかも、ここに至るまでの経路や時間もわかりません。

そっと布団から顔を出すと、天蓋《てんがい》から下がるレースが視界を遮っていました。混乱しつつレースをよけ、室内に目を走らせます。広さは恐らく私の部屋と同じくらい。ただ窓があるおかげか開放的で清潔感があります。機能性を重視したシンプルな調度類と、場違いなほど可愛《かわい》らしいお花。

窓の外は霧でしょうか？　でも霧の合間には真《ま》っ青《さお》なお空、というか空しか見えません。どちらかといえばまるで雲を間近で見るような……。

「くもっ？」

あまりの驚きに、飛び起きてしまいました。

雲——天高くをゆるやかに舞い、ふわりふわりと柔らかく、ときに太陽を隠し、ときに雨を降らせるあの雲に見えるのです。と同時に窓の外を、鳥の群れが飛びます。まるでおもちゃの鳥を窓にぶら下げたみたい。ええ、そうです。この鳥の群れは通り過ぎていかないのです。

「お目覚めですか、レディ・ヴェル」

低い男性の声に続いて、陶器がぶつかる小さな音と衣《きぬ》擦《ず》れの音。恐る恐る顔を向ければ、ティーテーブルで寛《くつろ》ぐクワスル様がいらっしゃいました。彼の前に並ぶ茶器からは湯気がたっています。

「えっ、クワス……えっ、クワスル様っ？　ちょ、ちょっと待ってください。何がなんだか」

「これは我が国で最近開発された新型の飛空艇《てい》で、目的地はヘイムルです。お元気そうで安心いたしました。もうすぐ到着しますから、お話はそれからにしましょう。今はゆっくりお休みください」

それだけ言って、クワスル様は部屋を出ていかれました。小さな部屋に私ひとりが残されます。呆《あっ》気《け》にとられて開いたままの口を手で覆い、ベールがないことに気づきました。

「あーっ！」

怪物然としたこの姿をクワスル様へお見せしてしまった！

あまりのショックにベッドの中へと潜り込み、その心地良さにまたウトウトし始めたとき、部屋が、いいえ恐らくこの飛空艇が大きく揺れました。籠を振り回される小鳥の気持ちがわかった気がいたします。まさかこんなにも恐ろしいなんて！

そんな大きな揺れとともに、飛空艇は海を越えて隣国のヘイムルへ到着したようです。着陸時の振動は二度と味わいたくありません。けれど、クワスル様に手を引かれて一歩外へ出ると、そこはおとぎ話の世界でした。せっかく見つけてすっぽり被《かぶ》ったベールも、思わずめくりあげてしまいます。

「まぁ……！」

目の前に広がる光景に、私は言葉が何一つ出てきません。

まず目に飛び込んで来たのは、天高くそびえる大きな建物。しかも一つや二つではありません。アスガリーの王城よりも背が高くて四角い建物がいくつも並んでいるのです。

さらにその間を、背に人間を乗せた飛行型の魔獣のような生き物が飛び交っています。

「驚きましたか？」

「ええ！　あの、空を飛び回っているのはなんでしょう？　それにあちらで光り輝いている大きな建物は？　向こうに広がる緑は森でしょうか？　それからそれから、」

　一度口を開いたらもう止まりません。目に入る全てが新鮮で、次から次へと知りたいものが出てきてしまうのです。

「あははは！」

「あっ、ごめんなさい。つい」

　クワスル様が声を出して笑うところを初めて見ました。と同時に公爵令嬢らしからぬ態度を反省します。ああ、いくらなんでも度を越し過ぎていました。自己嫌悪です。

「いいのです。ヘイムル人は好奇心を尊びますから。しかし先《ま》ずは我が家にご招待させてください、レディ・ヴェル。貴女の疑問へお答えする時間はたっぷりありますから、安心して」

　現実感のない不思議な世界を背景に、柔らかく細められた青い瞳があまりにも印象的で、私は時間が止まってしまったかのような錯覚に陥《おちい》りました。なのに心臓ばかりがばくばくと忙《せわ》しなく動いて、ただ上の空のまま「はい」と呟いたのでした。

　クワスル様のご自宅までは、彼の作り出す馬を模した魔法生物で向かいました。翼の生えた馬を見るのも初めてなら、風を切って空を飛ぶのも初めてで。やはりおとぎ話の世界に違いありません。

　彼のご自宅へ到着するとまず、ヘイムルの子供たちが使うというローブをいただきました。なんと、フードに取り付けられた布で口元さえも隠せるようになっているのです。もし私がヘイムルで生まれていたならと思わざるを得ません。

　応接室では、カワウソによく似た二足歩行の魔法生物がお茶の準備をしてくださいました。

「かっ、かわいい……」

我慢できずに指先でつつくとビクリと身体を硬直させ、またすぐに準備を再開します。

「どこから話すべきかわかりませんが」

お茶の準備が終わってカワウソがどこかへ行くと、クワスル様はそう前置いて、言葉を選びながら少しずつ説明してくださいました。

「アリオル……シャーチー伯爵、ですね。彼はヘイムル人で、簡単に言うと密偵ということになりますか。ただ主な業務は、ヘイムルの血が混じった人物を探し出すことです」

「ヘイムルの血、ですか？」

「はい。正確には先祖返りの兆候がある人物です。彼らを保護し本国へ移送、必要な処置をし――」

「待ってください、先祖返りとは？　必要な処置とはなんでしょう」

クワスル様のお話が全く予想外の方向へ進み、思わず途中で止めてしまいました。彼は前髪をかきあげ、「そうですね」と呟きます。

「ヘイムル人は、あなた方の言う『人間』とは少し身体の作りが違います。魔力の最大量に天地ほどの差があるせいなのですが、それによって成長過程が変わります」

「成長過程……ですか」

「はい。成長の促進に必要な体内物質が、魔力を増やすことと大きな魔力に耐えうる身体を作ることに優先されます。そのため成長期は環境ストレスに弱く、様々な病気や怪我にかかりやすくなります。それを防ぐため、外皮を鱗様に厚く覆い――」

ポカンと口が開いてしまいました。布とフードが顔を隠してくれるのがせめてもの救いです。私たちアスガリー人の常識では異質と言わざるを得ません。ですが私はその異質さよりも、私自身に思い当たる節があるということに驚いたのです。

「そ、それではまるで私が」

「お察しの通りです。貴女はヘイムル人の身体的特徴を持って生まれた。レギン家には過去にヘイムル人女性が嫁いでいますね」

「ええ、確かに。嘘か実《まこと》か、以来レギン家は優れた容姿を持つようになったとか」

私の言葉に目で肯定を示したクワスル様が、深く息を吸ってからまた口を開きました。

「体内に魔力が充満すると次に身体の変化が訪れます。あなた方の指す成長期がやってくるのです。そして身体が大人になれば、外皮も自然と剥《は》がれます」

「つまり私は……」

「幼体のまま、ということになりますね。極端に栄養が不足したり、なんらかの要因で魔力不足に陥ったりすると、いつまでも身体ができあがらないのです」

私の口から、はぁー、と大きな息が漏《も》れ出ました。私は病気ではなかったのです。ただ、生まれる国を間違えてしまっただけ。

「私は普通の人間になれますか……？」

言ってしまってから、私は失言に気づきました。ヘイムル人にとってこの姿は、決して怪物なんかではないでしょうに。けれどクワスル様は申し訳ないとでも言うような笑みを浮かべ、頷きます。

「ええ。時間はかかるでしょうが、しっかり栄養をとり、不足した魔力を補って本来の姿を取り戻していきましょう。ヘイムルにおいて貴女は僕の客人という扱いになります。生活に不便はないよう手配していますから、安心してください」

「ありがとうござ……あっ、もしかして私、アスガリーでは死んだことになっていますか？」

「それは、申し訳ないのですがその通りです。状況が落ち着いたらまたご相談させてください」

「はい……っ、全く問題ありません。何から何までありがとうございます」

ぽろりと涙が溢《あふ》れました。辛《つら》くとも泣くことなどほとんどなかったのに、希望や喜びは簡単に涙腺を壊してしまいます。私は怪物ではなかった。陰口や後ろ指に怯《おび》えなくていいのだと。

それから、ヘイムルへ連れ出すのが遅くなったことへの謝罪を受けました。私が王太子の婚約者であったために、シャーチー伯爵も身動きがとれなかったそうなのです。

ずっと気にかけてくださっていたのですから、謝罪などとんでもないこと。伯爵へ感謝を伝えていただくようお願いして、私は療養生活を送ることとなりました。

ヘイムルへ来て半年ほど経《た》ったでしょうか。よく食べ、魔法術式の概論や文化を学び、この国での生活にもすっかり慣れました。クワスル様のおっしゃった通り、私は学ぶことも遊ぶことさえ不便を感じることなく過ごすことができています。日々のお世話をしてくれるカワウソがいて、ときにはクワスル様がヘイムルの観光へ連れ出してくださって、見知らぬ土地で過ごす不安さえありません。

ただ、身体にはなんの変化もないままです。その一点だけが澱《おり》のように心の底でじわじわと広がって、鏡を見るのが苦痛に感じ始めた頃、クワスル様がお出かけに誘ってくださいました。

「なんて綺麗《きれい》なんでしょう！」

連れて行ってくださったのは、一面のお花畑でした。色とりどりのお花が咲き乱れています。空気も一段と清浄な気がして、大きく深呼吸をひとつ。

「ここはアスガリーにも輸出している魔石の栽培場です」

「魔石を……？　栽培、ですか」

クワスル様が手近な植物をひとつ摘みました。花の盛りはとうに過ぎて、重そうに頭を垂れています。けれど彼がその花びらを一枚ずつ剥がして行くと、中には艶《つや》やかな虹色の玉がありました。アスガリーではおなじみの魔石です。

「ね、見たことあるでしょう。詳《くわ》しい仕組みの説明は端折《はしょ》るけど、ここは大気も土地も魔力を多く含有しているのです」

そう言って魔石を放り投げ、私の手を取りました。一体何が始まるのかと身構える私に「大丈夫」と声を掛け、もう一方の手も取ります。

「目を閉じて力を抜いてください。僕の魔力をお渡しします」

言われるがまま力を抜くと、両手の先から温かなものが流れ込んでくる感覚がありました。お湯に手を差し入れたような心地良さです。それが全身を巡り、次第に呼吸が楽になっていきました。今まで息苦しいと思ったことなどないのに、まるで川の流れを堰《せ》き止める大岩がなくなったかのよう。

「すごいです！　なんだか身体がとても軽く感じられます」

「それが正常な状態なのです。貴女は魔力欠乏症だったのですが、栄養を先に補給しておかないと必要な魔力さえ受け止められないので」

「なるほど、そういうことだったのですね」

軽くなった身体で周囲を見渡すと、小さな光の粒がキラキラと輝いていました。まるで大気中の魔力が見えているみたい。

「レディ・ヴェル、魔法生物の創造術式は覚えていますか？」

「ええ、はい。恐らく」

クワスル様が私の手を離し、前髪をかきあげました。その青い瞳は楽しげに煌《きら》めいています。

「では、創ってみましょう。先ずは手の平に乗る程度のものから」

「私にできるでしょうか」

「今日はたくさん練習できますからね、有翼馬の創造を目標に頑張ってみましょうか」

なんということ！　あの素敵な翼を持った馬や、可愛らしいカワウソをこの手で創り出せるなんて！　いま人生で一番ワクワクしています。すぐにも試したくて体中がムズムズするくらい！

「はいっ！」

お花畑の端っこまで届いてしまいそうな大きな声で返事をして、練習を始めます。

途中で何度か休憩《きゅうけい》を挟みながら、私がついに有翼馬を創り出したときにはすっかり夜でした。濃紺の夜空には、魔法石そっくりの星々が輝いています。

「やった、やりました！　ご覧になって、クワスル様！」

「ええ、素晴らしい出来ですね。おめでとうございます」

馬の首にぎゅっと抱き着くと、ぶるると息を吐いて甘えるように私の背中にお顔を擦《こす》りつけました。それをクワスル様が少し離れたところから見守ってくださっています。

「クワスル様はなぜここまで私に親切にしてくださるんですか？　ヘイムル人の保護について業務上の関りはないと伺いましたけど」

この国で生活するうちに、シャーチー伯爵の仕事にクワスル様は業務上なんの関りもないことを知りました。乗り掛かった舟だからかとも思いましたが、魔力を分けてくださったり、一日中魔法の練習に付き合ってくださったりするのはさすがに親切が過ぎます。

馬は散歩でもするようにそばを離れました。私はゆっくりとクワスル様のほうへ歩を進めます。

「僕は、貴女に命を助けていただいたことがあるのです」

「それは一体……？」

「貴女がナルファー大聖堂で出会った少年、あれは僕です。急性の魔力欠乏に陥っていたんだ」

そう語るクワスル様の表情はまるで、懺悔《ざんげ》でもするかのように切実さを感じさせるものでした。思い浮かぶのは火傷のような痕が痛々しい男の子です。あれはもしかして火傷ではなく、いま私の肌にある外皮と同じものだったのでしょうか。

私は何も言わず、ただ続きを待ちます。

「もっと早くお伝えするべきでした。あの日、貴女は恐らく無意識のまま魔力譲渡をした。おかげで僕は一命をとりとめましたが、代わりに貴女が慢性の魔力欠乏症になったのだと考えられます」

「そう、でしたか」

「貴女を今日まで苦しめたのは、全て僕のせいだった。本当に申し訳ないと思っています。せめて何かできないかと、アリオルに無理を言って貴女の保護を買って出たのですが……。もし貴女がこれ以上、僕のそばにいられないと思うのなら――」

　拳《こぶし》を握り、俯くクワスル様に私は確かに残念な気持ちになりました。今までの親切は全て、自責の念から生まれたものだったのでしょうから。

　けれど、それ以上に私は嬉しかった。

「クワスル様が生きていてよかった」

　心からそう思います。と同時に私は、この方に恋をしているのだと、いま気づきました。

　ハッとした様子で顔をあげたクワスル様の頬に手を伸ばします。しかし彼に触れることはできないまま、私はその手をおろして馬のほうへと振り返りました。

　私に対して自責の念を抱いているのなら、この手を拒否することはできませんから。彼の気持ちを無視して触れてはいけないような気がしたのです。

「レディ・ヴェル……？」

「随分遅くなってしまいましたね。そろそろ帰りましょう？　あ、私あの馬で帰ってもよろしいでしょうか」

　努めて明るく振る舞う私に、クワスル様は苦笑しつつ頷きます。

魔力欠乏状態から脱し、初めて魔法生物を創造したあの日からさらに半年が経過しました。

今ではすっかり外皮が剥がれ、人間らしい肌を取り戻しています。さらに初潮も迎え、体つきも女性らしくなりました、たぶん。肌はきめ細かく滑らかで、くすんだクルミ色の髪にも潤いがあります。鱗様の肌もあいまってトカゲみたいだと笑われた金色の瞳も、今なら自信をもって他者と視線を合わせられそう。

自身が一般的に綺麗かどうかはまるでわかりません。でも私は今の私がいちばん好きです。鏡の前に立つのも楽しみになりましたし……。とはいえ幼体でなくなったなら、もうクワスル様のお世話になる理由はありません。これからについて、しっかり話をしなくてはならないでしょう。

「私、きっとヘイムルに残ってみせるわ」

鏡の向こうの自分にそう語りかけると、魔法生物のカワウソが「クルル」と返事をくれました。

あの日以降も、クワスル様との関係性に変化はありません。

ただアスガリーの社交界についての質問が増えたことが、少しだけ不安です。だってシャーチー伯爵に確認しないのは、私をアスガリーへ帰すつもりだからかしらって考えてしまって。

フードを深く被り、話をするためクワスル様の書斎へ向かいます。

部屋に入るなり、眉間《みけん》に皺《しわ》のよったお顔で腕を組むクワスル様が目に入りました。机上に広がるお手紙が、あまりいいお話ではないのでしょう。

「難しいお顔をなさって、何かありましたか」

「以前にもお話ししたかと思うのですが、王太子妃の護衛としてアスガリーへ来るようにと」

「今までにも何度か繰り返しそんなお話があったとおっしゃってましたね。でも断ったのでは？」

クワスル様を専属の護衛にするのだと息巻いていたスコラの計画が、実現に向けて動いていることに驚きを禁じ得ません。

「そのはずだったのですが、僕に言っても埒《らち》が明かないと思ったのか北楼へ要請したようです」

「まぁ！」

ヘイムルの国政は、裁定を司る北楼をはじめとした十人の議員が担っています。そしてクワスル様もその十人のうちのおひとり。アスガリー風に言えば公侯爵級の方に、一護衛騎士をやれと言っているのと同じことなのです。

「我々ヘイムル人は生態を秘匿《ひとく》していることもあって、他国との関係が希薄です。だからといって、これは無知にもほどがあります。さてどうしたものか」

「お恥ずかしいばかりです……」

恐縮する私にクワスル様は優しく微笑まれました。手近な椅子へ掛けるよう手で指し示し、「さて」と話題を切り替えます。

「何か僕にお話があるようですね、レディ・ヴェル？　もしかしてお身体の具合がよくなった？」

私はクワスル様の言葉に驚いて、無作法にも口が半開きになってしまいました。フードで顔は隠れているのに、まるで表情をすっかり見られているみたいです。

「どうしておわかりに？」

「それは……。もう随分前から、声も香りもローブから時折見える指先も、全てが大人の女性だと示していましたから」

そう言って席を立ち、ゆっくりとこちらへ歩み寄っていらっしゃいます。

「それで、私――」

近づくクワスル様から目が離せません。綺麗になった肌を見てほしい、これからのことを一緒に考えてほしい、そう思いながらフードへと手を伸ばします。

が、その手を目の前に立ったクワスル様が掴《つか》み、私は動きを止めました。

「もしよろしければ……このフードをとる栄誉を僕にいただけませんか」

その場に跪《ひざまず》き、目線を合わせたクワスル様の青い瞳に吸い込まれてしまいそうです。

「はい」

私の口から漏れたのは、ともすれば些細《ささい》な物音にもかき消されてしまいそうなほど小さな声でした。

それでもクワスル様は安心したようにほっと息を吐いて微笑みます。

口元を隠す布がはらりと外されたとき、私は急に恥ずかしくなって俯きました。クワスル様のしなやかで大きな手が、左右からフードに触れます。

膝《ひざ》の上に重ねた両手をぎゅっと握りました。心臓がばくばくと大きな音をたてていますが、これは彼にも聞こえているでしょうか。

「すごく綺麗です、レディ・ヴェル」

「あっ、はい、おかげさまで元の肌に……」

「ええ。肌も、その表情も、全てが」

その言葉に感極まって、私は子供のようにわんわんと泣いてしまいました。もうきっと誰も私を怪物だとは呼ばないはずです。けれどこの一年、いいえ私が怪物の姿になってからずっと、見守り寄り添ってくれたクワスル様が綺麗だと言ってくれた。それだけで満足だと思えました。

「私、ヘイムルで生きていきたいのです」

呼吸を整え、どうにか絞り出した言葉はまるで子どものお願いのようでした。少しでもクワスル様のおそばにいたいと思ったら、それしか言えなかった。

「なるほど……。それでは先に、やるべきことをやってしまいましょう」

「やるべきこと？」

顔を上げると、新しいイタズラを思いついたみたいな無邪気な笑顔が視界に飛び込んで来ました。アスガリーから北楼へ届いた書面の件で、対アスガリー政策についてはクワスル様に一任されたのだと言います。

「お恥ずかしながら、外交は門外漢なのです。仮に断交しても我が国は全く問題ないことは確認しています。だからこそ、一任されたわけですが」

「断交、ですか」

「貴女がアスガリーに戻りたいとお考えになった場合に備えて、これまで良好な関係を続けてまいりましたが……。過去にケリをつけてみませんか？」

そう言われて、私はふむ、と頭を悩ませます。

見せていただいたアスガリーからの書面には、ヘズ王太子殿下の署名が入っていました。スコラに言われるがまま、書類をしたためたのが目に浮かぶようです。スコラに対して、恨み辛みがないとは言いません。ただそれ以上に、彼女を未来の王妃に据えるのは不安があります。

「この一年で、アスガリー王国内の勢力図に変化があったかご存じでしょうか？」

「ああ、そういえば。少し前に、レディ・ヴェルから伺ったお話について調べていたのですが、ちょっと面白い情報があります。誰もが訝《いぶか》しむ不可思議な人事があったとか」

と、私たちは対アスガリー政策に関して、シャーチー伯爵の協力も得つつ計画を練ることになりました。目標はスコラおよびレギン公爵家の権勢を削《そ》ぐことと、可能ならヘズ殿下の廃嫡《はいちゃく》でしょうか。


私たちが過去にケリをつける舞台に選んだのは、アスガリー王国の建国記念パーティーです。悪夢のような婚約破棄から一年が経って、私はまたここへ戻って来ました。

キラキラ輝くシャンデリア。贅《ぜい》をつくした衣装を纏う貴族たち。そのどれもが去年と全く同じに見えます。ホールの中心で、王太子のヘズ殿下とその婚約者のスコラが貴族たちに囲まれて談笑しているのもまた同じ。相違点があるとすれば、去年は欠席した両親が少し離れたところから、得意げにスコラを見つめていることでしょうか。私がいなくても、いえ、いないからこその家族の形です。

「大丈夫ですか？」

「ええ。思ったより冷静で自分でも驚いているくらいです」

耳元で囁《ささや》いたクワスル様の瞳もまた、私の元家族を見つめていました。私が微笑んでみせると、褒めるように頭を二度撫《な》でてくださいます。

嬉しくて、でも恥ずかしくて慌てて周囲に注意を払うと、やはり多くの視線が集まっていました。

なんてこと！

「ヘイムルの方だわ。おふたりとも本当に美しくて……」

「あの方は去年もいらしたけれど、お隣の女性とはどういったご関係かしら。とってもお似合いで溜め息が出てしまいますわね」

私はシンプルながら質のいい青空色のドレスと、足首まで覆う純白のマントといういで立ちでここへやって来ました。ベールはもちろんありません。顔を露《あら》わにするのは勇気が要《い》りましたが、誰も私がヴェル・ド・レギンであると気づく様子はないみたいですね。

クワスル様がご自分の右腕から私の手をそっと離して、こちらを覗き込みます。「始めよう」という意味だと理解して頷くと、彼は長いマントを翻してスコラとヘズ殿下の元へ進み出ました。私はその場で彼らの動向を見守ります。

「アスガリーの若き星にご挨拶を。ヘイムルより北楼アルビズの名代として参りました」

「ああっ、クワスル様！　いらしてくださったのね！」

ヘズ殿下が何か言うより先に、スコラがクワスル様のほうへ駆け寄りました。一年経っても礼儀がなっていないのは相変わらずのようです。

眉を顰《ひそ》めたヘズ殿下がクワスル様へ声を掛けました。

「先日、俺は北楼へあてて書面を送ったのだが」

「ええ。その件についてご回答申し上げるため、僕が参りました。……ところで、昨年ここで僕が

『レディ・ヴェルに反証の機会は与えないのか』と問うたのを覚えていらっしゃいますでしょうか」

殿下もスコラも一瞬だけ怪訝《けげん》な顔をしましたが、思い出すと嫌悪感を隠そうともせずに「ああ」と声をあげました。スコラは広げた扇で表情を隠します。

「そんなこともあったか」

「お姉さまは悲しみに暮れてご自分のお命を……。わたくしがもっとお心に寄り添っていたら！」

震えるスコラの肩を殿下が抱き寄せました。扇の陰から口元が弧を描いているのが見えます。どうせやるならしっかり演技すればいいのに。

けれど、私が姉として最初で最後の躾《しつけ》をしに参りましたからもう大丈夫。公爵令嬢たるもの、自分の行動の責任くらい自分でとらないといけません。

「ヴェル・ド・レギン公爵令嬢の死については心より哀悼《あいとう》の意を表します。そのレディ・ヴェルの心に添うため、僕は昨年の事件について調査したのですが……反証の機会をいただいても？」

ホールの中にいる全ての人の視線が、クワスル様に集まります。衆人環視の中で、ヘズ殿下はクワスル様の申し出を断ることができません。

「よい」

「ありがとうございます。あの日はレディ・スコラへの折檻と窃盗が問題になっていましたね。先ず衣類の盗難ですが、こちらは簡単でした。確かにレディ・ヴェルの着る衣類は全て、レディ・スコラが懇意にするデザイナーに作らせたものだった」

「そうでしょ、嘘じゃありませんもの」

スコラが得意気に首肯《しゅこう》しました。調査し反証をあげると言っているのに、なぜこうも意気揚々とお話ができるのでしょう。この神経の太さは見習いたいものです。

クワスル様はそれに構わず、懐《ふところ》から書面を取り出して続けます。

「しかし、レギン公爵直々《じきじき》の指示によって、レディ・ヴェルのために仕立て直しされていました。注文書はこちらに。必要であれば証言する針子を連れて来ることも可能です」

「つまり、盗んだものではないということだな」

ヘズ殿下が提示された注文書を確認し、苦虫を噛《か》み潰したようなお顔をなさいました。簡単な調査さえせず、スコラの虚言を信じたことが明かされたのですもの。そんなお顔にもなりますね。

「お、お父様が直させただなんて知りませんでしたわ！」

慌ててスコラが言い繕いましたが、会場内の視線は冷たいままです。

クワスル様がちらりとこちらへ目を向けました。私は彼にだけわかるよう小さく頷いて、横に立つ女性の手を取ります。クワスル様も頷き返して、言葉を続けました。

「あの日レディ・スコラは、姉に折檻されたと言って腕をお見せくださった。その後レディ・ヴェルはこの世を儚《はかな》んだわけですから、貴女は日頃の暴力から解放されたはずですね？」

「ええ、もちろんよ。お姉さまが亡くなったのはとても悲しいけれど、もう恐怖しなくていいのだと安心してしまったのも事実ですわ」

「では念のため、美しい白魚のような腕を確認させていただいても？」

スコラがぎゅっと自分の腕を胸に引き寄せました。その顔色は白魚も驚くほどに蒼白《そうはく》です。殿下はスコラの肩を抱いていた手を上げ、彼女の腕に伸ばしました。

「いやっ」

「なぜ嫌がる？　すぐにそのグローブを外し、己の正しさを証明してみせよ」

なおも嫌がるスコラでしたが、殿下が近衛に指示してグローブを外させました。その腕には無数のみみず腫れ。昨年より一層ひどくなっています。

「これはなんだ……」

ヘズ殿下の呟きに呼応するように、クワスル様がうやうやしく私を手で指し示しました。私は女性を連れて会場の中心へ進み出ます。

「ご説明くださるご婦人をお連れしました」

青ざめた顔のこの女性の名は、ダコタ・ル・ナルヴィネリ。昨年、王都を散策しているときにスコラの侍女へ威圧的な物言いをしていた男性、成り上がりのナルヴィネリ子爵の奥様です。

「申してみよ」

ヘズ殿下は私と目が合っても、ヴェルであるとは気づきません。殿下の後方で、貴族たちに交じってこちらを見つめるお父様とお母様も、同様に私の正体に気づく気配はありませんね。

「やめて……！」

スコラが掠《かす》れた声で制止しようと前へ踏み出しかけましたが、殿下の護衛がそれを許しません。

ダコタ様はカタカタと震える手でご自身のグローブを外し、釣り鐘型《ベルスリーブ》の袖をまくり上げます。なんとそこには、スコラの腕と同様に折檻と思われる痕が赤く残っていました。

「一体、どういうことだ？」

殿下が問いただしましたが、スコラはふるふると首を振るばかりで何も答えません。

私がダコタ様の背を撫でると、彼女は俯きつつも口を開きます。それは消え入るような声でした。

「これは、主人の嗜好なのです……」

衝撃の告白にざわつく会場の中で、クワスル様の瞳は確かにナルヴィネリ子爵の姿を捉えています。子爵を見つめたまま、冷たく笑いました。

「世の中には、折檻を悦《よろこ》ぶ男女がいるそうですね」

「嘘だ嘘だ嘘だ！　俺は知らない！」

クワスル様の視線の先でナルヴィネリ子爵が後ずさり、そして踵《きびす》を返して走り出しました。が、ヘズ殿下の采配ですぐに騎士に取り押さえられます。

「ザック・ル・ナルヴィネリか。あの男はそなたの口添えで要職につけてやったな？」

殿下がスコラをじろりと睨《にら》みました。

以前、クワスル様がおっしゃっていた「誰もが訝しむ不可思議な人事」というのがこれです。影響力のない子爵家が、突如《とつじょ》として要職へ大抜擢《だいばってき》されたという。

シャーチー伯爵に調べていただいたところ、ナルヴィネリ子爵は高位の貴族女性と多く関係を持っていたことがわかりました。そして女性たちには肌を隠したがるという共通点が。スコラの露出が少なかったのも、父が言うように「慎み深い」からというわけではなかったのですね。

私とクワスル様は、アスガリーへ到着してすぐにダコタ様とお話をしました。スコラとナルヴィネリ子爵の関係、そして彼らの嗜好について明かすには、ダコタ様の許可が最低条件ですから。

彼女は夫の浮気癖に愛想を尽かしていらっしゃり、人知れず他国で第二の人生を送れるようお手伝いすることを条件に、ご協力いただけることになったのです。

——主人の地位は愛人によって与えられたもの。夜の嗜好が明らかにされるより、この生活を続けるほうが私にとっては屈辱でございます。

ダコタ様の言葉が忘れられません。スコラとナルヴィネリ子爵は、自身の快楽と栄誉のために彼女の心を殺したのです。

「わた、わたくしは」

スコラの声は楽隊の奏でるラッパの音がかき消し、王族用の扉が大きく開かれて国王陛下がご入場されました。真《ま》っ直《す》ぐこちらへいらっしゃり、さっと見渡してからクワスル様へ目を留めます。

「なんの騒ぎか。……ヘイムルの使者かね？」

「北楼アルビズの名代クワスルが、回答書をお持ちいたしました」

私はクワスル様の口上に合わせて懐から書面を取り出し、陛下の御前で広げます。そして会場中に響き渡るよう読み上げました。

内容としては、クワスル様への招聘状《しょうへいじょう》に関する回答です。公侯爵クラスの人物を、王太子の婚約者の一護衛にしようなど極めて無礼である、という文句が滔々《とうとう》と記されています。そして。

「よって、ヘイムル共和国はアスガリー王国との一切の取引を停止し、国交の断絶を宣言する。在アスガリーヘイムル人については——」

「待て、待ってくれ」

国王陛下は手を挙げて私を制止しました。アスガリーでの生活はヘイムルから輸入する魔石に頼っており、一切の取引停止は死活問題となります。陛下としては絶対に飲めないお話でしょう。

視界の隅で、お父様も顔を真っ青にしているのが見えました。それもそのはず、レギン公爵家の収入のうちの二割が、ヘイムルから取り寄せた商品の専売利益ですからね。

陛下はこめかみを二度三度と揉《も》んでから、絞り出すように言葉を発します。

「どうにか、どうにか考え直してはいただけぬか。これはヘズの無知が引き起こしたこと。必ず罰を与え、教育を――」

「無知にも限度がありましょう。それにヘズ殿下はたった今、聞くべき者の意見を聞かず、信じるべき者の言葉を信じなかったことが証明されました。加えて、王族の地位を私的に利用している。再教育で改善されるとは考え難《にく》いですね」

ヘズ殿下が強く唇を噛みました。クワスル様の挑発にギリギリのところで耐えているようです。

「しかし……今一度、機会をいただけないだろうか」

「うーん、では彼女の判断に従いましょうか」

なおも再考を懇願され、クワスル様は私を振り返りました。ここまでは完全に計画通りです。湧《わ》き上がる笑みを隠し、私は考える振りをします。

「そうですね……。これは国家間の体面の問題ですから、取引停止は撤回できかねます。一旦、断交を三年の期限付きにし、その間に王太子というお立場にふさわしい振る舞いを――」

「お前はなんだ、何を偉そうに……っ！」

「黙れ、ヘズ！」

私の言葉を遮ったヘズ殿下を、国王陛下が怒鳴りつけました。陛下の額《ひたい》に浮く血管が切れやしないかと案じてしまいます。片や思惑通りの反応を示す殿下に、うっかり頬が緩んでしまいそう。

「しかし父上、従者風情が」

「だからお前は！　どこの国が相手であろうと同じだが、殊《こと》ヘイムル共和国において、代表が従うと言ったならその相手こそが国の代表だろう」

ぐ、と殿下が口を噤みました。

ヘイムルは完全能力主義ですから、意見を求める、従う、という言葉はつまり相手のほうがその分野では上位であり、優先されるということになります。

クワスル様が余裕ぶった笑みで「まぁ」と仲裁に入ります。

「僕が先に紹介しなかったので勘違いなさったのでしょう。ヘイムルの文化に疎《うと》い方ならそれも仕方のないことです」

仲裁というより、さらにヘズ殿下を煽《あお》っていらっしゃいますね。歯噛みする殿下の表情に、そろそろ笑いをこらえるのも難しくなってきました。

私はクワスル様に促《うなが》され、国王陛下へ淑女の礼をとります。

「申し遅れました。クワスルの補佐、ヴェル・エラ・クワスル・セ・スヴェルタルでございます」

静まり返った会場の中で、最初に声をあげたのはお父様でした。

「ヴェル？　そうだ、その声は確かにヴェルだ」

「ヴェルですって？」

続けてスコラが叫びましたが、ヘズ殿下は一切を無視して大股でこちらへおいでになりました。

「おお！　そなた、まさかあのヴェルか。病はいつ治ったのだ。この美貌であれば、そうだ、婚約破棄を撤回しようじゃないか。俺のもとに戻って来るといい。そうだ、それがいい」

「馬鹿者！」

国王陛下が制止しましたが間に合いません。私へ無作法に伸びたヘズ殿下の左手をクワスル様が掴みます。その刹那《せつな》、クワスル様の手が金色に眩《まばゆ》く輝きました。光に包まれた殿下は、品のない笑みを浮かべたまま動きを止めます。これは生命維持以外の全ての働きを一時的に停止させる、恐ろしい魔法なのです。この魔法を選んだことに、クワスル様の静かな怒りが透けて見えるよう。

異常を察知した護衛騎士たちが剣を抜きましたが、国王陛下が手を挙げてそれを制します。

「わかった、全て承知した。三年の期限を設けてくれたことに感謝する。ヘズの王位継承権は剥奪《はくだつ》。ヴェル・ド・レギン公爵令嬢に関わる一切について改めて調査し、関係者には処罰を下す」

国王陛下は私の目を真っ直ぐ見つめ、そうおっしゃいました。私の意図が伝わったことに安堵《あんど》して頷き返します。

ヴェル・エラ・クワスル……これはヘイムル語で「クワスルの妻のヴェル」を意味します。私の名乗りで陛下はお気づきになりましたが、ヘズ殿下は気づかなかった。無知に無知を重ねた、ということですね。まぁ、妻というのは嘘ですけれど。クワスル様が「廃嫡へのダメ押しになるかもしれない」と提案してくださったのが見事に成功しました。

「ちょっと、あたしはどうなるのよっ？」

叫ぶスコラを誰もが白い目で見たとき、お父様がこちらへ走り寄っていらっしゃいました。

「ヴェル、ああ、会いたかった。クワスル様、ヴェルは当家の娘です。結婚したというなら――」

「レディ・ヴェルは亡くなったのでは？」

「失礼ですが、私はあなた方を存じ上げません」

クワスル様と私が口々にそうお伝えすると、お父様は脱力したようにその場に崩れ落ちました。

さぁ、これでアスガリーにてやるべきことは全て終えました。ダコタ様のことはシャーチー伯爵に任せてありますし、私たちは国王陛下へ挨拶をして退席することに。

「これは独り言だが……儂《わし》が事の次第を知ったときには全てが手遅れだった。手遅れとなるまで知らなかったこと自体が問題であることも、重々承知している。すまなかった」

「これも独り言ですが、三年後のアスガリー王国を楽しみにしていますわ」

三年とは、アスガリーが備蓄している魔法石を可能な限り節約した場合に、国民が生活を維持できる最大期間です。そして第二王子殿下が成人するのも三年後。ここからが正念場となるでしょう。

クワスル様が光の粒でできた馬を創り出すと、静かだった会場が騒然としました。大きな翼を生やしたその馬に跨《またが》り、さらに私を引き上げてくださいます。

今にも飛び立たんとした私たちの背に、スコラの叫び声が飛んできました。

「なんなの？　なんなのよ！　あんたバケモノだったじゃない！」

「バケモノは貴女の心ですよ、レディ・スコラ」

そうして私たちはひとりでに開いた窓から飛び出しました。夜空は星がキラキラと輝いて、パーティーホールよりもずっと綺麗です。

「はぁー！　すっきりしました！」

「貴女のおかげでアスガリーの未来も明るくなることでしょう。過去にケリはつきましたか？」

クワスル様の言葉に私は思わず苦笑します。レギン公爵家と完全に縁を切り、ヘズ殿下を王太子の座から下ろし、かつ国民への被害を最小限に……というのはなかなかの難問でした。

「ええ、もちろん。私も公爵令嬢として、そして王太子の婚約者として学んだ全てが役にたちましたから、今はとっても晴れやかな気持ちです」

「では、これで落ち着いて今後について話ができますね」

翼の生えた馬はあっという間に王都を駆け抜け、ナルファー大聖堂の中庭へと降り立ちました。夜の大聖堂はシンと静まり返っています。ここは私たちがそれと知らず出会った場所。クワスル様にとっては命を救われた場所であり、私にとっては彼に罪悪感を植え付けた場所です。

「先日も申し上げましたが、私はヘイムルで生きていきたくて……」

そう伝えるのがやっとでした。

私たちが出会い、昨年にはふたりで語り合った木を見つめるクワスル様の表情はわかりません。

「僕は優しくないと言ったことがありますが」

「はい」

「三年間の断交となったとはいえ、一国の王に僕の妻だと名乗らせました」

その言葉の意味を理解するのに、たっぷり数十秒を要しました。いえ、言っている意味自体はすぐに理解できましたが、その裏にあるクワスル様のお心がわからないまま。

「つまり、偽証罪を避けるのなら嘘を真にするしかないということですね？」

「ヘイムルで国籍を用意する最も簡単な手段でもありますし、生活の基盤を作るという意味でも合理的です。ないとは思いますがヘズ殿下やレギン公爵から報復があった場合にも、僕がいればお守りすることだって――」

「ひとつ確認させてください。それは、罪悪感ですか？　あなたの命を救った代わりに、私の人生が大きく変わったから」

　再度、私たちの間に沈黙が訪れました。

　クワスル様の青い瞳は真ん丸に開かれたまま、じっと私を見つめています。しばらくして、その瞳を閉じると前髪をかきあげて大きく溜め息をつきました。

「なるほど……そういうことですか、なるほど。鈍感《どんかん》、いや……それは、そうですね。僕の配慮不足でした、申し訳ありません」

「はい？」

　途中に悪口が挟まれたような気がいたしますが、クワスル様にぐっと両の肩を掴まれて、私の思考は停止いたしました。綺麗なお顔がとても近いのです！

「僕は優しくありません。なんの下心も持っていなければ、全てアリオルに任せていたことでしょう。

僕が出張ったのはつまり、その、ああもう、どうしてこういうときに言葉が出て来ないんだ」

　いつも冷静なクワスル様には珍しい、真っ赤なお顔です。ずっと期待してはいけないと自分に言い聞かせてきた私ですが、もうそれを我慢できそうにありません。

「では私から言わせてください！　私はあなたをお慕いしています。どうかおそばに」

「なっ――」

　クワスル様は真っ赤だったお顔をさらに赤くして、その場にしゃがみ込んでしまいました。肩に触れる空気が冷たくて、クワスル様の手の平がいかに熱かったかわかります。

　視線を合わせるように私もしゃがむと、クワスル様はぽつりぽつりと言葉をこぼしました。

「初めて出会った日、僕は貴女のお名前を勘違いしました。それで婚約を打診する相手も間違えるし、ずっと空回ってばかりだ。すごく遠回りしたあげくに大事なことも言えず、本当に不甲斐《ふがい》ない」

「遠回りなんかじゃありません。怪物と呼ばれた日々があるからこそ、今があるのですわ」

「ヴェル……っ！」

　クワスル様が膝をついて私をぎゅっと抱き締めました。

「ふふっ、可笑《おか》しなクワスル様」

　いつも余裕綽々《しゃくしゃく》なクワスル様からは想像もできない必死なお姿が、とても嬉しくて、愛《いと》おしくて、でもちょっとだけ可笑しくて笑ってしまいます。

　そのうち、耳元でクワスル様の笑い声も聞こえてきました。私たちの未来は、きっとこんなふうに楽しい日々が続くのだと、そう思えたのです。

ノベルアンソロジー◆虐《しいた》げられ編《へん》

虐《しいた》げられ令《れい》嬢《じょう》の エンディングには愛《あい》の花《はな》束《たば》を

2023年3月5日　初版発行

著者　アンソロジー

発行者　野内雅宏

発行所　株式会社一迅社
〒160-0022 東京都新宿区新宿3-1-13 京王新宿追分ビル5F
電話　03-5312-7432（編集）
電話　03-5312-6150（販売）
発売元：株式会社講談社（講談社・一迅社）

印刷所・製本　大日本印刷株式会社
ＤＴＰ　株式会社三協美術

装幀　世古口敦志・前川絵莉子（coil）

ISBN978-4-7580-9535-8

Printed in JAPAN

ファンレター・ご意見・ご感想は下記にお送りください。

おたよりの宛て先

〒160-0022 東京都新宿区新宿3-1-13 京王新宿追分ビル5F
株式会社一迅社　ノベル編集部　気付
